best tea

Dopo aver raggiunto i vertici delle classifiche del « New York Times » e di « USA Today », **Rachel Van Dyken** si è imposta come scrittrice di rilievo nel panorama della narrativa americana grazie al successo di *Quello che sei per me*, cui sono seguiti con altrettanto successo *Cosa non farei per te*, *Mai più senza di te*, *Ricordati di sognare* e *Ricordati di amare*.

rachelvandykenauthor.com

Rachel Van Dyken

Mai più senza di te

Romanzo

Traduzione di
Francesca Toticchi

TEA

Per informazioni sulle novità
del Gruppo editoriale Mauri Spagnol visita:
www.illibraio.it

TEA - Tascabili degli Editori Associati S.r.l., Milano
Gruppo editoriale Mauri Spagnol

www.tealibri.it

Titolo originale
The Dare

Prima edizione Best TEA gennaio 2016

MAI PIÙ SENZA DI TE

A nonna Nadine,
che per nostra fortuna
ha rimosso il concetto di autocensura
nel giorno in cui ha compiuto ottant'anni. ;)

PREFAZIONE

Credo non ci sia nemmeno bisogno di dirlo: i romanzi di questa serie non sarebbero stati possibili senza mia nonna Nadine. È una donna meravigliosa, e io vorrei tanto diventare come lei, un giorno. Non ho mai visto una signora di ottantasette anni portare i tacchi alti e il rossetto rosso con la sua stessa grazia. Credetemi, ha più energia di me. L'ultima volta che mi ha accompagnata alla presentazione di un libro, ero io quella che non ne voleva sapere di alzarsi dalla panchina e lei quella che mi tirava per un braccio per andare a visitare la città. Ovviamente, ho provato a oppormi aggrappandomi alla panchina con entrambe le mani, ma con mia nonna non c'è battaglia. È inutile anche soltanto provare a resisterle e, infatti, anche quella volta, alla fine, ho ceduto e il giorno dopo mi sono ritrovata con le vesciche ai piedi.

Registro sul mio telefono tutte le sue uscite più strambe, e lei, ogni volta che si rende conto di averne detta un'altra, mi chiede subito: « Non la metterai mica in uno dei tuoi libri, vero? » *LOL*. Sono davvero felicissima che anche voi lettori vi siate innamorati di lei.

Questo sarà l'ultimo titolo della serie *The Bet*... o forse no? Il fatto è che non sono sicura che nonna Nadine ne abbia avuto abbastanza. Non mi sorprenderei affatto se mi trascinasse di nuovo in qualche situazione bizzarra, e mi ritrovassi così a scrivere altri tre libri.

Grazie mille anche a voi lettori, per tutto l'affetto che mi avete dimostrato finora! Come sempre, potete seguire le mie avventure su Facebook (Rachel Van Dyken), Wattpad (Rachel Van Dyken), Twitter (@RachVD), oppure unirvi al gruppo Rachel's New Rockin Readers per prendere parte alle discussioni e ottenere anticipazioni e contenuti extra!

E, per finire, non mi stancherò mai di ripeterlo: se il libro vi è piaciuto, recensitelo; se l'avete detestato, recensitelo lo stesso. Ogni recensione, positiva o negativa che sia, è comunque molto importante per me. :)

Vi voglio bene!

Un abbraccio,

RVD

PROLOGO

Il ballo scolastico del 2000

Feci scorrere le dita sul tessuto lucido e liscio del vestito bianco che mi aveva comprato la mamma. Char mi osservava con aria scettica: guardò prima l'abito, poi la mia faccia. «Sei proprio sicura che te l'abbia chiesto?»

Io alzai gli occhi al cielo, irritata. «Char! È la seconda volta che te lo ripeto: sì, me l'ha chiesto la settimana scorsa, nell'ora di biologia.»

E chi se lo dimenticava: era stato uno dei momenti più elettrizzanti degli anni del liceo. Il ragazzo per cui avevo una cotta mi aveva rivolto la parola, e non per chiedermi di fargli i compiti o di passare un bigliettino a quella più carina. No, mi aveva parlato perché mi aveva notata.

Il merito doveva essere dei vestiti nuovi che avevo comprato. L'unica spiegazione era quella. Al posto dei miei vecchi pantaloni, adesso indossavo jeans di marca e magliette di Abercrombie.

«Tu sei proprio sicura?» insistette Char, con la voce un po' stridula, segno che era nervosa.

«Ma perché continui a chiedermelo?»

Lei si rigirò tra le dita una ciocca dei suoi capelli

neri e ondulati. «Soltanto perché ero convinta di aver sentito che ci sarebbe andato con Jessica.»

Mi spruzzai un po' di profumo sul collo e feci un sospiro. «Si vede che hai sentito male. Adesso però mi dici come sto?»

Char sorrise. «Benissimo. Sembri una principessa.»

Battei le mani tutta felice. Il tema di quell'anno era il bianco e nero. Io avevo un paio di guanti neri e un vestito bianco senza spalline, col corpetto tempestato di lustrini. Sembravo Cenerentola al ballo.

Non stavo più nella pelle dalla gioia: sarei andata alla festa insieme con Brett Xander. Incredibile, il più figo di tutta la scuola aveva invitato proprio me! Insomma, non che fossi la tipica nerd senza speranze, ma di certo non ero nemmeno tra le ragazze più popolari della scuola. Ero una secchiona, nonché presidente dei Future Business Leaders of America. Ma, nonostante questo, lui mi aveva notata, mi aveva chiesto di andare al ballo e poi, quando mi aveva telefonato per metterci d'accordo sugli ultimi dettagli, mi aveva fatto quasi svenire.

Suonò il campanello.

Mi precipitai di sotto e per poco non mi ammazzai inciampando sull'ultimo gradino. Mi fermai un istante, feci un respiro profondo e aprii la porta.

Il sorriso di Brett mi abbagliò. «Beth, sei stupenda.»

Io feci una specie di sospiro sognante e gli offrii il braccio. Avevo espressamente vietato ai miei genitori di scattare anche una sola foto, con la minaccia che, se l'avessero fatto, non mi sarei sposata e non avrei mai dato loro dei nipotini. Così, di malavoglia, se n'erano rimasti chiusi nello studio lasciando che mi godessi quel momento.

« Pronta? » Brett mi prese sottobraccio e si diresse verso la limousine.

Cazzarola, una limousine.

Feci di nuovo un sospiro sognante.

Incapace di mettere insieme due parole, annuii e aspettai che lui aprisse la portiera. Sedili in pelle: doveva essere un sogno. Mi avrebbe baciata? Offerto del vino? O forse...

« Ciao, Beth! » sentii dire a un coretto di voci.

Eh? Mi chinai per guardare dentro l'auto e mi sentii soffocare. Nella limo c'erano quattro ragazze che sorseggiavano bibite gassate. Facevano tutte biologia con me e nessuna di loro raccoglieva molti consensi. Anzi ne raccoglievano ancor meno di me.

Confusa, pensai che Brett avrebbe saputo spiegarmi cosa stava succedendo, ma non feci in tempo a girarmi che lui mi aveva già sbattuto la portiera in faccia e se n'era andato.

« Ma non viene con noi? » domandai, nel panico più totale.

Una delle ragazze mi rise in faccia. « Non dirai sul

serio! Brett Xander? In macchina con noi? A respirare la nostra stessa aria? Be', direi proprio di no. Le cose stanno così: lui doveva alzare la sua media in biologia e la professoressa Sims, che a quanto pare ha un debole per noi, gli ha chiesto di fare una buona azione in cambio di un buon voto. Considerato che stiamo parlando di Brett Xander, non è difficile immaginarsi che tipo di 'buona azione' gli abbia chiesto di fare. »

« E cioè? Portarci tutte al ballo? »

La stessa ragazza di prima continuò a spiegare sorseggiando la sua Mountain Dew: « Non proprio. Il patto prevede che, dopo essere venuto a prenderci in limousine, faccia il suo ingresso in palestra con tutte noi al fianco. Ma il viaggio fino a scuola lo fa con la sua ragazza. Se non altro, concederà un ballo a ognuna di noi. Capito? Balleremo con quello che, a detta di tutti, sarà eletto re della serata ».

« Capito. » Ebbi un attimo di esitazione: dovevo scendere subito da quell'auto o restare? Ma non feci in tempo ad allungare la mano per aprire la portiera che la limousine era già partita a tutta birra.

All'improvviso, mi sentii soffocare dentro quel vestito: quant'ero stata imbecille. Come avevo fatto a pensare che a qualcuno potesse interessare una secchiona maniaca del controllo e fissata coi gatti come me? Di certo quel qualcuno non poteva essere Brett Xander. Eppure mi ero illusa che fosse così.

«Ti va di bere qualcosa?» Una delle ragazze mi lanciò una lattina di Pepsi.

Io la presi al volo, ma poi la posai sul sedile. «No, grazie.» Decisi di risparmiar loro la menata su come le bibite gassate provochino il cancro e mi concentrai sui miei guanti neri. Gli stessi guanti neri per cui mia madre aveva speso più di trenta dollari perché era contentissima che qualcuno mi avesse chiesto di uscire.

Non potevo filarmela. Non potevo tornarmene a casa e raccontarle come stavano davvero le cose.

Dovevo tener duro e sorridere.

Un giorno, un ragazzo ancora più figo di Brett mi avrebbe notata. Mi sarei impegnata perché accadesse. Non sarei più stata la gattara o quella che non era mai uscita con nessuno.

Dovevo soltanto trovare quello giusto.

Uno che non mi avrebbe spezzato il cuore.

Uno che non fosse troppo attraente.

Anzi no. Uno che non fosse più attraente di me.

Uno di cui potersi fidare.

E quindi bisognava escludere avvocati, dottori, modelli, celebrità e vigili del fuoco. E, per nessuna ragione al mondo, poteva essere un politico.

Un politico? Dai, avrei dovuto essere disperata!

1

> « Signora, lei è accusata di aver rapito
> un senatore degli Stati Uniti d'America.
> Come si dichiara rispetto a quest'accusa? »
> Nonna Nadine fece un sorrisetto. *Pivelli.*
> Strizzò l'occhio all'agente dell'FBI e rispose,
> sfacciata: « Colpevole, è ovvio ».

BETH

Le gambe mi facevano un male pazzesco, avevo il volto schiacciato contro un cuscino morbidissimo che, però, sapeva tanto di politico pieno di soldi. Ricordavo distintamente di aver mangiato almeno tre biscotti. O forse erano stati quattro?

Provai a muovermi, ma non c'era un solo muscolo del mio corpo che non mi suggerisse che sarebbe stata una pessima idea. E anche il cervello confermava. Ma feci lo stesso un tentativo.

Seguì un urlo.

Io, tuttavia, non c'entravo.

« Ma che cavolo...?! » sentii brontolare sotto di me.

Chiusi gli occhi.

« È inutile che li chiudi. Ormai lo so che sei sveglia. »

« È un sogno. Io sono soltanto un prodotto della tua immaginazione. Fidati », mormorai, con una voce che non era la mia. « Tra un istante proverai... »

« Vergogna. Non è questo che stavi per dire? 'Tra un istante proverai una vergogna indicibile', giusto? » domandò la stessa voce di prima.

« Come? » Aprii gli occhi, ma avrei fatto bene a non guardare.

Nella vita sono le piccole cose a fare la differenza. Come, per esempio, tenere la bocca chiusa. Gli *occhi* chiusi. Fare finta di non vedere quello che hai visto. Merda. Il fatto è che certe cose non si possono proprio dimenticare.

Quella faccia.

Quelle labbra.

Quei bellissimi occhi azzurri.

Quei capelli biondi che gli arrivavano appena sotto le orecchie.

E chi se li dimenticava più, mi sarebbero rimasti in mente finché non fossi morta, da sola, circondata dai miei gatti.

« Scherzavo. L'ho detto soltanto per smorzare un po' la tensione », ridacchiò Mr Sexy.

Certo, perché ritrovarsi nuda come un verme sopra un perfetto sconosciuto ti faceva proprio venire voglia di dire: *Sì, dai, scherziamoci su!* Afferrai il lenzuolo e mi feci più in là, finendo per dare una bella ginocchiata al poveraccio accanto a me.

Dopo qualche imprecazione, Mr Muscoli d'acciaio si riprese dal trauma e si spostò dall'altra parte del letto. « Non lo devi raccontare a nessuno. »

Sì, perché io secondo lui non vedevo l'ora di andare a parlare coi giornali della situazione imbarazzante in cui mi ero ritrovata.

« Scusa, ma di cosa parli? » Finsi una voce stridula come quella delle oche che stanno in televisione. In poche parole, stavo facendo la parte della svampita.

« Che scema. » Lui si girò e, mentre mi guardava divertito, gli si formò una fossetta sulla guancia.

Scappò da ridere anche a me.

Lo so, non avrei dovuto. Ma non ho detto di essere brava a fare la parte della svampita. Io sono una chimica, una ricercatrice, per la miseria! Il massimo che potevo fare per interpretare il ruolo dell'oca era lasciare che l'uomo di turno mi tenesse la porta aperta e mi facesse passare per prima, illudendolo che per quel gesto da cavaliere gli avrei concesso di portarmi a letto. Se m'impegnavo, ma proprio tanto, potevo anche rigirarmi una ciocca di capelli tra le dita e sbattere gli occhioni un paio di volte.

Ecco, quello era il massimo che potevo fare.

« Be', comunque io... devo andare. » Ma perché cavolo non ricordavo niente di quanto era successo quella notte? Non era da me. Io *non* ero quel tipo di ragazza. Senza perdere altro tempo, raccolsi il reggiseno dal pavimento, afferrai il vestito da damigella appoggiato sulla sedia e andai a prendere i tacchi che avevo lasciato in bagno. Che schifo: sembrava che qualcuno ci avesse vomitato sopra. Fantastico, era roba mia? Mi ero forse ubriacata?

«Ti capita spesso?» Lo strafigo mi afferrò per il braccio e, allora, fu la fine.

No, no, non è successo quello che pensate. Gesù, magari fosse così facile: lui mi afferra per le braccia, io vado in estasi, m'innamoro perdutamente e il giorno dopo mi ritrovo a Las Vegas davanti all'altare insieme col sosia di Chris Hemsworth.

No, non è così che funziona, per me.

Cioè, fatemi spiegare.

Io non faccio quel genere di cose.

Non vado a letto coi ragazzi così facilmente.

Anzi, per la precisione: non sono mai andata a letto con un ragazzo. Mai. Neanche una volta. Ma nemmeno mezza. Mi sono spiegata, credo, no? Oh, porca miseria, adesso iniziavo anche a sudare? Che figura ci facevo davanti a quel dio del sesso? E, soprattutto, per quale cavolo di motivo aveva deciso d'invadere il mio spazio?

Chiusi gli occhi nel tentativo di ricordare qualcosa della notte prima.

Io vestita da damigella, i testimoni dello sposo l'uno più bello dell'altro. Nonna Nadine mi porta qualcosa da bere. Poi mangio la torta, ballo un po' e la nonna mi dà un altro bicchiere. Io e Jace balliamo insieme. Ridiamo e finiamo in macchina e... Oddio, i biscotti.

Porca vacca, era Jace! Quello che faceva il politico.

Era cresciuto dall'ultima volta in cui l'avevo visto. Non soltanto era cresciuto, era pure diventato un figo pazzesco. Non avevo mai raccontato a nessuno di quella sera, la sera in cui lui, in pratica, aveva impedito che il quarterback della scuola mi spezzasse il cuore. E quello era il mio modo di ringraziarlo? L'avevo visto una volta in vita mia. Una sola! E, di tutti i cavolo di politici che c'erano in giro, dovevo finire a letto proprio con Jace?

Lo stesso Jace che secondo nonna Nadine aveva bisogno di un po' di conforto, dopo che mia sorella gli aveva spezzato il cuore.

Be', io l'avevo confortato a dovere. Di certo, però, nonna Nadine non s'immaginava che l'avrei sedotto e, subito dopo, abbandonato.

Il fatto di essere andata a letto con un politico mi rendeva una puttana in automatico.

Meraviglioso, avevo perso la verginità con un uomo che un giorno sarebbe diventato presidente. Dovevo assolutamente aggiungere Monica Lewinsky su Facebook. Anche se, in realtà, dubito che fosse ancora vergine quando lei e Bill hanno...

« Mi hai sentito? »

« Certo. Forte e chiaro. » Sarei andata all'inferno per avergli mentito in modo così sfacciato.

« Bene. Allora ripuliamo tutto e andiamocene. »

Ripulire tutto? Cosa? Era forse una specie di operazione sotto copertura? Dov'era finito il Jace che avevo conosciuto al liceo, quello che era venuto in soccorso di una povera damigella in sella al suo cavallo bianco?

« Credo sia la cosa migliore da fare. » Jace imprecò e afferrò il cellulare. « Ma non uscire. Per amor del cielo, non uscire. Chiamo la sicurezza. Prima però devo farmi una doccia. Prendi un biscotto. Lo so che ti piacciono. »

« Come? » Mi voltai e lo squadrai dalla testa ai piedi. Ecco, un altro momento della mia vita in cui avrei fatto meglio a chiudere gli occhi, anziché restare imbambolata con la bava alla bocca.

Non portava altro che un paio di boxer neri. Tutto il resto? Uno spettacolo. Non riuscivo a staccargli gli occhi di dosso. Su, non giudicatemi. E poi, quando mi sarebbe più capitato di avere la perfezione a un palmo dal naso? Non avevo mai visto nessuno con addominali così scolpiti e con due braccia che sembravano più grosse della mia testa. A quanto pareva, il signorino era un po' fissato con la forma fisica.

Non che mi dispiacesse.

Dubito che qualcuno potrebbe lamentarsi nel trovarsi di fronte a tanto ben di Dio.

« Beth, ci sei? » domandò Jace con un sorrisetto.

Mi ridestai subito. « Ci sono. Scusa, cosa mi hai chiesto? »

« Vuoi un biscotto? Ieri sera sei scoppiata a piangere con la faccia dentro la scatola dei biscotti. »

Signore, ti prego, dimmi che non è vero. Avevo perso la verginità con un lurido politico e avevo pianto con la faccia dentro una scatola di biscotti? Perché il mondo era così ingiusto? Cos'avevo fatto di male?! Perché...

« Credo ne sia rimasto ancora qualcuno. » Indicò il minibar.

Colta da fame improvvisa, mi diressi verso il frigo e, ancora nuda, andai a prendere la scatola di biscotti. Fantastico, avevo ingurgitato una tale quantità di dolci che, con ogni probabilità, nel giro di cinque o sei anni mi sarebbe venuto il cancro. Meraviglioso. Gettai a terra il contenitore. « Non ho molta fame. »

« Strano, dopo tutta l'attività fisica di ieri sera... »

« Scusa? » Mi girai con una tale furia, che per non perdere l'equilibrio dovetti tenermi al frigo.

Jace recuperò una maglietta e se la infilò. « Tranquilla, Beth. Non intendevo quello che pensi. » Rideva sotto i baffi.

Ma cosa c'era da ridere? Gli lanciai un'occhiataccia con tanto di mani ben piantate sui fianchi, a mostrare tutta la mia disapprovazione.

Lui mi fece l'occhiolino, raccolse la scatola, tirò fuori un biscotto e me lo mise davanti alla faccia muovendolo a destra e a sinistra, come un pendolo.

« Avevi fame. Io ti ho detto di prendere un biscotto, ma tu hai rifiutato. »

« E quindi? »

« E quindi il motivo per cui hai risposto di no era che non avevi fatto esercizio, per cui io mi sono offerto... »

« Non serve che continui, conosco il finale... »

« Giusto. »

Jace mangiò il biscotto e ne prese un altro. Mi stava facendo venire l'acquolina in bocca. Stramaledetto clintoniano!

« Tu però mi hai respinto, dicendo che con un po' di piegamenti sulle gambe avresti bruciato lo stesso numero di calorie... E così ti sei messa a farli. » Si schiarì la voce. Poi agitò il biscotto in aria e fece un sorrisetto.

Io mi morsi il labbro e chiusi gli occhi. « Ti prego, dimmi che non mi sono messa a fare piegamenti sulle gambe tutta nuda, soltanto per poter mangiare altri biscotti. »

« D'accordo, non lo farò. » S'infilò in bocca l'altro biscotto e si diresse in bagno.

Non appena sentii aprire l'acqua della doccia, tirai un sospiro di sollievo.

Ero lì lì per sdraiarmi e mettermi in posizione fetale, quando lui si mise a gridare: « Ne hai mangiati cinque, e hai calcolato che con trenta piegamenti a biscotto avresti bruciato le calorie assunte. Poi, però, hai continuato a blaterare che comunque l'esercizio fisico non avrebbe potuto niente contro il cancro e altre stronzate del genere. Alla fine sei svenuta, ma non prima di aver alzato il pugno al cielo gridando: 'Crepate, cellule malate, crepate'. Una scena davvero melodrammatica». E si fece una risata.

Seguì un silenzio di tomba.

Volevo morire.

«Cosa vuoi, quando ci si risveglia a Las Vegas, c'è da aspettarsi questo e altro», continuò a ironizzare dalla doccia.

Fantastico. Adesso mi prendeva in giro citando Katy Perry.

Peggio di così non poteva andare.

2

«Colpevole? Signora, si rende conto che finirà in galera?» L'agente dell'FBI fece un sospiro profondo e si allungò a prendere la sua tazza di caffè.

Nonna Nadine alzò le spalle. «Non sarebbe la prima volta che mi faccio sbattere in gattabuia per una giusta causa.»

«Per una giusta causa?» le domandò l'uomo, che non capiva a cosa si riferisse.

«Ma certo. Dopo la Guerra Fredda ho prestato servizio in una prigione russa, per qualche mese. Ero una spia, e mi avevano messo dentro per aver avvelenato un funzionario governativo. Ma non sono mai riusciti a provare la cosa. Durante un bacio appassionato, gli avevo infilato in bocca del veleno.» A quel punto la nonna aprì la borsetta leopardata. «Gradisce una mentina?»

JACE

«Fantastico. Sulla mia lapide scriveranno 'amante della carne fresca'», urlò Beth entrando in bagno e interrompendo la mia versione di Katy Perry.

La mia intenzione era stata quella di alleggerire un po' l'atmosfera, ma in tutta risposta le era venuta una specie di attacco di panico. Ora mi chiedevo quanto ci avrebbe messo a rendersi conto che ero sotto la doccia, completamente nudo, mentre lei stava lì a dondolarsi avanti e indietro come una sull'orlo di una crisi di nervi.

« Incredibile: a trent'anni faccio ancora cavolate! »

Dopodiché sentii qualcosa sbattere contro il muro. Una scarpa, credo. E poi una serie d'imprecazioni. Mi piaceva un sacco quando diceva le parolacce.

« Perché cavolo non ho con me quel coso per misurare il tasso alcolemico? Aspetta... Ma ce l'ho, poi? Ma, porca... » Per un po' continuò a sbattere cose a destra e a sinistra, poi silenzio.

A essere sincero, mi preoccupava di più quel silenzio che la crisi isterica. La gente che urlava, sapevo gestirla. Che cazzo, facevo il politico. Ero abituato a confrontarmi con persone che non facevano altro che urlare e gridare. Il silenzio, invece? Kryptonite. Superman sarebbe andato a sbattere contro la luna se Beth non si fosse ripresa.

I suoi occhi erano più verdi di quanto ricordassi. Ma non è che potessi fare chissà quanto affidamento sulla mia memoria. Erano passati dodici anni. Dodici anni, e non ero più riuscito a togliermi quegli occhi dalla testa. D'istinto, mi portai una mano dietro la nuca e toccai la cicatrice; mi sembrava di vedere un cartello su cui lampeggiava la scritta PERICOLO! L'ultima volta che avevo avuto un incontro ravvicinato con Beth, ero finito in ospedale.

Insomma, alla fine avevamo passato la notte insieme. Capirai, che cosa straordinaria.

Cioè, per me in realtà lo era. Ma, per il resto della popolazione, no. Era una cosa normale, giusto? Anche perché, se no, come avrebbe fatto Hollywood a sopravvivere senza tutte quelle stronzate sulle avventure di una notte e sugli Ashton Kutcher di turno che s'innamorano delle Cameron Diaz del momento?

Chiusi gli occhi, cominciavo a ricordare qualcosa. Cavolo, era stato il suo vestito a fregarmi. Mi aveva riportato alla sera del ballo studentesco. Al suo profumo. Ed era bastato qualche bicchiere di troppo a farmi perdere la testa.

« Morirò e brucerò all'inferno », piagnucolò Beth.

Be', se non altro adesso aveva ripreso a parlare.

Mi schiarii la voce e ricacciai nel dimenticatoio quei vecchi ricordi. « Aspetta un secondo, com'è che devi morire? »

Ma il rumore dell'acqua doveva averle impedito di sentire, perché lei continuò il suo discorso come se non avessi fiatato: « No, anzi. Sulla lapide scriveranno: 'Qui riposa una baldracca che amò molto i suoi gatti' ».

Chiusi il rubinetto, mi legai un asciugamano intorno alla vita e uscii dalla doccia. « Continuo a non seguirti. » E, quando fu lì lì per scivolare su una pozzetta d'acqua lasciata da me, feci una smorfia imbarazzata. Ops.

Beth prese una serie di respiri profondi tenendosi le tempie. «Guarda, basta che mi spieghi come funziona la doccia e poi te ne puoi anche andare.»

«Non sei una fan dell'igiene personale? Non sai come funziona una doccia? Per l'acqua calda devi girare la manopola verso sinistra. Se vuoi l'acqua fredda, invece, la giri dall'altra parte. Un gioco da ragazzi.»

Il suo stomaco brontolò e lei divenne rossa come un peperone.

«Ah, ma allora i biscotti non ti sono bastati!»

«È colpa di questa doccia, mi sembra troppo complicata. Tu spiegami come funziona, così posso mettere fine a quest'incubo, tornarmene a casa e bere fino a perdere i sensi.»

«Una morte da alcolista. Ottima pensata. Dovresti entrare in politica.»

Beth mi guardò malissimo. «Ti ho chiesto di spiegarmi come funziona la doccia, non di darmi consigli sulla mia carriera. Io di mestiere cerco una cura per il cancro e sono felicissima così, grazie.»

«Ti piace, insomma?» le chiesi poggiandomi allo stipite della porta. Ci stavo prendendo gusto.

«Cosa?» Non capiva a cosa mi riferissi. Pareva distratta dal fatto che fossi a petto nudo.

«Curare il cancro.»

«Ah. Ehm...»

«Cavolo, il mondo è davvero in ottime mani se la

gente che cura il cancro non sa come funziona una doccia e risponde a versi alle domande. »

Lei sospirò, irritata. « Lascia stare. Te ne puoi anche andare. Me la cavo da sola. »

« Levami un'altra curiosità », ridacchiai, mentre entrava nella doccia.

« Cosa? »

« Se, oltre a sapere come funziona l'acqua calda, sai anche come *ci si scalda*. »

« Ieri sera non ti sei comportato da perfetto idiota, come stai facendo invece adesso, oppure è stata la birra a farmi perdere del tutto il lume della ragione? »

M'infilai nella doccia insieme con lei e, dopo averle preso le mani tra le mie, dissi: « Se la metti così, lasci intendere che senza alcol non saresti mai venuta a letto con me ».

« E allora? » fece lei con un filo di voce, le mani che tremavano.

« E allora l'alcol non c'entra niente », risposi, quindi girai la manopola e mi spostai di lato.

L'acqua calda cominciò a scrosciare addosso a Beth e al lenzuolo bianco con cui si era coperta. Dovetti trattenermi per non scoppiare a ridere davanti all'espressione che fece quando il tessuto le s'incollò addosso.

« Esci! » urlò.

« Vado, vado », risposi ridacchiando, mentre uscivo dalla doccia.

Tornai di là e, mentre mi rimettevo gli stessi vestiti

della sera prima, mi sembrò di sentirla parlare da sola. Forse era meglio dimenticare tutta quella storia.

Mi ero ubriacato al matrimonio di un mio caro amico e mi ero portato a letto una delle damigelle.

Non avevo mai fatto una cosa del genere. Ma, visto che in realtà conoscevo già la suddetta damigella, forse potevo riguadagnare qualche punto. Sì? No?

Per quel poco che ne sapevo, di solito quello che succede dopo essere finito a letto con una che neanche conosci è un risveglio imbarazzantissimo, in cui ti rendi conto di ciò che è accaduto e che non sei assolutamente pronto per una relazione. Il che si traduce, di solito, in un tentativo di fuga da parte dell'uomo, che cerca di svignarsela dal letto senza svegliare la bestia dormiente; ma la bestia, al minimo movimento, si avvinghia all'uomo con tale forza che il mal capitato non è in grado di sentire più niente, se non gli artigli della donna che gli penetrano nella carne.

Quasi sempre seguono pianti e poi urla e, se l'uomo è fortunato, la donna alla fine se ne va ingiuriandolo a tutto spiano. Se invece la fortuna non lo assiste, la questione si chiude con un bel calcio nelle palle.

Ecco, questo c'era da aspettarsi dopo una notte con una sconosciuta. Cosa si poteva volere di più dalla vita?

Allungai l'orecchio ed ebbi l'impressione che Beth stesse ancora parlando da sola. Be', se non altro non mi stava riempiendo d'insulti o cavando gli occhi. Mi stiracchiai la schiena, che produsse uno scricchiolio allarmante. Ma cosa diavolo era successo la notte prima? Era tutto confuso. Le uniche cose di cui avevo memoria erano l'alcol e Beth che mangiava i biscotti. Quest'ultima cosa me la ricordavo perché avevo pensato che fosse bellissima, mentre li sgranocchiava. Mi rendo conto di sembrare fuori di testa, ma è così. Non li aveva ingurgitati, se li era goduti a uno a uno. E, a ogni suo morso, era corrisposto un brivido che mi aveva attraversato dalla testa ai piedi.

Avevo sempre visto *qualcosa* di speciale in lei, al di là della bellezza, dei capelli scuri e lucenti e di quei cavolo di occhi da gatta. L'avevo sempre trovata attraente. Da quando avevo sedici anni. E, cazzo, in quel momento mi sentivo di nuovo un sedicenne. Di certo il mio corpo stava reagendo alla sua presenza come avrebbe fatto quello di un adolescente.

Il nostro primo incontro, avvenuto tanti anni prima al ballo della scuola, era stato troppo breve, il che avrebbe dovuto farmi capire che passare una notte di sesso con lei non sarebbe stata certo la migliore delle idee. E quella volta era anche finita piuttosto male. Evidentemente i miei sentimenti non erano stati ricambiati. Non dovevo averle fatto una grande impressione, quella sera, anche perché l'avevo guardata imbambolato, con gli occhi a cuore, come fosse stata una divinità. Forse alla fine era stato un bene che non fossi riuscito a ribeccarla. Soltanto che, adesso che ci eravamo ritrovati, i sentimenti che avevo provato allora erano tornati prepotenti. Maledizione, così non andava bene. Avevo ventotto anni. Ero un adulto. Che cazzo, ero un senatore. Mi strinsi le tempie. Qual era il problema? Che in pratica non ricordavo niente di ciò che era successo la notte prima.

Il che era evidentemente un brutto segno.

Anche perché non accusavo nemmeno i postumi della sbronza. Neppure l'ombra di un mal di testa.

E, a parte tutti i muscoli indolenziti, per il resto mi sentivo una favola.

Va be', pensai, e mi misi a cercare la valigia. Poi mi bloccai.

Dov'era la mia valigia? A quella domanda, la nebbia cominciò a diradarsi un po'. Ero stato ospite a casa della famiglia Titus per il matrimonio, perciò la valigia era ancora da loro. Io però ero... in albergo? E di chi era quella camera? Perché di certo non era la mia!

Mi grattai il capo e cominciai a prendermi a schiaffi nel tentativo di farmi tornare in mente ciò che era successo. Ma niente. Era tutto buio. Forse Beth poteva aiutarmi.

Già, perché doveva essere il sogno di ogni donna sentirsi dire: *Ehi, sei davvero una sventola, ma io non ricordo minimamente come sei senza vestiti addosso, anche se è proprio così che ci siamo risvegliati stamattina. Grazie per la serata, comunque. E poi, scusa, non è che sapresti dirmi di chi cavolo è questa stanza?*

Un comportamento degno di Jake Titus.

Soltanto che io non ero un donnaiolo miliardario come lui. Io ero un tipo responsabile. Serio. Cazzarola, ero è il più giovane senatore che l'Oregon avesse mai avuto.

E in quel momento mi arrivò la vera tranvata.

Così violenta che mi veniva da vomitare.

Merda.

Sarei finito sui giornali.

Se non ricordavo né di essermi ubriacato, né di essere entrato in quell'albergo, voleva dire che non potevo sapere come mi ero comportato e cos'altro diavolo avevo combinato.

Guardai l'ora. Erano le sei del mattino. Imprecando, presi subito il cellulare e trasalii: quindici chiamate perse.

Di solito non mettevo mai il telefono in modalità silenziosa.

Ma era pur vero che non mi era mai capitato di passare una notte con una sconosciuta, di baciare una ragazza di cui non sapevo nemmeno il cognome, né di comportarmi in stile Jake Titus. Forse, allora, la mia vita stava prendendo una nuova piega. Oppure, nel momento in cui aveva pronunciato le promesse davanti all'altare, tutta la puttanaggine di Jake lo aveva abbandonato per insinuarsi in me.

Merda. Ci mancava soltanto la paranoia di essere

posseduto. E da cosa, poi? Dall'urgenza di farmi qualsiasi donna nel raggio di quindici chilometri?

Sentii un colpo di tosse. Alzai lo sguardo. Beth era tornata dal bagno, avvolta in un soffice asciugamano bianco, i capelli bagnati appiccicati al collo e alle spalle.

Errata corrige: ma quale raggio di quindici chilometri... Lei. Volevo farmi soltanto lei.

«Come fai di cognome?» le chiesi. Ero disperato, dovevo trovare il modo di non pensare a quelle cosce tornite.

«Scherzi, vero?» domandò lei, perplessa.

«Sì!»

Va be'. Quello era decisamente un giorno di prime volte. Oltre a essere stato il primo della mia famiglia a fare carriera in politica, adesso sarei stato anche il primo a morire senza raggiungere i trent'anni.

Ma come sarebbe accaduto? Mi avrebbe soffocato o spinto giù dalla finestra?

«Sei pallidissimo, cos'è successo?» disse Beth avvicinandosi.

«Io... ehm...» Merda. Le parole mi si fermarono in gola. Il mio lavoro era basato tutto sull'eloquenza, e in quel momento non ero in grado di mettere insieme una frase di senso compiuto. Due parole di fila. L'unica cosa cui riuscivo a pensare erano le sue labbra. Che meraviglia. Fino a poco prima avrei voluto essere al posto dei biscotti su cui affondavano i suoi denti, e adesso ero andato in fissa con le sue labbra.

Il fatto è che erano di un rosa così naturale.

Mi facevano pensare alle gomme da masticare.

E io per le gomme da masticare avevo una fissazione. Mi aiutavano a mantenere la calma durante i comizi.

E avevo la sensazione che Beth avrebbe avuto lo stesso effetto su di me, se soltanto avessi avuto la possibilità di darle un'assaggiatina.

Era stato un rapporto occasionale. Nient'altro che un rapporto occasionale. Forse, se me lo fossi ripetuto per un po', anche il mio corpo si sarebbe dato una calmata. Continuare a perdermi in quei meravigliosi occhi verdi e a fissare quel suo culo sodo non mi avrebbe portato da nessuna parte. Io avevo bisogno di una relazione solida, di un rapporto serio da cui entrambe le persone coinvolte potessero trarre beneficio. E una diavola tentatrice dagli occhi verdi che mangiava biscotti alle tre del mattino per poi scoppiare a piangere per aver scoperto che erano al burro di arachidi e non al cioccolato decisamente non faceva al caso mio.

«Jace?» Beth mi prese il mento tra le mani e mi scrutò.

«Cosa fai?» le domandai, prima di ritrarmi.

«Sono un medico», rispose lei, alzando gli occhi al cielo.

Medico un paio di palle. Ricordavo perfettamente ciò che aveva detto: il suo lavoro aveva a che fare con le malattie. E non volevo che quelle mani si avvicinassero al mio viso per nessun motivo al mondo. Anche perché era probabile che, soltanto qualche ora prima, con quelle stesse mani avesse toccato qualcos'altro.

Nota bene: la prossima volta che fai la doccia, strofina a dovere.

«Sei una ricercatrice. Il che è molto diverso.» Le scansai le mani.

«Quindi sai che lavoro faccio, ma non sai come mi chiamo di cognome?»

«Mentre dormivi ti ho sentita recitare a voce alta la tavola degli elementi e parlare della cura contro il cancro. Non mi ci è voluto molto a fare due più due, raggio di sole.»

Oltretutto, uno dei compiti che mi erano stati assegnati dall'adorabile nonna Nadine era quello di scandagliare il passato di Char e della sua famiglia. Quella donna era fuori di testa; non voleva lasciare nulla d'intentato. Alla fine, avevo infranto almeno quattro leggi per riuscire a ottenere le informazioni che mi aveva chiesto. Ma ero in debito con lei. Mi aveva aiutato a rialzarmi. Conoscevo Char dai tempi della scuola. E Beth, invece? Lei me la ricordavo per ragioni del tutto diverse...

«Tutto bene?» domandai alla bella ragazza vestita di bianco. Di solito non ero così disinvolto quando mi trovavo alle feste di una scuola che non era la mia. Dopotutto, ero il

quarterback della squadra rivale. Non volevo dare nell'occhio. Ma mia cugina aveva bisogno di un cavaliere che l'accompagnasse al ballo, e io non avevo potuto rifiutarmi.

« Sì, grazie », rispose lei, tirando su col naso, gli occhi bassi.

Quel momento mi cambiò la vita. Non perché avessi visto i fuochi d'artificio illuminare il cielo o sentito partire una musica di violini nell'aria, ma perché era la prima volta che il pianto di una ragazza mi toccava nel profondo. Volevo asciugare quelle lacrime, anche se non la conoscevo nemmeno. Mi faceva arrabbiare vederla piangere, e mi faceva arrabbiare che me ne importasse così tanto.

« Ti va di ballare? » le domandai porgendole la mano.

Lei mi guardò come se le avessi appena offerto uno spinello.

« Un ballo soltanto », insistetti. Ma perché ci tenevo tanto?

« D'accordo. Uno soltanto », disse lei, e si alzò.

Non potevo sapere che quella buona azione mi si sarebbe rivoltata contro. Come avrei potuto immaginarlo? Nonna Nadine non mi perdeva mai di vista, sembrava l'Occhio di Sauron del *Signore degli anelli*.

« Accidenti alla nonna », dissi a voce alta. Anche quell'anno avevo fatto la mia opera meritoria; adesso non vedevo l'ora di sbarazzarmi una volta per tutte della famiglia Titus e dei loro sotterfugi. Prima me ne andavo, meglio era.

« Se continui a parlarmi come fossi una bambina, vedrai che ti faccio passare la voglia di fare lo spiritoso con un bel calcio là dove non batte il sole. Ci siamo capiti? »

« Sei sempre così dolce la mattina? Oppure è un trattamento che riservi soltanto a me? » domandai, ma non prima di essermi posizionato a debita distanza dalla belva.

« Soltanto a te. E ai politici per cui non voto », disse lei, mentre recuperava il vestito da damigella abbandonato sulla sedia.

« Non hai votato per me? » Mi era scappato senza che me ne rendessi conto. Perciò non mi restava che aspettare la risposta.

« No. » Beth fece un sorrisetto, assaporando la mia delusione. « E comunque ti ricordo che io non vivo in Oregon. »

Che imbecille. Uno a zero per lei.

E andò a chiudersi di nuovo in bagno.

3

> «Signora, con tutto il dovuto rispetto: lei ha commesso un reato federale. Non credo se la possa cavare con una mentina. E per l'ultima volta: no, il suo cane non può essere ammesso come testimone.»
> «Perché è francese, vero?» annuì la nonna, con l'aria di chi la sapeva lunga.

BETH

In quel momento ciò che mi serviva era un sacchetto in cui vomitare e poter tornare indietro nel tempo, come in *Ritorno al futuro*. Mi poggiai allo stipite della porta e, prima di riaprire gli occhi, inspirai a fondo.

Jace.

Proprio Jace. Di tutti gli uomini single che c'erano a quel matrimonio, le mie ovaie si erano volute sfogare giusto con lui. Sul serio? Ero così disperata? Non aveva nessun senso! Sotto la doccia mi ero concentrata nel tentativo di produrre una spiegazione logica. Forse il motivo era che in passato era venuto in mio soccorso. Possibile che ancora non avessi digerito il fatto che se la fosse svignata? Oddio, a voler essere onesti, se lui non se la fosse data a gambe, probabilmente l'avrei fatto io. Mi aveva sconvolta, mi aveva fatto provare cose che nessuna diciottenne avrebbe dovuto provare. Avevo passato l'ultimo anno del liceo a pensare a quel cavolo di bacio. Alle sue labbra sulle mie e a cosa sarebbe potuto accadere se, invece di scappare, fosse rimasto.

Peccato, però, che nella realtà dei fatti se n'era andato, e io non l'avevo mai più rivisto.

E ci avevo messo un anno intero a capire che lui non era nemmeno della mia scuola.

Mi sistemai i capelli dietro le orecchie. Ma almeno mi aveva riconosciuta?

Aveva capito chi ero?

Ma perché proprio lui? Tra tutti quanti, proprio lui.

Mi bruciavano gli occhi, mi dolevano i muscoli, crepavo di fame e a guardarmi parevo una che fosse appena stata investita da un camion. Inspirai a fondo e provai a concentrarmi su ciò che era accaduto la sera prima.

Eravamo entrambi al matrimonio.

Entrambi avevamo bevuto.

Ma lui almeno si ricordava qualcosa? Oppure ero l'unica sfigata divoratrice di biscotti che aveva rimosso i fuochi d'artificio che c'erano stati?

Dovevo restare calma. Non dovevo dare di matto. Ah, ah. Peccato, perché stavo proprio andando fuori di testa. Chiamare mia sorella era fuori questione. Non soltanto perché sarebbe rimasta molto delusa del mio comportamento, ma anche perché a quell'ora, in teoria, stava preparando le valigie per la sua luna di miele.

Mi allontanai dalla porta, adagiai il vestito sul water e mi misi a fissarlo.

Quel vestito mi aveva tradita.

Nonna Nadine aveva promesso che avrebbe fatto magie. Le sue testuali parole erano state: « Beth, ti devi fidare di me. Tu non ti preoccupare, ho pensato a tutto io ».

Ci aveva pensato, un corno.

Avrei dovuto immaginarmelo che aveva qualcosa in mente, visto che quella donna – convinta com'era di sapere cosa fosse meglio per tutti – s'immischiava sempre negli affari degli altri. Era una specie di cupido, soltanto che, al posto dei cuoricini, sui vestiti aveva le stampe animalier. La CIA le faceva un baffo.

L'abito da damigella mi guardava.

Feci una smorfia.

Tutti quei lustrini mi ricordavano il vestito indossato al ballo scolastico del 2000. Era tutto bianco, come quello di una principessa. A ripensarci, mi si strinse lo stomaco...

« Vuoi ballare? » mi chiese Brett porgendomi la mano.

Non appena fui in grado di raccogliere la mascella che mi era caduta a terra e di riprendere a respirare normalmente, afferrai quelle dita e mi strinsi a lui mentre dagli altoparlanti uscivano le note di Crazy *di* K-Ci & JoJo*.*

Non potevo credere che stessi davvero ballando con Brett Xander. Mi sforzavo di sembrare calma, ma avevo il cuore che andava a mille. Lo guardai e gli dissi: « Grazie per quello che hai fatto per noi ».

« Figurati. Anche perché, diciamocelo, di farmi bocciare non avevo proprio voglia. »

« Bocciare? In che senso? »

Lui alzò gli occhi al cielo. « Quella stronza della prof ha voluto farmi scontare il fatto di essermi comportato come un coglione per tutto l'anno. È venuta da me e mi ha detto che dovevo imparare a essere meno egocentrico, e i miei genitori, per mia sfortuna, le hanno dato ragione. Quindi, per rimediare ai voti bassi, non soltanto mi sono ritrovato con una montagna di compiti, ma ho dovuto pure fare una buona azione. »

« E cioè? Uscire con tutte le secchione della classe di biologia? »

« Macché », rispose mettendosi a ridere.

Io tirai un sospiro di sollievo.

« Le ho dovuto promettere che avrei portato al ballo tutte quelle che nessun altro avrebbe invitato. Scusami, Beth, senza offesa. Anche perché alla fine tu sei un bel tipo, nonostante l'aria da bibliotecaria secchiona sessualmente frustrata. Ma sei un po' troppo intelligente, un ragazzo non ce la farebbe mai a chiederti di uscire. »

« Sono troppo intelligente? » ripetei, incredula. Inten-

diamoci, sapevo già che era un imbecille visto quello che aveva fatto. Ma certo non mi aspettavo che si permettesse anche di smerdarmi.

« Forse, se ti sforzassi di sembrare un po' più svampita, piaceresti alla gente. »

« Alla gente? »

Pareva un po' imbarazzato. « Be', sì. Non sono soltanto i ragazzi a cambiare strada, quando ti vedono nei corridoi. Tutti pensano che tu sia una specie di scienziato pazzo. »

Mi tremava il labbro inferiore. « Capito. Nient'altro? »

Lui mi guardò stupito. « Cavolo, la stai prendendo bene. »

« Già. »

Bugie. Tutte bugie.

« Se avessi un po' più di tette non sarebbe male. Ma forse non sei del tutto sviluppata. Capita. » La canzone finì e Brett mi diede un bacio sulla guancia. « Comunque non sei niente male, per essere una secchiona. Grazie del ballo. »

Io rimasi immobile al centro della pista. Non riuscivo a piangere, non sentivo più nulla. Riuscivo soltanto a guardare il mio vestito bianco: almeno una volta nella vita avrei voluto essere la principessa e non il brutto anatroccolo.

Jace bussò alla porta del bagno. « Beth, ora basta con le crisi. Dobbiamo andare. »

« D'accordo. » Mi asciugai le lacrime e afferrai l'abito. Non aveva fatto nessuna magia. L'unica cosa che aveva fatto era stata ricordarmi che ero ancora la stessa del ballo studentesco. Una sfigata. Una sfigata con le tette piccole che preferiva la matematica e le scienze a Facebook.

« Beth, dico sul serio. Le cose non si mettono bene. »

« Un attimo! » gridai, infastidita che mi stesse mettendo fretta. M'infilai il vestito, mi feci una coda e aprii la porta. « Cos'è tutta questa fretta? »

Lui mi mostrò il cellulare. Nadine lo stava chiamando.

« Pronto? Jace, Beth, datevi una mossa! A voi ci pensa la nonna », la sentii urlare dall'altro capo del telefono.

« Le ultime parole famose. Ma non abbiamo scelta », disse lui.

« E perché? Abbiamo la mafia alle calcagna, per caso? »

« Peggio. »

« Permettimi di dubitarne. »

« Allora guarda. » Indicò lo schermo del televisore. Davanti all'albergo era schierato un esercito di giornalisti in fibrillazione.

« Giornalisti? E perché dovrebbero essere peggio di... »

« Fonti speciali rivelano che il senatore sarebbe tornato in camera con una prostituta, la notte scorsa, e che ancora non avrebbe lasciato l'albergo! E quindi la domanda sorge spontanea: il senatore non si è ancora lasciato alle spalle il suo torbido passato? Secondo fonti vicine alla ex fidanzata, lo scalpore destato dalle vicende di due anni fa lo avrebbe distrutto. Un nuovo scandalo di certo non aiuterebbe il più giovane senatore della storia del Paese. È possibile che i problemi di fiducia che hanno segnato la sua vita privata abbiano conseguenze sulla sua vita pubblica? »

« Ho sentito abbastanza. » Sfilai il telecomando dalla mano gelata di Jace e lo lanciai sul letto. Fantastico. Non soltanto avevo perso la mia verginità con un politico, ma ero anche diventata una prostituta. Afferrai il suo cellulare e ringhiai: « Dopo dobbiamo parlare ».

Sentii Nadine sbuffare.

« Ma prima qualcuno deve tirarci fuori di qui. »

« Di' la parolina magica, però. »

« Per favore? » E diedi una gomitata a Jace perché si riprendesse da quello stato di catalessi.

« Fuocherello. »

Chiusi gli occhi e cercai di tranquillizzarmi pensando al mio bel laboratorio asettico e tranquillo. Ma non funzionò. Dovevo provare col *Diario del vampiro. Damon Salvatore. Damon Salvatore. Damon Salvatore.* Ecco, calma ritrovata! « Non so leggere nella mente. Qual è la parolina magica che vuole che dica? »

Nadine si mise a ridere. « Ma come? 'Grazie', è ovvio! »

« Per cosa? »

« Com'è stato? Pare che gli uomini di potere a letto

siano particolarmente... » Ridacchiava come una sedicenne.

« D'accordo, d'accordo: grazie! Ora però ci tiri fuori di qui », urlai.

« Ricevuto. » E riattaccò.

Guardai Jace alla ricerca di un po' di sostegno, ma lui era impegnato a strangolarsi con la cravatta nel tentativo di sfilarsela.

« Sta' fermo. Ti strozzerai da solo se continui così », gli dissi, e presi il controllo della situazione.

Lui alzò le spalle.

« Cosa succede? Nessuna battutina velenosa? » gli chiesi, allentandogli il nodo.

« Ho finito il veleno. »

Gli diedi uno schiaffo. Cosa c'è? Non ho mai detto di essere brava a gestire le emozioni.

« Cos'ho fatto? »

« Hai cantato Katy Perry. Adesso datti una mossa, signor senatore. Dobbiamo svignarcela da questo albergo prima che qualche stronzo lo spifferi ai telegiornali. »

« Chi, la nonna? »

« I paparazzi. »

« Scusa, ma poteva sembrare ti riferissi a qualcun altro. »

Poi bussarono alla porta.

« Resta qui », mi disse.

È come essere in un incubo, mormorai tra me mentre mi staccavo lo smalto dalle unghie.

« Merda. » Jace guardò dallo spioncino e poi ripeté « merda » almeno altre cinque volte, prima di aprire la porta.

Ma cosa cavolo era successo? Come mai era così...

« Oh, merda », gli feci eco. Perché non esisteva un'altra parola per descrivere quella situazione.

Quindi la ripetei di nuovo.

E lo stesso fece Jace.

Nonna Nadine alzò le spalle e si sfilò gli occhiali da sole. « Che il divertimento abbia inizio! »

4

«No, non ho dubbi sulla mia virilità,
e per l'ultima volta: i cani non parlano.»
«Lo diceva pure Jake.»
«Jake?»
Nadine annuì. «Mi ha contraddetta una sola volta.
E poi non si è più azzardato.»
L'agente dell'FBI rimase un secondo in silenzio,
quindi domandò: «Ha rapito anche lui?»
«No, ma ero lì lì per ammazzarlo.
Mi ero già procurata la vanga e tutto il resto.»
L'agente sputò il caffè che stava sorseggiando.
«Come?»
«Per fortuna, quando mi sono rivolta a Dio, mi ha
assicurato che se ne sarebbe occupato Lui.
Vuole sapere cosa mi dice di lei?»

JACE

Ricordi di Kerry, la mia ex fidanzata interessata soltanto ai soldi. Vecchi ricordi, sepolti sotto una bottiglia di Jack Daniel's, minacciavano di tornare in superficie. Mi aveva usato per la mia posizione e, quando poi avevo scoperto la sua incapacità di tenersi i vestiti addosso, era andata dai giornalisti e aveva rigirato la frittata, dicendo loro che ero io quello che la tradiva.

Mi ero quasi giocato la reputazione. E il mio cuore non era stato mai più lo stesso, da allora. La cravatta mi stringeva troppo, là dentro mi mancava l'aria. Per fortuna Beth aveva impedito che mi strangolassi da solo. Per un istante mi crogiolai in quel pensiero.

Le sue mani sulle mie.

L'idea che a qualcuno potesse davvero importare qualcosa di me a prescindere dai soldi che avevo o dai regali costosi che potevo permettermi di fare.

Ma, più di tutto, la preoccupazione che avevo visto dipinta sul suo volto mentre cercava di aiutarmi. Alla gente di solito non interessava niente dei miei sentimenti. Facevo il politico, il che, secondo loro, significava che di sentimenti non ne avevo. Soltanto opinioni, con cui appena il quaranta percento della popolazione dell'Oregon era d'accordo.

Forse stavo proiettando ricordi passati su di lei. Cosa ne potevo sapere di com'era diventata? La liceale che avevo conosciuto probabilmente non esisteva più. Del resto, neanch'io ero più lo stesso, e in parte ne davo la colpa proprio a lei. Beth mi aveva fatto credere che esistesse la magia, ma poi l'incidente aveva cambiato tutto.

Nonna Nadine si piantò le mani sui fianchi. « E allora? Cosa diavolo state aspettando lì impalati? Dobbiamo andarcene di qui! » Ci tirò due borsoni ed entrò in camera. « Cambiatevi. »

« Cambiarci? » chiedemmo Beth e io all'unisono.

La nonna prese la scatola di biscotti, che ormai era mezza vuota, e se ne infilò uno in bocca. Mentre masticava, chiuse gli occhi. Il foulard leopardato che aveva al collo si riempì di briciole. « Insomma! » disse dopo aver risollevato le palpebre, guardandoci dalla testa ai piedi.

Io avrei tanto voluto nascondermi dietro Beth oppure scappare, ma qualcosa me lo impedì... forse la curiosità, o più probabilmente la disperazione. Qualsiasi cosa fosse, comunque, era irritante.

« Posso chiedere come mai questo... abbigliamento? » fece Beth, superando l'imbarazzo.

« Ah, questa cosetta? Sono Catwoman », rispose la nonna, che ridacchiò e fece un miagolio.

« Ce ne siamo accorti. Ma non dovremmo cercare di passare inosservati? » dissi io, fingendo un colpo di tosse per nascondere il fatto che mi veniva da ridere.

« I gatti hanno nove vite. »

« Grazie, Wikipedia », commentò Beth, con un sorriso nervoso.

« I gatti piacciono a tutti, io piaccio a tutti. Fidatevi, il mio piano è infallibile. Anch'io godo di una certa notorietà, cosa credi. Quando mi vedranno nella hall, non si accorgeranno nemmeno di voi due che ve la svignate dalla porta sul retro. Fingerò di essere vestita così per una raccolta fondi da devolvere allo zoo di Portland. Penseranno si tratti di una trovata pubblicitaria e... Scusate, ma adesso non mi pare il caso di perderci in chiacchiere.»

Io restai in silenzio. Pensavo. Mi chiedevo se fosse semplicemente pazza o se fosse caduta dalla sedia a dondolo riportando un grave trauma cranico. Fui sul punto di chiamare Travis e pregarlo di rinchiudere sua nonna in una casa di cura. Quella donna non era un pericolo soltanto per la società, ma anche per se stessa.

«Via i vestiti.»

Be', se ritrovarmela davanti vestita da gatta non mi aveva fatto venire un infarto, l'ordine che aveva appena dato ci andò molto vicino.

Scossi il capo. «Mi scusi?»

Nadine alzò gli occhi al cielo e prese un altro biscotto. «Non potete certo passare inosservati con addosso uno smoking e un abito da damigella.»

Okay, Catwoman aveva ragione. Mi voltai a guardare Beth, ma lei stava già aprendo il borsone, da cui tirò fuori un paio di jeans e una maglietta bianca.

Seguii il suo esempio e aprii il mio. Là dentro c'erano così tanti indumenti che sarebbero bastati per andare in vacanza ai tropici per due settimane. Pescai un paio di bermuda. «E con questi cosa ci dovrei fare?»

«Niente domande», intimò la nonna.

«Come ha fatto a recuperare così in fretta i nostri

vestiti? » domandò Beth. « Jace li ha laściati dai Titus e io nell'auto a noleggio, no? Oddio, la macchina! »

« È qui fuori che vi aspetta », disse Nadine prima d'infilarsi il biscotto in bocca, e si esaminò le unghie. « Ragazzi, sembra davvero che voi due non vi fidiate di me. La nonna sa sempre quello che fa, e questo vi deve bastare. »

« Ma indossa un costume da gatta », le feci notare.

In realtà era più un leopardo, con tanto di coda, berrettino aderente di lana - che la faceva sembrare una scassinatrice - e foulard abbinato.

« Sbrigatevi! » ordinò la nonna battendo i tacchi a terra, mentre guardava l'orologio (anche quello maculato).

Evidentemente aveva una fissazione per l'animalier.

Beth brontolò e se ne andò in bagno, per uscirne qualche minuto dopo vestita come la donna dei sogni di ogni uomo: una maglietta bianca aderente sul seno, pantaloni strettissimi e strappati nei punti giusti e un paio di Converse che la facevano sembrare più giovane. Ovviamente mi guardai bene dal commentare a voce alta: non ci tenevo a farmi strappare le palle. E, a quanto pareva, l'età era un tasto dolente. Che poi non è che mi sembrasse tanto più grande. Ma, visto che ultimamente non mi potevo fidare molto della mia capacità di giudizio, preferii tacere e farmi gli affari miei.

Anch'io andai in bagno a cambiarmi. Indossai una T-shirt nera e un paio di jeans che non ricordavo mi stessero così stretti. Anzi, a dirla tutta, quei jeans non mi sembravano nemmeno i miei. *Va be'*, pensai. M'infilai un cardigan e lasciai perdere la cravatta. Quando alla fine riemersi, era già passato un quarto d'ora da che Catwoman aveva bussato alla nostra porta.

«Perfetto.» Nadine batté le mani, ma non fece molto rumore, perché adesso indossava anche un paio di guanti.

Dovetti girarmi dall'altra parte. Guardarla mi faceva sentire come quando al college avevo provato i funghi allucinogeni. Un'esperienza che mi ero ripromesso di non ripetere mai più.

«È ora.»

L'ascensore arrivò nella hall. La nonna schiacciò PLAY sul suo iPhone e ci fece l'occhiolino. «Sul retro c'è una macchina che vi aspetta. Noi ci vediamo tra un po'. Adesso lasciatemi i riflettori.»

Le porte dell'ascensore si aprirono.

Dall'iPhone partì la colonna sonora del *Re leone*. La nonna attraversò la hall e girò l'angolo.

Credo mi sia caduta la mascella quando la vidi sculettare come nessuna donna di ottantasei anni dovrebbe essere in grado di fare, a perfetto ritmo di musica. I flash delle macchine fotografiche impazzirono: quello era il segnale per svignarcela.

« Andiamo. » Presi la mano di Beth e infilai la porta sul retro.

Come aveva detto Nadine, la macchina a noleggio era là fuori ad aspettarci col motore acceso. Al volante c'era un uomo con una camicia hawaiana. « Salite! »

Senza farcelo ripetere due volte, Beth e io salimmo a bordo e non avemmo neanche il tempo di allacciare le cinture di sicurezza che l'autista premette sull'acceleratore facendo una sgommata.

Beth mi strinse le dita così forte che persi la sensibilità, quindi gli chiese: « Ehm... mi scusi, dove ci sta portando? »

« All'aeroporto. »

Lei allentò la presa, più tranquilla. « Che sollievo. »

« A chi lo dice. » L'uomo passò col giallo e accelerò di nuovo, bruciando un altro semaforo che era quasi rosso.

« Le dispiace rallentare un pochino? » domandai.

La risposta dell'uomo fu alzare il volume della radio. In quel momento passava *Womanizer* di Britney Spears e ovviamente lui conosceva tutto il testo a memoria.

Dieci minuti dopo arrivammo all'aeroporto. Non sapevo bene cosa diavolo ci facessi là, a parte aiutare Beth a scaricare il suo borsone. Mi pentii di tutte le volte in cui avevo fantasticato sulle avventure di una notte, visto com'era finita la mia: con la nonna di un mio amico vestita da Catwoman. Roba che neanche sotto l'effetto di chissà quale sostanza illegale sarebbe potuta accadere, e io ero sicuro al novantanove percento di non aver preso nulla.

Anche se restava sempre quell'un percento, soprattutto considerato che c'era lo zampino di nonna Nadine.

« Be', è stato divertente », dissi a Beth, dandole la sua borsa.

Un secondo dopo aver pronunciato quelle parole ero pronto a beccarmi uno schiaffone.

Lei inarcò il sopracciglio.

Ci riprovai: « Ieri notte, dico. I biscotti, gli esercizi... » Oddio, stavo peggiorando le cose. « Volevo dire... »

« Lascia stare. E grazie per avermi ricordato di aver introdotto nel mio corpo un'immane quantità di calorie per poi vomitare tutto sulle scarpe. »

Mi preoccupai. « Hai vomitato? »

« Non è questo il punto. Ora dammi la valigia così me ne posso andare. E grazie per la migliore nottata della mia vita. »

Mi s'illuminò il volto. « Sul serio? »

« Certo che sei proprio un bel tipo, eh? Era sarcasmo il mio, ovviamente, signor senatore. »

Mi accigliai. « Puoi anche chiamarmi per nome. »

« Oddio, ma quant'è gentile, signor senatore. Grazie, davvero. Ora però, se non ti dispiace, me ne torno a casa mia e cerco di dimenticare tutto: Catwoman, i giornalisti, i biscotti e... »

« Me? »

Per qualche motivo la cosa m'irritava. Stava scappando. Ma che cavolo! Almeno si ricordava di me? Il bacio che c'eravamo dati? Il ballo? Non si ricordava niente? Era stato un bacio incredibile! E poi perché mi ci stavo incartando di nuovo? Ma cos'aveva quella donna? Che diavolo mi prendeva? Cazzarola, mi stavo facendo venire un attacco di panico. Avrei tanto voluto che mi rispondesse: *Ah, ti ricordi quella volta che mi hai infilato la lingua in bocca? Non ho mai smesso di pensarci! Ti va di fare un figlio con me?*

Va be', magari una cosa del genere sarebbe stata un po' esagerata, ma che cavolo! Erano dieci anni che pensavo a lei! Ero finito persino in ospedale! Se non altro, poteva almeno ammettere che tra noi due c'era stato qualcosa, in passato. Questo. Mi sarebbe bastato uno sguardo, un cenno. Aspetta, aspetta: aveva cambiato espressione. Stava pensando. Si ricordava!

« Ci vediamo! » gridò l'autista e, prima che potessi dirgli qualcosa, mi tirò addosso il borsone. Poi partì di volata.

Rimanemmo lì a guardarlo come due stupidi. E intanto mi chiedevo se Beth avrebbe fatto un minimo accenno a quello che era successo tra di noi.

Stavo quasi per farlo io, quando sentii il rumore di

un paio di tacchi sull'asfalto. Ormai riconoscevo quel ticchettio, come qualsiasi animale nella catena alimentare che si debba difendere dai predatori.

Chiusi gli occhi e aspettai che quei passi si avvicinassero.

Quando furono prossimi, cominciai a pregare. Pregavo perché sparissero tutte le nonne vestite da Catwoman e che erano convinte di saper rappare. Pregavo per me stesso, perché non volevo diventare come Jake. Pregavo di non restare invischiato nella saga familiare dei Titus.

Anche se non ero nipote di Nadine, il rischio c'era.

Ero spaventato a morte, e il sospetto si trasformò in paranoia. Me lo sentivo ovunque, nelle ossa, in fondo al cuore... Sarei stato la sua prossima vittima.

E non sarebbe finita bene.

5

L'agente dell'FBI trasse un sospiro profondo.
« Dov'è? Ci dica soltanto dov'è. »
Nadine sorrise. « Potrebbe essere
in un mucchio di posti. »
« Dove, signora? »
« A 'fanculo. »
L'agente sputò di nuovo il caffè.
Oh, ma che bel pomeriggio si stava delineando!
« La pazienza prima o poi finisce, signora. »
« Anche il rossetto, se è per questo. Mi sa dire
qualcosa che già non so? Senta cosa le dico io,
invece: facciamo una scommessa. »
« Io non scommetto, signora. »
Nonna Nadine cominciò a picchiettare le unghie
sul tavolo. « Be', allora forse è ora che cominci. »

BETH

Nonna Nadine comparve dal nulla. Il costume da Catwoman era sparito, al suo posto un paio di pantaloni della tuta di Victoria's Secret. « Andiamo », disse afferrandomi la mano.

Jace si oppose: « No. Ascolti, apprezzo l'aiuto e tutto il resto, ma adesso me la cavo da solo, d'accordo? Io da qui non mi muovo. Non ci penso neanche a farmi imbarcare su un volo diretto a Las Vegas, per poi ritrovarmi con la fede al dito. Non ho nessuna voglia di stare al suo gioco e tantomeno di permetterle di manipolarmi. So bene cos'ha fatto a Jake. Cavolo, le ho dato persino una mano. Ma adesso basta. Stavolta no, nonna Nadine, mi dispiace».

«Sicuro?» gli chiese, e un sorriso da angioletto le attraversò il viso che, nonostante le rughe, aveva conservato la propria bellezza.

«Sì.»

«Benissimo.» Lei tirò fuori il cellulare, inviò un messaggio e lo rinfilò in borsa. «Adesso andiamocene da Starbucks. Beth, che ne dici di prendere qualcosina di caldo? Se vuoi la nonna ci fa aggiungere una lacrimuccia di vodka.»

Andare con lei significava lasciare Jace, ma anche mettermi a bere alle sette del mattino. Dopotutto, chi ero io per giudicare? La presi sottobraccio e la seguii all'interno dell'aeroporto.

Giusto per curiosità – giuro, soltanto per curiosità –, mi voltai a dare un ultimo sguardo all'uomo con cui avevo passato la notte, altrimenti detto «Thor» o «signor senatore». Mi stava guardando, con un sorriso appena accennato. Avrei voluto tornare di corsa da lui. E, più di tutto, avrei voluto riprovare la sensazione delle sue labbra sulle mie, perché il ricordo di quel ballo al liceo non mi bastava più. Erano passati troppi anni, e lo scorrere del tempo ha il brutto vizio di confondere i ricordi, lasciando addosso nient'altro che la sensazione del più insignificante dei gesti, e la consapevolezza di quanto quell'unico gesto ti abbia cambiata per sempre.

Quel bacio aveva rivoluzionato il mio modo di vedere le cose. All'improvviso i baci da sogno che si davano nei libri o nei film erano diventati qualcosa di raggiungibile. Nel giro di dieci minuti, Jace aveva preso le mie aspettative e le aveva alzate a un livello così alto che nessun uomo avrebbe mai potuto raggiungerlo.

Mi aveva fatto venire voglia di aspettare che arrivasse il principe azzurro o il cavaliere bianco. Poi gli anni erano passati e nessun principe o cavaliere si era presentato, e così avevo finito per chiudermi sempre più in me stessa. Perché, a differenza delle altre donne, io sapevo che era possibile. Avevo provato la favola sulla mia pelle e, anche se all'epoca avevo appena diciott'anni, non ero più riuscita a togliermela dalla testa.

Mi auguravo che quanto successo nelle ultime ventiquattr'ore avrebbe rotto l'incantesimo. *Vedi? Lo vedi, Beth? È tutt'altro che perfetto. Se lo guardi bene, zoppica un po' e vicino al sopracciglio ha anche una piccola cicatrice. Senza considerare il fatto che probabilmente ha problemi di aerofagia e di alitosi.*

Strinsi forte gli occhi. Fosse stata l'ultima cosa che facevo, gli avrei procurato una malattia incurabile! Doveva sparire dalla faccia della terra, così che potessi incontrare il mio principe azzurro o, nel caso in cui questo non fosse accaduto, adottare Charlie, il micio tartarugato su cui avevo messo gli occhi.

Se non mi sbrigavo a togliermi dalla testa lui e il cavolo di film che mi ero fatta, mi sarei trasformata in una di quelle tipe inquietanti che perseguitano attori e cantanti, convinte di essere davvero le loro fidanzate.

Non sarei diventata così.

Neanche per sogno.

Perciò continuai a camminare.

E non mi voltai più.

Sebbene non ci fosse un solo muscolo del mio corpo che non mi chiedesse di farlo.

Mi si serrò lo stomaco. Era così sbagliato sognare di vivere una favola? Cosa c'era di male a desiderare di più? Quella era forse la punizione per essermi illusa che il principe azzurro potesse avere anche un'anima? La maggior parte degli uomini che avevo incontrato o era così timida da scoppiare a piangere se soltanto gli dicevo « ciao », o noiosa al punto tale che per non addormentarmi dovevo ripetermi le tabelline. E quelli belli? Be', si comportavano come Jake, l'uomo che Char aveva appena sposato. Anche se, a voler essere giusti, lui adesso era innamorato e aveva smesso di troieggiare. In ogni caso, quelli belli di solito o erano gay o erano degli stronzi senza cuore incapaci di provare il minimo sentimento per un altro essere umano.

Io volevo incontrare quello giusto. Almeno una

volta nella vita, volevo provare cosa significasse essere felici con un uomo.

Una sola volta, prima di rinunciarci del tutto.

Visto che avevo trent'anni e finora non si era presentato nessuno, invece di sprecare la vita ad aspettare che un principe sul cavallo bianco venisse a liberarmi dal castello di cui ero prigioniera, avevo deciso di dedicare la mia esistenza al lavoro.

« Dick! » urlò Nadine con tutto il fiato che aveva in corpo.

Inorridita, alzai lo sguardo.

Il barista si chiamava Dick. Un nome del cazzo, in tutti i sensi.*

Arrossii all'istante.

« Dick! Dick! Dick! » continuava a ripetere nonna Nadine, mentre io cercavo di sottrarmi al suo abbraccio. Peccato che quei suoi tentacoli non ne volessero sapere di mollarmi. « Quanto tempo! È una vita che non ci vediamo. Come stanno i tuoi ragazzi? »

Lui sorrise e alzò le spalle. Sembrava sulla quarantina. « Bene, non ci possiamo lamentare. Ma cosa vi porto, adorabili signore? »

« Due caffè, con una spruzzatina di quello che sai tu. »

« Ricevuto. » Dick prese due tazzine e cominciò a

* Dick è il diminutivo di Richard, ma significa anche « cazzo ». (*N.d.T.*)

preparare l'ordinazione. Poi, quando l'altro barista non stava guardando, tirò fuori una bottiglia di vodka e ne versò un bel po' nei caffè.

Rimasi a bocca aperta. Credevo che Nadine stesse scherzando. Credevo dicesse per gioco. Del tipo: *Dai, ubriachiamoci!* Non pensavo volesse davvero bere vodka, a quell'ora!

Finito di preparare i caffè, il barista ce li passò sul bancone.

«Quant'è?» chiese nonna Nadine sorridendo davanti alla cassa.

«Per te offre sempre la casa, Nadine. Lo sai.» Dick le fece l'occhiolino e le baciò la mano, poi sorrise anche a me e passò agli altri clienti.

Lei mi diede la mia tazza e fece un bel sorso dalla sua.

«Com'è possibile che abbiamo appena ordinato qualcosa che non è nemmeno nel menu?»

Nadine poggiò la mano sulla mia. «Oh, cara, eccome se c'è. Hanno un menu speciale soltanto per me. Howie conosce i miei gusti.»

«Howie sarebbe Howard Schultz?»*

Scherzava, vero? Ma cos'era, una candid camera? Mi si accese la lampadina. Dovevo essere su *Scherzi a parte*, era l'unica spiegazione possibile.

* Rimando a Howard Schultz, noto imprenditore americano, conosciuto soprattutto per essere stato amministratore delegato della catena di caffetterie Starbucks. (*N.d.T.*)

« Oh, guarda! Eccoli. Giusto in tempo. » E fece un altro sorso mentre Travis, Kacey, Jake e Char facevano il loro ingresso in aeroporto, del tutto inconsapevoli del macello che stava per scoppiare lì dentro. Nonna Nadine avrebbe fatto morire chiunque si trovasse nei paraggi di una morte lenta e dolorosa.

« Ah, c'è anche lui... » aggiunse, per niente entusiasta, quando si accorse che dietro di loro c'era pure Jace, con un codazzo di paparazzi che smisero di scattare foto soltanto grazie all'intervento di Travis e Jake.

Gli addetti alla sicurezza dell'aeroporto pensarono ad allontanare i pochi fotografi rimasti.

« Cos'ha in mente? » le chiesi.

Nadine prese un altro sorso di caffè. « Non mi vuole ancora. »

« Chi? »

Sospirò. « Quello lassù. Sembra che il mio lavoro quaggiù non sia ancora finito. Evidentemente è fiero di me: in pratica ho salvato il mondo. »

« Come? » Ecco cosa mi toccava sentire. Io lavoravo per trovare una cura contro il cancro, e lei pretendeva di aver fatto di meglio?

« Ho salvato il mondo dalle malattie sessualmente trasmissibili. Considerato come si comportava quel cavolo di nipote che mi ritrovo, a breve sarebbe stato responsabile della diffusione di qualche nuovo virus. Quella puttanella. Ma io gli voglio tanto bene e, è vero, l'ho fatto a pezzi, ma poi l'ho aiutato a rimettersi in sesto... e guardalo ora, felice come una pasqua.»

«Certo.» Feci per allontanarmi.

Ma la nonna mi prese subito per un braccio. «Adesso bevi il caffè e, dopo, seguimi.»

«Ho scelta?» le domandai, e mi guardai intorno per capire se avevo speranza di trovare una via di fuga, escludendo l'opzione di farmi travolgere dalle auto in corsa.

Lei si fermò un istante e mi guardò negli occhi. «Mia cara, possiamo sempre scegliere. Il punto, però, non è questo. Bisogna vedere se hai migliori possibilità di cavartela da sola, o col mio aiuto. Di alternative ne abbiamo sempre a bizzeffe. Ma le fortune? Quelle capitano una volta sola nella vita. Che ne dici di buttarti?» E mi fece l'occhiolino.

«Non mi piacciono i salti nel buio.»

«Anche a me non piacciono quelli che russano. Non vuol dire però che li soffoco nel sonno. A volte, tesoro, c'è bisogno di una piccola spinta.»

«E questa spinta sarebbe lei?»

«Ma no! È il tuo coraggio. Io sono una bomba atomica. Cosa fai, allora? Vieni o no?»

Avrei potuto tornare a casa. Avrei potuto scegliere la via più sicura. Avrei potuto optare per le pareti bianche e l'ambiente sterile del mio laboratorio. Quello che avrei potuto scegliere era l'esatto opposto di ciò che mi offriva lei. Ma su una cosa Nadine aveva ragione: probabilmente mi sarei pentita di non averla seguita. E quindi, anche se ero abbastanza sicura che quello sarebbe stato l'errore più grosso della mia vita – addirittura peggiore di quando mi ero tinta i capelli di biondo platino –, mi aggrappai alla sua mano rugosa come fosse stata un salvagente e pregai il tizio lassù di non farmi tornare a casa chiusa in un sacco nero.

« Dovrò sparire per un po' », disse Jace tra un'imprecazione e l'altra. Tremava. E pareva che avesse bisogno del caffè corretto di Nadine molto più di me.

La nonna mi lasciò la mano e si fece largo in mezzo ai nipoti. « Sbaglio, o qualcuno ha parlato di una fuga? »

Si sentì un lamento. Poi le due coppie, pietrificate, la osservarono dirigersi alla biglietteria.

Nadine fece una serie di domande sulle loro lune di miele. Al plurale, perché Travis e Kacey si erano appena sposati e – grazie a un piano congegnato alla perfezione – lo stesso avevano fatto Char e Jake, e cioè il nipote donnaiolo di cui si parlava prima. Era volata una mazzetta, e un prete – che una volta in paradiso avrebbe dovuto dare non poche spiegazioni a riguardo – aveva sposato la coppia a loro insaputa. Qual è stata la cosa pazzesca? Che Jake e mia sorella Char erano felici da far venire la nausea.

Char era stata licenziata – ma la cosa non era tanto grave, visto che i Titus avevano soldi a palate – e adesso stava per andarsene in luna di miele con Jake Titus, ex donnaiolo, eletto « uomo dell'anno » da *GQ*.

Ovvio che tra le due, in famiglia, era lei quella bella.

A me erano toccate l'intelligenza e la miopia. Che culo!

« Beth! Beth, cara, vieni qui. Mi servono i tuoi documenti. »

Si voltarono tutti a guardarmi. Dire che avrei voluto sprofondare sarebbe un eufemismo. Ritrovarmi davanti ai fratelli Titus la mattina dopo il loro matrimonio, con una faccia che chiaramente diceva che Jace e io non avevamo chiuso occhio, fu molto più che imbarazzante. Mi sentivo nuda. E non nuda nel senso di libera e felice e in pace col mondo intero. Nuda del tipo che tutti ti indicano e ridono e tu hai soltanto due mani per coprirti. Insomma, dov'è la giustizia in tutto questo?

Mi avvicinai a Nadine e Jace, che sembrava troppo preoccupato per pensare a ciò che stava combinando la nonna. E forse era proprio quella la sua tattica: faceva in modo che ti ritrovassi in guai così seri che poi, quando ti offriva una mano – e cioè un viaggio di sola andata nel mondo dei pazzi –, eri talmente disperato che finivi per accettare senza nemmeno pensarci. Dicevi « sì » ed eri pure contento.

E io c'ero cascata.

E anche Jace.

« Documenti? » domandò Nadine.

Tirai fuori la patente e gliela consegnai.

Jace si strofinò il volto.

« Gli unici due posti vicini rimasti sono in coda all'aereo. »

Dall'espressione della hostess, mi parve di capire che non erano proprio i posti migliori.

« Vanno bene. Io starò in prima classe, insieme con gli sposini », rispose la nonna.

Non mi era ben chiaro cosa non andasse con la coda dell'aereo. Guardai Jace per capire meglio, ma lui era tutto preso a leggere messaggi sul telefono come uno che avesse appena buttato giù un caffè espresso e non sapesse bene come gestire la botta di adrenalina.

« Grazie, Ilene. Sei sempre un tesoro », fece Nadine accarezzando la mano della donna.

« Conosce proprio tutti, qui dentro? » le chiesi sottovoce.

Lei mi consegnò il biglietto e rispose: « Mia cara, come potrei fare la volontà del Signore, senza gli agganci giusti? »

Non faceva una piega. Accidenti a lei.

« Ragazzi! » chiamò la nonna, che fece seguire a quell'urlo anche un fischio.

Io feci una smorfia. Travis imprecò. Jace scosse il capo e disse qualcosa in una lingua che sembrava straniera. Kacey, invece, si limitò a ridere.

«È ora. Dobbiamo passare i controlli di sicurezza.» Poi si girò verso Jake e aggiunse: «Figliolo, nascondi la droga».

«Cosa?» le fece lui con gli occhi sgranati.

«Scherzavo.» Lei gli diede un pizzicotto sulla guancia e ci rise su.

Ma nessuno lo trovò divertente. Per stronzate del genere rischiavi di finire in galera.

Nadine si stava sbellicando. «Un giorno o l'altro morirò dalle risate.»

Travis borbottò: «Quando mai. Ce l'avrò sempre tra le palle».

Oddio, l'aveva detto davvero? A voce alta? Davanti a sua nonna?

Imbarazzata, guardai da un'altra parte. Come poteva parlare in quel modo davanti a una signora di quell'età?

Nadine infilò una mano in borsa e tirò fuori il rossetto. «Tranquillo, tesoro, con te ho finito. Puoi scopare in santa pace, adesso. Anche tu, Jake.»

L'ultima volta in cui ricordavo di essere arrossita così era stato quando, in prima media, ero uscita dal bagno con un lembo della gonna infilato per sbaglio nelle calze.

«Ah, ti ringrazio», rispose Jake.

«Con voi due ho finito. Missione compiuta. Ora passo il testimone alle vostre mogli. Però, vi avverto, se non mi sfornate qualche bisnipote nel giro di un anno, dovrò rivedere il mio piano quinquennale. A ogni modo, l'Occhio di Sauron adesso...»

«Ma certo, *Il signore degli anelli*...» la interruppe Travis, che puntò un dito contro il fratello. «Complimenti, Jake. Tutto merito tuo che dopo il matrimonio le hai fatto vedere tutti e tre i film. Ora abbiamo una nonna di ottantasei anni che crede di avere poteri da stregone.»

«Stavo dicendo che l'Occhio di Sauron adesso è su loro due.» Nadine indicò me e Jace, e giuro che dalle sue unghie vidi partire un raggio fotonico.

Mi nascosi dietro Jace, sperando di riuscire a schermarmi.

Poi mi girai verso i fratelli Titus e mi accorsi che entrambi lo guardavano con l'espressione di chi la sapeva lunga.

«Ti do un consiglio: non bere nulla che ti sembra abbia un sapore strano», gli disse Travis dandogli una pacca sulla spalla.

E Jake aggiunse: «Ricordati pure che la legge non può niente contro di lei. Perciò sappi che, se chiami la polizia, probabilmente quello che finirà dietro le sbarre sarai tu».

«Le piace il Benadryl», lo informò Kacey.

«E alla fine la spunta sempre lei», chiosò Char.

«Non è questione di bravura. Ma di saper riconoscere quando si è perso», puntualizzò Jake mettendo un braccio intorno alle spalle della moglie.

« Perdere? Non esiste questa parola nel suo vocabolario », fece Travis, e indicò la nonna.

« Dammi retta: giocati il tutto per tutto. Metti tutte le fiche sul tavolo da gioco », disse Jake.

« E poi cosa succede? » domandai io, incuriosita.

Sul viso del marito di Kacey apparve un sorrisetto. « Be', perdi comunque. Ma almeno sai cosa stai perdendo. »

« E cioè? Un mucchio di soldi? » fu la prima cosa che Jace disse da quando gli era stato dato quel biglietto aereo.

« No. È qualcosa che vale molto più dei soldi », rispose Jake al posto del fratello.

« Il punto non è mai cosa perdi. Ma se ti dispiace perderlo o no », s'intromise Nadine dirigendosi verso i controlli di sicurezza.

« Secondo me vi siete bevuti tutti il cervello », fu la risposta di Jace, che mi guardò con occhi impanicati. Poi si grattò la testa e imprecò.

6

« Preferirei non scommettere con una pregiudicata. »
Nonna Nadine rimase senza fiato. « Pregiudicata?
Attento a come parli! Sono qui soltanto per cortesia
e per chiarire questo piccolo fraintendimento. »
« Senta, abbiamo un furgoncino senza targa, una
richiesta di riscatto e droghe a sufficienza da
mettere KO un grizzly... Non lo definirei un
'piccolo fraintendimento' », disse l'agente
mimando le virgolette con le dita.
« Lo chiami come le pare. Io sono innocente. »
« E io sono Charlie Sheen. »
« Lo dicevo che aveva una faccia conosciuta! E mi
dica, come sta quel gran bell'uomo di suo padre? »

JACE

La prima cosa cui pensai una volta salito su quell'aereo? Bere. La seconda? Tutto il sesso che *non* stavo facendo e che, invece, i media erano convinti di sì. Divertente, perché, se fosse stato vero che mi ero intrattenuto in suddette attività extracurricolari con delle prostitute, di certo a quell'ora non sarei stato così abbacchiato.

Le uniche prove che avevano contro di me erano una ex fidanzata col dente avvelenato e il fatto di aver visto Beth all'aeroporto insieme con me. Il mio addetto stampa mi aveva mandato un messaggio in cui diceva di non preoccuparmi: la versione ufficiale era che avevo deciso di prendermi una vacanza. Non avevano dovuto far altro che dire che al matrimonio avevo incontrato una vecchia amica. Sì, una vecchia amica che non vedevo da oltre dieci anni e che avevo sedotto senza la minima esitazione. Davvero strano, perché, a parte me e Beth, nessuno sapeva che ci conoscevamo già da prima. E, comunque sia, ero stato davvero un idiota a illudermi che, di tutti i ragazzi che le avevano sbavato dietro al liceo, lei si sarebbe ricordata proprio di me.

Mi sfuggì un lamento. La verità era che... ero appeso a un filo. Mi ero fatto il culo per arrivare dov'ero, e l'idea di perdere tutto mi terrorizzava. Mi ero laureato prima del tempo. Avevo finito il master in meno di un anno. Studiato come un pazzo. Speso un sacco di soldi per la campagna elettorale. Per cosa, alla fine? Perché la gente mi vedesse fallire? Per farmi cacciare a pedate nel sedere? E tutto perché credevano a una donna che... mi aveva spezzato il cuore. Ancora sentivo l'odore che c'era in casa quella sera.

Ero tornato da un meeting a Washington.

C'era il camino acceso e dalla cucina arrivava profumo di arrosto con le patate.

Avevo salito le scale due gradini alla volta. Non vedevo l'ora di rivedere Kerry, di stringerla tra le mie braccia e dimenticarmi di tutto il resto almeno per un po'. Era soltanto quello che volevo da lei. E poi, insieme, facevamo un figurone.

Il mio tempo era prezioso. All'inizio della nostra storia scherzavamo sul fatto che passare due minuti con lei era come regalarle centinaia di dollari.

Il tempo era la cosa più importante che avessi a disposizione. E io non volevo sprecarne nemmeno una goccia.

E forse facevo male.

Perché se quella sera non avessi salito due scalini alla volta...

Se non fossi tornato a casa presto...

La mia vita sarebbe stata diversa. Certo, probabilmente sarei vissuto all'oscuro di tutto. Ma non mi sarei ritrovato con tutte quelle cicatrici addosso e a scappare ogni volta che una donna mi sorrideva.

Mi schiarii la voce e diedi un'occhiata furtiva a Beth. Stava leggendo *People Magazine*.

In fondo, cosa sapevo di lei? Che baciava bene. Che aveva un bel culo. E una risata meravigliosa. Sempre che nel frattempo non fosse diventata una fumatrice accanita, di quelle che quando ridono sembrano delle motoseghe. Per quel che ne sapevo, poteva anche aver fatto la prostituta a un certo punto della sua vita. Poteva avere scheletri nell'armadio. Chi non ne aveva? Come aveva fatto a pagarsi l'università, del resto? Il mio ragionamento forse non era solidissimo, ma era pur vero che in quel momento avevo un tale carico di stress addosso da giustificare persino il fatto che, non appena l'aereo decollò, ebbi la brillante idea di chiederle: « Ma tu sei una prostituta? »

Purtroppo, quando ti comunicano che gli unici posti rimasti sono quelli in coda, ciò che intendono dire, in realtà, è che sarai seduto in mezzo a tutti i ragazzini piagnucolosi e urlanti che quelli della prima classe vogliono stiano il più lontano possibile, mentre loro, intanto, bevono e se la ridono.

Se inspiravo abbastanza a fondo, poteva quasi sembrare che la puzza di merda che sentivo non venisse dal ragazzino seduto davanti a me, ma da una specie di... Ma chi volevo prendere in giro? Quello era l'inferno. E ci dovevo passare altre cinque ore.

Alcuni genitori si voltarono a guardarmi male, ma io ero troppo stanco per preoccuparmene. Avevo detto « prostituta », e allora?

« Prostituta? » ripeté Beth, più forte. « E come sarebbe arrivato a questa conclusione, signor senatore? »

« Senti, se continui a chiamarmi così, vorrà dire che io ti chiamerò 'Mostro divora biscotti', d'accordo? »

« Stronzo. »

« Perfetto. Preferisco 'stronzo' a 'signor senatore'. »

Beth alzò gli occhi al cielo e tornò alla sua rivista.

« Hai intenzione di rispondere alla domanda o preferisci che chiami la hostess per vedere se ha dei biscotti? »

« Ti sembro forse una prostituta? » ringhiò lei.

« Ecco... » Allora, se avessi detto « sì », in pratica le avrei dato della mignotta e, se avessi detto « no », avevo il sospetto che l'avrebbe presa come un'offesa, e cioè che non era abbastanza bella per essere una prostituta. Forse, però, mi stavo facendo troppi problemi. Cercai di allargare il colletto della camicia e risposi: « No ».

« Appunto. »

Aveva un'espressione delusissima, impossibile non notarlo. Si voltò dall'altra parte e si rimise a leggere il giornale. Senza girare pagina, però, perché in realtà non stava leggendo. Era ferita. Non so come, ma il mio insulto a un certo punto si era trasformato in una pugnalata, e io odiavo far male alle persone, soprattutto se non se lo meritavano.

Chiusi la rivista che aveva in mano e le sussurrai all'orecchio: « Ascolta, non sto dicendo che non potresti esserlo, se volessi. Sei molto bella. Non te l'ho chiesto per insultarti e neanche per fare il coglione. È solo che ho bisogno di sapere del tuo passato. Se hai segreti pruriginosi da nascondere, del tipo che una volta sei inciampata e sei finita col culo all'aria davanti a uno sfigatello della tua classe che poi ti ha denunciata per molestie sessuali. Ho bisogno di sapere questo genere di cose. Perché non si scaglieranno soltanto contro di me, se la prenderanno anche con te».

A Beth cominciò a tremare il labbro inferiore.

Ero incantato. Non ero mai stato uno particolarmente fissato con le labbra. M'interessavano di più altri tipi di curve. Ma la sua bocca sembrava così morbida, e io mi odiavo per il fatto di non ricordare com'era stato baciarla, la notte prima.

« Be', su quel fronte non hai di che preoccuparti, Jace. A scuola mi chiamavano 'Beth la noiosa'. Avevo in tutto tre amici, compreso il topo di laboratorio che mi avevano affidato, e sono stata invitata al ballo dell'ultimo anno per pena. Perciò, molestie sessuali? Prostituzione? Vendere il mio corpo o come lo chiami tu? Niente di niente. Neanche una cavolo di multa per aver infranto il limite di velocità o aver parcheggiato in divieto di sosta. » Le tremava la voce.

Cosa? Com'era possibile? Era così bella che anche ai tempi del liceo mi aveva lasciato a bocca aperta.

Mi sentivo un po' a disagio, volevo dire qualcosa ma fu lei a continuare. Stava parlando della stessa ragazza che avevo conosciuto al ballo tanti anni prima?

« All'università sono uscita con due ragazzi. Il primo lavorava da McDonald's e puzzava di patatine fritte. Io odio le patatine fritte. »

Ricorda: odia le patatine fritte.

Com'era possibile? Nessuno odiava le patatine fritte.

« Il secondo era fissato con l'aglio. Diceva che teneva lontani i vampiri. Come puoi vedere, sono uscita soltanto con dei nerd, perché io stessa sono una nerd. Sono una chimica. Non mi piace il rischio. Mi piacciono le pareti bianche e gli ambienti sterili. Il fine settimana bevo vino e guardo Netflix, e ho già messo gli occhi su due gatti che ho visto in un rifugio per animali. Potrei benissimo rimanere zitella tutta la vita. Ora, per favore, potremmo chiudere questa discussione? È stato già abbastanza imbarazzante risvegliarmi stamattina senza ricordare nulla della mia prima volta con un uomo, figuriamoci... »

Provai a non reagire. Ma evidentemente trattenere il fiato e sgranare gli occhi non fu il modo migliore di nascondere la sorpresa.

« Lasciamo stare, va'. » Lei riaprì il giornale.

« Beth, ascolta. Non lo sapevo. Cioè... io non... » Che cavolo, come facevo a tirarmi fuori da quella situazione? Cosa dovevo inventarmi per non peggiorare le cose? Allora feci l'unica cosa possibile, o forse l'unica che mi venne d'istinto: le strappai il giornale dalle mani e la baciai.

Dovete sempre tenere a mente che ero sotto un carico di stress allucinante, e a volte in quelle condizioni si possono fare scelte sbagliate. Ovviamente. Perché forse baciarla era stata l'idea più sbagliata che mi potesse venire. Soltanto che lei mi era sembrata triste, e poi mi aveva appena detto che quella con me era stata la sua prima volta. Quegli occhioni verdi le erano diventati tutti lucidi e io ero andato nel panico. Esatto: io, Jace Brevik, senatore degli Stati Uniti d'America, ero andato nel panico davanti a una donna sull'orlo delle lacrime.

Le sue labbra erano morbide proprio come me le ricordavo. Feci in modo che le schiudesse e, quando la sua lingua timidamente sfiorò la mia, gemetti.

«Siete sposati?» domandò una vocina stridula.

Mi girai verso quella voce. Una ragazzina che doveva avere otto anni stava in ginocchio sul sedile davanti e ci guardava. Aveva due codini che ondeggiavano di qua e di là perché l'aereo stava attraversando una turbolenza.

«No», risposi io, guardandola male. Ero ancora eccitato. Avevo appena baciato una completa sconosciuta. Be', non proprio sconosciuta.

«La mia mammina dice che i maschi e le femmine possono baciarsi soltanto se sono sposati.»

«Tua mamma vive nell'età della pietra», borbottai.

«No, è proprio qui vicino a me. Dorme. A volte mette un succo speciale nel suo bicchiere, così può dormire durante il volo.»

«Anch'io voglio quel succo», disse Beth, sottovoce.

La ragazzina ridacchiò, ma continuava a stare lì a fissarci, mentre io mi chiedevo come avesse fatto la mamma a passare i controlli di sicurezza con dell'alcol in borsa. Perché non ci avevo pensato pure io?

La ragazzina non si muoveva.

Cominciava a innervosirmi. Non mi fraintendete. I bambini mi piacciono. Gli accarezzo la testa e li bacio sulle guance di fronte alle macchine fotografiche, ma la realtà è che non c'è niente di più spaventoso di un film horror che ha come protagonista una ragazzina. Me la faccio sotto.

E quella, in particolare, sembrava perfetta per un film horror.

Mi schiarii la voce e cercai di guardare da un'altra parte, perché più la osservavo più mi convincevo che ci avrebbe fatti precipitare tutti. A quel punto, m'infilai una mano in tasca e le offrii una caramella. « Ne vuoi una? »

« Pericolo, pericolo! Uno sconosciuto, uno sconosciuto! Polizia, polizia! » cominciò a strillare quella.

« Scommetto che la sua mammina le ha detto che chiunque le offra una caramella è un maniaco », commentò Beth, sulle labbra un sorrisetto divertito.

Un secondo dopo, mamma orsa si girò e ci guardò malissimo. Io sventolai la caramella come fosse stata una bandiera bianca, nella speranza che non mi avrebbe mollato un ceffone o, peggio ancora, che non mi avrebbe creduto davvero intenzionato a fare qualcosa di male alla figlia. Tapparle la bocca col nastro adesivo? Perché no? Rapirla? Neanche morto.

« Ha offerto una caramella a mia figlia? » mi chiese in malo modo.

«Volevo soltanto essere gentile.» Sfoderai il mio miglior sorriso da politico.

«Sia gentile con qualcun altro. Noi siamo a posto così e, se ci prova un'altra volta, alle prossime elezioni voto i repubblicani.»

«Molto bene.» Beth cominciò a sghignazzare non appena la donna si fu rigirata.

«Cosa?»

«Ti ha riconosciuto! Evviva! Un altro voto in tuo favore.» Sollevò una mano per darmi il cinque.

Io la guardai malissimo.

E la cosa finì lì.

Appunto personale: la vita non è come nei film, e Beth non è come tutte le altre.

Le avevo appena infilato la lingua in bocca, eppure non stavamo parlando di noi, di cosa avrebbe significato quel bacio per la nostra storia. Lei non disegnava cuoricini sulla rivista e non c'erano uccellini che cinguettavano o Céline Dion che cantava. Al contrario, Beth si comportava come fosse stata colta da amnesia.

Si comportava come se non le fregasse niente che l'avessi appena baciata.

Cosa voleva dire? Perché diavolo l'avevo baciata? Per caso stavamo insieme? Io non stavo con nessuno! Allargai di nuovo il colletto della camicia, mi mancava l'aria.

Cazzo.

Non soltanto mi comportavo come Jake.

Ma stavo anche reagendo come una donna.

Un altro po', e avrei sentito gli uccellini cinguettare e visto un gruppo di cheerleader attraversare il corridoio a passo di danza sventolando assorbenti.

Perché da quel momento in poi non riuscii a pensare ad altro che a come evitare di poggiarmi sul bracciolo per non doverla sfiorare, perché lei avrebbe di sicuro pensato che l'avessi fatto di proposito.

Ed ero troppo nervoso per bere qualsiasi cosa, perché poi mi sarei dovuto alzare per andare in bagno, e lei avrebbe visto che sudavo freddo.

Stavo perdendo il mio aplomb.

E tutta la mia carriera era basata sul fatto che non perdevo mai il mio aplomb, in nessuna circostanza.

Eccetto quella.

L'unica persona che era riuscita a farmelo perdere era seduta accanto a me, su un volo che sarebbe durato cinque ore. Ed era del tutto immune al mio fascino. Come un cavolo di antibiotico. Merda. Ero una specie di malattia.

Con un lamento, mi presi la testa tra le mani.

La mia seconda ora all'inferno finì con la ragazzina seduta davanti a noi che si girava e mi chiedeva se avessi mal di pancia. Perché anche lei, quando aveva mal di pancia, si lamentava.

Nota a margine: non mi sarei mai riprodotto.

7

«Non nascondo di essermi fatta fare qualche ritocchino. Del resto, quale donna non desidera dimostrare vent'anni di meno? Ma, nonostante l'età, le energie non mi mancano», disse nonna Nadine facendo l'occhiolino.

«Mi perdoni, ma questo cosa c'entra con la sicurezza nazionale?» L'agente dell'FBI si tolse gli occhiali e sbuffò.

«Non c'entra nulla, ma tutti questi discorsi su rapimenti e crimini vari cominciano un po' ad annoiarmi. Che lagna! Non è che avrebbe un po' di vino, per caso?»

BETH

Avevo letto quello stesso articolo almeno una quindicina di volte quando, alla fine, mi resi conto che non stavo capendo neanche mezza parola. L'unica informazione utile che ero riuscita a ricavare dalle due frasi che continuavo a leggere e rileggere era che si era verificato un altro incidente aereo in Europa. *Grazie mille,* US Weekly. *Ti sono davvero grata per la bella notizia e per la strizza che mi hai fatto venire.* Non bastava dover stare seduta accanto a Jace, adesso morivo dalla paura che l'aereo potesse precipitare da un momento all'altro. Perché, diciamocela tutta, non mi potevo ritenere la donna più fortunata sulla faccia della terra.

Avevo appena rivelato a Jace che era stato il primo uomo con cui ero stata.

E avevo trent'anni. Anche se lui questo non poteva saperlo, non con certezza. Mica avevo un cartello al collo con su scritto: VERGINE TRENTENNE.

Se avessero mai fatto un film sulla mia vita, lo avrebbero ambientato in una dispensa piena di biscotti, patatine in sacchetto e bibite gassate. La storia avrebbe parlato di una dipendenza da Netflix e dal *Diario del Vampiro*.

Non ci sarebbe stato un protagonista maschile, e gli unici altri personaggi sarebbero stati svariati gatti e una pianta di aloe vera di nome Waldo.

Chiusi gli occhi e cercai di convincere la mia mente a smettere di pensare e... provare soltanto a rilassarsi. Ma quel bacio mi aveva ricordato ancora una volta tutto quello che mi ero persa. Quello che di sicuro mi ero persa la sera prima, visto che non ricordavo niente di ciò che avevamo fatto. Era allucinante che non fossi mai andata a letto con nessuno, ma ancora più allucinante era che, quando alla fine mi era capitato, ero riuscita a rimuovere tutto. Se non altro adesso non mi potevano più chiamare « Beth la noiosa »! Tenersi quel soprannome per tutti gli anni del liceo non era stato bello.

Beth la noiosa. Detestavo quel soprannome. Brett

mi aveva chiamata così quando mi ero rifiutata di baciarlo, dopo il ballo. E, quando ci aveva riprovato, io avevo minacciato di avvelenarlo.

Con espressione corrucciata, rimisi il giornale nella tasca del sedile e chiusi gli occhi.

« E quindi... è stata la tua prima volta? » disse Jace a bassa voce.

Riaprii gli occhi. Eh, già: ero proprio quel tipo di ragazza. Quella che apre gli occhi quando invece dovrebbe tenerli chiusi, quella che dice « sì » anziché « no », quella che, se le si presentasse l'occasione di baciare all'infinito lo stesso figo, lo farebbe senza esitazione.

Assomigliava davvero a Thor.

Doveva saperlo.

Fui quasi tentata di dirglielo, ma dubitavo avesse bisogno che qualcuno gli ricordasse quanto fosse attraente. Era diventato davvero un bell'uomo. Al liceo era già carino. Ma adesso era stupendo. E aveva un fisico perfetto.

M'inumidii le labbra e, senza farmi vedere, gli diedi una sbirciatina. Era appoggiato all'oblò, il mento sulla mano come se fosse immerso in chissà quali pensieri. La bocca carnosa serrata mentre fissava lo schienale davanti a lui.

Mi girai subito dall'altra parte, e fu in quel momento che mi resi conto di quello che stavo facendo. Ero su un volo per le Hawaii, seduta accanto a un semisconosciuto e senza la minima idea di ciò che sarebbe successo.

« Ma che cosa stiamo facendo? » gli chiesi.

Jace si voltò a guardarmi. « Scusa? »

« Perché stiamo andando alle Hawaii? È una follia, lo sai, vero? »

Lui sorrise. « Non lo è. È soltanto un viaggetto. Darà il tempo al mio addetto stampa di far calmare un po' le acque. E poi, se la conosco bene, nonna Nadine non avrebbe mollato l'osso tanto facilmente. Meglio assecondarla che vederla fingere un ictus o dare mazzette al prete di turno. »

Annuii. « Sono d'accordo. Ma cosa faremo una volta là? Io, poi, ho preso soltanto una settimana di ferie. »

Okay, era una bugia. Ne avevo prese due, ma lui non poteva saperlo.

« Quindi, dicevamo: è stata la tua prima volta? » tornò a domandare.

Era a quello che stava pensando prima, quando pareva immerso in chissà quale ragionamento?

Divenni rossa come un peperone. « Non mi va di parlarne », chiusi subito il discorso.

« Va bene. » Jace si girò dall'altra parte e si rimise a pensare. Aveva gli occhi stanchi. « Non appena atterriamo, chiami il tuo capo e gli spieghi la situazione. Ovviamente, non dirgli la verità. Inventati che hai avuto un'emergenza in famiglia. Tanto il tuo nome non è ancora trapelato, e le uniche foto che hanno di te sono tutte sfocate e tu sei irriconoscibile. »

« Okay, così un problema è risolto. Ma come facciamo con nonna Nadine? »

« Mi avete chiamata? » sentii dire a una voce uscita dal nulla.

Era dietro di me. Speravo fosse un'allucinazione, ma, dall'espressione irritata di Jace, capii che la mia preghiera non era stata ascoltata. Mi voltai lentamente e mi ritrovai di fronte nonna Nadine. Aveva un bicchiere di vino in mano e sembrava felice come una pasqua.

« Ha bisogno di qualcosa? » le domandò Jace.

Lei affilò lo sguardo. « Ma quanto sei caro. Con te dovrò stare più attenta che con gli altri due. Ma non mi freghi, Jace Antonio Brevik. »

Mi sentivo tra due fuochi. Se vinceva Jace, era un conto. Ma, se ad averla vinta fosse stata lei, potevamo cominciare a pregare e prepararci a morire.

« A ogni modo, mi dispiace per il piccolo inconveniente, ma devo ammettere che era tutto preparato », disse la nonna rivolta a me.

« Ma non mi dica », commentò Jace.

« Quando sbaglio, lo ammetto. E ho sbagliato a drogarvi », fece lei.

« Ci ha drogati? Quando? » chiesi io.

« Piccina, dovresti stare più attenta quando qualcuno ti porta da bere. »

« Certo, c'è da aspettarselo, che una vecchietta di ottantasei anni ti metta della droga nel bicchiere, no? »

« Non posso negare né confermare i tuoi sospetti. Ma mi farò perdonare. Questa volta ho un po' esagerato con la mia mania di trovare un'anima gemella per tutti. Detto questo, però, vedrete che saprò rimediare. »

« Non abbiamo nessuna intenzione di sposarci », disse subito Jace senza mezzi termini.

Nadine fece una risatina e prese un altro sorso di vino. « Ma certo! Intendevo dire che, non appena atterriamo, ce ne andiamo a cena, noi tre soli. E poi potrete godervi il resto della vacanza. È già tutto pagato. Beth, so bene quanto ti piace fare escursioni! »

« Ti piacciono le escursioni? » domandò Jace, alquanto sorpreso.

La cosa m'irritò a tal punto che mi uscì il fumo dalle orecchie. « Mio caro senatore, non mi pare una notizia così scioccante che mi piaccia fare camminate e stare in mezzo alla natura. Ogni tanto esco anch'io, sai? Anche a me, ogni tanto, piace spassarmela. »

Jace aveva le pupille dilatate.

D'istinto, afferrai il bracciolo che ci separava: era l'unica cosa che ancora m'impediva di saltargli addosso e strappargli la cravatta. Era una cosa che avevo sempre voluto fare. Saltare in braccio a uno e...

Nonna Nadine riprese la parola ignorandoci del tutto. Io avevo lo sguardo perso nel vuoto, rapita com'ero in quel sogno da ninfomane, e Jace probabilmente pensava che mi stesse venendo un aneurisma. « E per quel che riguarda te, Jace, il cibo è sempre stato in cima alle tue priorità. Non negarlo. Hai una fissazione per il buon cibo e il buon vino. »

« Sei appassionato di vini? » dissi senza neanche rendermene conto.

Il volto di Jace s'illuminò all'improvviso. « La mia famiglia possiede alcune aziende vinicole sulla costa. Adoro il vino. »

Lo avrei sposato subito, anche soltanto per il suo vino. E non giudicatemi: una donna ha le proprie esigenze.

« Interessante », dissi facendomi più vicina a lui. Inspirai il suo profumo e mi lasciai inebriare da quella prossimità.

Jace, però, si allontanò di scatto e lanciò un'occhiataccia a Nadine. « Ho capito benissimo cos'ha in mente. »

« Cosa? » rispose lei, mentre si esaminava le unghie.

« Beth ama il vino. Io amo il vino. Beth ama le escursioni. Io amo le escursioni. 'Oh, ma pensa che coincidenza: ho giusto pronto un prete per farvi sposare.' Col cavolo! Se lo può scordare! La dovrebbero rinchiudere in una casa di riposo. »

Lo sguardo gelido che la nonna restituì a Jace avrebbe potuto mettere fine al riscaldamento globale.

« L'unica casa in cui andrò è la Casa Bianca, e soltanto per assicurarmi che tu non venga mai eletto. »

« Non mi provochi. »

« Troppo tardi. »

« State buoni, vi prego », dissi io, poggiando una mano sul petto di Jace, dove, sfacciatamente, la lasciai ben più del dovuto.

Lui fece uno di quei sorrisi da politico che fanno rabbrividire. Sapete bene a che tipo di sorriso mi riferisco: troppi denti bianchi in bella vista e occhi che si fanno piccoli piccoli. « Hai ragione. Che fine hanno fatto le mie buone maniere? Mettiamola così, allora: non sono interessato a cominciare una relazione e non ho nessuna intenzione di farmi manipolare da una donna che butta giù pillole per la pressione come fossero caramelle e bara a Bridge. »

« Ma che cosa dici! Io non ho mai... »

« Non starò ai suoi giochetti. Adesso lo sa anche Beth. »

« E anche noi, se è per questo », s'intromise la donna del sedile davanti, con fare scocciato.

« Lei torni a dormire e non rompa le scatole. » Jace incrociò le braccia al petto. « Nonna Nadine, la smetta d'intromettersi negli affari degli altri. Stasera andremo a cena, ma poi *questa storia* finisce qui », disse riferendosi a me e a se stesso.

Non so perché, ma mi veniva da piangere. Il motivo non mi era molto chiaro. Ero d'accordo su ogni singola parola che aveva detto, ma lo stesso mi sentivo ferita e rifiutata.

Non c'è niente da fare, noi donne siamo irrecuperabili. Per quanto un uomo possa giurarci di non volersi impegnare in una relazione seria, noi comunque, in fondo al cuore, nutriamo sempre la speranza che, con quella giusta, il loro modo di vedere le cose cambierebbe. E quindi mi faceva male sapere che, benché ci fossimo ritrovati, baciati e fossimo finiti a letto, lui rimaneva convinto della propria scelta.

Forse con quelle parole non intendeva respingermi, ma nel mio cuore era quello che significavano. Erano state il colpo finale: io e l'amore non eravamo fatti l'una per l'altro. Se non riuscivo neanche a sedurre un politico, ero proprio senza speranze. Mandai giù la delusione e guardai nonna Nadine.

« Beth? Tu sei d'accordo? »

Quegli occhi avevano dei poteri magici. Era come se fossero in grado di penetrarti nella mente e leggere i pensieri. Perciò, prima di annuire e fingere un sorriso, mi sentii costretta a distogliere lo sguardo. « Lei mi conosce, Nadine. Io vivo soltanto per il lavoro. Il matrimonio non fa per me. »

La nonna pareva delusa. « Be', se siete entrambi d'accordo... »

Jace mi prese la mano. « Lo siamo. Ma apprezziamo comunque il suo tentativo. »

Ecco, in quel momento avrei tanto voluto dargli un pugno in faccia.

« Jace », feci con una vocetta fintamente smielata.

« Dimmi. »

« Se non la smetti di parlare al posto mio, giuro che mentre dormi ti userò come cavia per uno dei miei esperimenti. Sono stata abbastanza chiara? »

Lui si ritrasse e fece un sorrisetto. « Chiarissima. »

Nonna Nadine sospirò così forte che avrebbe potuto svegliare tutti i bambini seduti in coda all'aereo. « Quel che è fatto è fatto, ormai. E vi ripeto: scusatemi tanto per l'inconveniente. Atterreremo per l'ora di cena. Ho già fatto le mie scuse ai ragazzi per aver rovinato la luna di miele. Comunque, penseranno loro a portare le nostre valigie in albergo mentre noi ce ne andiamo a cena. Dopodiché li raggiungeremo per il bicchiere della staffa. »

« Bene », risposi nervosa.

Lei a quel punto ci salutò e se ne tornò in prima classe.

Sospirai e mi lasciai andare sul sedile. Avrei fatto bene a guardare il lato positivo delle cose. Il fatto che Jace non mi volesse non voleva dire che ero una sfigata. Significava soltanto che ero... single. Ancora single. Dovevo dedurne che a letto ero un disastro? Forse. E pure che ero una pessima baciatrice? Sfido io, gli unici due che avevo baciato erano stati l'amico dei vampiri e Mr Patatine fritte!

« Ha in mente qualcosa. »

« Jace, ti prego, smettila di essere così... »

« 'Così' come? »

« Sospettoso. Si è scusata. E abbiamo una vacanza pagata. Non esagerare. »

« Ma... »

« Io adesso voglio dormire. »

« Va bene. » Sembrava scocciato.

Avrei voluto vedere la sua espressione. Esaminare ogni suo sguardo, ogni sospiro, ogni gesto. Ma tanto sapevo che, alla fine, il risultato dell'equazione sarebbe stato sempre uguale a zero. Lui non avrebbe mai voluto ciò che io avevo da offrire.

Anche perché tutto quello che potevo dargli era il mio cuore. E gli ultimi trent'anni mi avevano dimostrato che quello non interessava proprio a nessuno.

8

«Mi sta dicendo che il senatore voleva essere rapito?»
Nonna Nadine annuì. «Esatto.»
«E che voleva essere drogato?»
«Certo.»
«E che le avrebbe chiesto di dargli un po'
di tempo prima di rivelare dove si trova?»
«Proprio così.»
«Signora, lei ha ucciso il senatore Brevik?»
«Mio caro, se lo avessi ucciso, di certo non mi sarei
fatta prendere. Ed è per questo che mi trovo qui.»
«Lei è qui perché l'abbiamo presa.»
«Ho lasciato che mi prendeste. Per dargli un po'
di tempo.»
«Va bene, facciamo finta che le creda. Tempo per cosa?»
«Per l'amore.»

JACE

Quando l'aereo atterrò a Honolulu, la mia pazienza era arrivata al limite. La ragazzina davanti a noi aveva passato l'ultima ora a raccontarci della scuola, della sua vita, della mamma, dei mal di pancia. Di qualsiasi cosa che credeva potesse interessarci. Ma la goccia che aveva fatto traboccare il vaso era stata quando Beth si era messa a colorare con lei.

E io ero rimasto lì a guardare.

Le sue mani sul foglio di carta.

Le sue dita che stringevano il pastello.

Il suo viso che s'illuminava quando la ragazzina le diceva che era brava.

E io che mettevo il broncio perché giocava con lei e non pensava a me.

Ero incavolato nero. Stavo andando fuori di testa. Più ci pensavo, più m'innervosiva che Beth non mi stesse degnando della minima attenzione.

Forse avrei dovuto chiederle scusa per essere stato così diretto, ma era stato meglio così. Meglio che lei sapesse che era stata soltanto l'avventura di una notte. Sì, è vero, lei era bellissima, ma quello non significava che fossi pronto a servirle le mie palle su un piatto d'argento.

L'avevo fatto una volta. Non ci sarei più cascato.

Ero forse un mostro per questo? Avevo un lavoro che amavo moltissimo. Ed ero pronto a fare qualsiasi cosa per difenderlo.

Accesi il telefono e controllai i messaggi.

Rick: CHIAMA NON APPENA ATTERRI.

Invece di richiamarlo, gli risposi con un SMS. Non volevo essere il solito rompiscatole che si mette a parlare al telefono intralciando chi cerca di riprendersi la valigia.

Io: ATTERRATI. NON POSSO PARLARE. TUTTO A POSTO?

Rick: « A POSTO » IN CHE SENSO?

Io: PROBLEMA RISOLTO?

Rick: SE IL PROBLEMA CUI TI RIFERISCI È UNA BELLA TRENTENNE CHE LAVORA PER L'AZIENDA DI CUI HAI RIFIUTATO LA PROPOSTA PERCHÉ SECONDO TE NON ERA SCRITTA A MODO, ALLORA SÌ: TUTTO A POSTO. FANTASTICO.

Io: COSA?!

Rick: RIPETO: CHIAMAMI APPENA POSSIBILE. DOBBIAMO SISTEMARE QUESTA FACCENDA. RISCHIAMO DI PERDERE UN SACCO DI VOTI. LA BUONA NOTIZIA È CHE LA GENTE PENSA CHE TU STIA PER SPOSARTI E SONO TUTTI ENTUSIASTI. PERCIÒ RESTA DOVE SEI.

Ero nero. Rimisi il telefono in tasca e mi massaggiai le tempie.

« Brutte notizie? » chiese Beth sbattendo quei suoi occhioni verdi.

« Sì, e devo ringraziare te. » Ero in trappola. Non potevo andarmene. Il che voleva dire restare insieme con Beth, e sapevo benissimo che non sarei riuscito a controllarmi ancora a lungo, prima di saltarle addosso con tutta la foga e la frustrazione che avevo in corpo.

« Me? » domandò, sorpresa.

Cercai di sembrare arrabbiato, non eccitato. « Se ti offrissi una quantità indecente di soldi, accetteresti di mollarmi un calcio nelle palle davanti alle telecamere e di dichiararti incapace d'intendere e volere? »

Lei mi guardò con un'espressione che diceva già tutto. « Un calcio nelle palle te lo do anche gratis. Per tutto il resto, vedi di andartene affanculo. »

« Ah! Guarda che caratterino la nostra amica chimica... » Mi stavo comportando da stronzo. Sapevo che mi stavo comportando come uno stronzo, ma ero incavolato marcio. Le avevo chiesto apposta se aveva qualcosa da dirmi, se aveva qualche segreto da confessare! E lei non mi aveva detto che lavorava per la GreenCom. Tecnicamente era stato mio l'errore. Non avevo pensato a qualcosa che avesse a che fare col lavoro. E, in tutta onestà, non era neanche così importante. Più che altro ero arrabbiato perché il suo profumo mi stava dando alla testa.

« Sei un coglione », disse, dandomi una spinta per poi infilare il corridoio.

Erano scesi quasi tutti, ormai.

Imprecando, la seguii.

Ero stato drogato da una vecchietta di ottantasei anni.

Non ricordavo nulla della notte di sesso appena trascorsa.

Mi avevano accusato di essere andato con una prostituta.

E ora mi ritrovavo in vacanza alle Hawaii, ma la sensazione era di essere stato rapito.

In più, stavo perdendo un sacco di voti.

Peggio di così non poteva andare.

Alla fine raggiunsi il gate dove mi aspettavano Travis, Kacey, Char, Jake e Beth.

Era evidente che qualcosa non andava, perché se ne stavano là coi telefoni in mano a fare una chiamata dopo l'altra. Kacey sembrava sul punto di scoppiare a piangere.

« Cosa c'è? È morto qualcuno? » chiesi io come un cretino.

Si girarono tutti a guardarmi.

« Non troviamo più nonna Nadine. Ha detto di voler andare a incipriarsi il naso, ma poi è sparita », disse Beth.

« Sono sicuro che sta bene. Dopotutto è di nonna Nadine che stiamo parlando. Se qualcuno ha provato a farle del male, non vorrei essere al posto suo. Sarebbe una scenetta divertente. »

I cinque parvero tranquillizzarsi.

Almeno finché non sentimmo strombazzare un clacson.

E vedemmo arrivare a tutta velocità un'automobilina elettrica dell'aeroporto.

« Mi sa che l'abbiamo trovata », dissi.

Nadine fermò il mezzo e, dopo aver mimato qualche colpo di frusta, scese e ci raggiunse. « Scusate, miei cari, ci ho messo una vita a trovarne una. »

Io feci una smorfia. « Non credo sia legale girare

con una di quelle macchinine senza il personale dell'aeroporto.»

Lei mi guardò in un modo che mi fece rabbrividire. «Qui sono io che comando.»

Oh, cazzo. Ma in che situazione mi ero infilato?

«Salite.» La nonna inserì la retromarcia e per poco non prese sotto due vecchietti. Poi tirò fuori il rossetto e se lo mise guardandosi nello specchietto retrovisore.

Molto bene, quella donna usava gli specchietti per truccarsi e non per guidare. Eravamo in ottime mani.

L'ultima cosa che avrei voluto fare in quel momento era andare a cena. Dormire. Non desideravo altro. Mettermi a letto e sentire Rick che mi diceva che era tutto a posto.

Presi il borsone e mi diressi alla macchinina. Poi mi girai e vidi Beth appoggiata a Char. Stava piangendo. Per colpa mia? Feci per andare verso di lei e chiederle scusa, ma mi trovai di fronte Jake e Travis. Tutti e due sembravano pronti a spararmi in faccia pur di non permettermi di avvicinarmi a lei.

«Ascoltami bene, cazzone», esordì Jake.

Scoppiai a ridere. Era stato più forte di me. *Cazzone?* Faceva sul serio?

E poi mi diede un cazzotto nello stomaco che mi fece piegare in due. Non una scena di cui andare fieri. Travis mi raddrizzò e mi mise contro il muro, perché non si vedesse che mi avevano appena colpito.

« Okay, vi sto a sentire. »

« Ti facciamo fuori. » Travis sorrise, come se gli piacesse l'idea di ammazzare un senatore e finire in prigione. « Lasciala in pace. »

« Chi, nonna Nadine? »

« La nonna? Scherzi? Quella donna sarebbe in grado di farti vedere i sorci verdi anche a occhi chiusi. E per te non mi dispiacerebbe neanche. È di Beth che stiamo parlando », disse Jake.

« Ma io non le ho fatto niente! »

« Ci sei andato a letto. »

« Non ne sono tanto sicuro. Diciamo che... non ricordo tutti i particolari. »

Travis diede una piccola gomitata a Jake. « Ansia da prestazione? »

« No, no. Ero ubriaco o forse... »

Risposta sbagliata.

Mi diedero un altro pugno.

Il mio stomaco non esisteva più, ormai. Meglio, almeno non sentivo la fame!

Travis alzò la voce: « Non fare il furbo con lei. Lasciala in pace. Falle godere la vacanza alle Hawaii e sii gentile ».

« Io sono sempre gentile. »

« Tu sei un... *politico*. Il che vuol dire che fare il gentile e fregare la gente è il tuo lavoro. Ma io non ci casco. Non ci sono cascato quando andavi dietro a Char e non ci casco adesso. Lasciala. In. Pace », fece Jake.

« Altrimenti? » li sfidai.

Okay, non avevo intenzione di far niente, in realtà, ma m'innervosiva che mi stessero minacciando.

Travis guardò il fratello con un sorrisetto, come se fossero a conoscenza di chissà quale segreto di cui io ero all'oscuro. « Oh, ma è semplicissimo. Se non la lasci in pace, ti diamo in pasto a quella là », disse indicando la nonna, che in quel momento litigava col telefono.

« Non c'è rete! Maledetto Paese del terzo mondo! »

Mi sarebbero bastati cinque minuti in compagnia di quella donna, per essere indotto a commettere un reato federale. « Bene. Ma, per vostra informazione, avevo già intenzione di lasciarla in pace. »

« Come no. È per questo che prima non le staccavi gli occhi dal culo », commentò Jake.

Neanche a dirlo, in quel momento i miei occhi si posarono proprio là dove non avrebbero dovuto, e in tutta risposta mi beccai un altro pugno nello stomaco.

« Sono contento che ci capiamo », disse Travis dandomi un buffetto sulla guancia.

« Cazzo, vi comportate come dei mafiosi. »

« E la nonna è il nostro boss. Ah, a proposito, divertiti alla cena », ribatté Jake, che s'infilò le mani in tasca e prese a fischiettare.

« 'Fanculo. »

Ancora piegato in due, guardai le coppiette dirigersi verso il ritiro bagagli a bordo dell'automobilina, lasciandomi lì con Beth e la nonna, che si mise a battere le mani tutta contenta e disse: « Che bello! Adesso noi tre ce ne andiamo a cena! »

9

> «Ha intenzione di tirarla ancora per le lunghe?»
> chiese l'agente.
> Nonna Nadine sorrise e si sporse sul tavolo.
> «Lei quanto tempo ha, zuccherino?»

BETH

Ero una stupida frignona. L'unica spiegazione possibile era che avessi la sindrome premestruale o qualcosa di simile. Char e Kacey mi abbracciarono e mi dissero che gli uomini erano tutti stronzi. E in un certo qual modo la cosa mi rincuorò.

Evidentemente mi avevano guardata in faccia e volevano consolarmi, il che - quando si tratta di donne - significa mettersi a parlare male del ragazzo in questione finché l'amica in lacrime non smette di piangere e si unisce agli insulti.

Ma a me non andava di dire cattiverie su di lui. Perché, per quanto fosse stato duro, se non altro Jace si era dimostrato onesto.

E quello potevo sopportarlo. Erano gli uomini che mentivano che non reggevo. All'onestà ero abituata. Ci potevo stare. Aveva un senso.

Forse era colpa dei capelli.

Erano anni che mi dicevano che dovevo cambiare colore perché quel castano era troppo banale.

O forse era per gli occhi? Anche se in realtà erano l'unica cosa bella che avevo. Ciglia lunghe e scure e occhi verdi, che mi davano un non so che di esotico.

Lì ci fermavamo, però. No, davvero. Gli occhi erano l'unica particolarità che potessi vantare. Perché il fisico era normalissimo: né troppo grasso, né troppo magro. Cavolo, parlavo come Riccioli d'Oro.

«Ti ha trattata male?» disse Char stringendomi la mano. Lei era sempre stata una che andava dritta al punto.

E io l'amavo per quello.

«No, affatto. Si è comportato da perfetto gentiluomo. E, considerato che è un senatore, non mi posso lamentare.»

«Senatore di 'sto cavolo. È un viscido, quello.»

«Credevo ti piacesse.»

«Mi piaceva. Un tempo. Prima che ti rapisse dal ricevimento. Prima di scoprire che hai trascorso ore e ore spalmata contro il suo petto nudo. Prima che lo beccassi a fissarti il culo come se custodisse chissà quali segreti.»

«Mi fissava il culo?» le domandai con tono un po' troppo speranzoso. *Male, Beth. Molto male.*

«Non è questo il punto, Beth. Ricordi com'è andata con Brett? E Steve? E John?»

« Smettila di tirar fuori tutti gli uomini del mio passato, se non vuoi che mi ammazzi in questo preciso istante », borbottai.

Kacey non diceva una parola. Ci ascoltava con interesse, le labbra increspate da un sorriso, mentre il suo sguardo vagava tra me e Jace. « È carino, però », disse alla fine.

Carino? A dire il vero era un dio sceso in terra. Sul serio, andate a fare due chiacchiere con quelli della Marvel.

« Kace... i bambolotti sono carini, non i politici », la riprese Char.

« Andiamo! » gridò nonna Nadine, sovrastando le risate di noi ragazze e le voci alterate dei ragazzi.

Char mi diede un pizzicotto sul sedere. « Fatti valere, tigre. Fallo sudare. »

« In che senso 'sudare'? » domandai con fare innocente. Avevo la netta sensazione che non parlasse del sudore che t'imperla la fronte quando provi a risolvere un'equazione. Il sudore di cui parlava lei aveva di sicuro un'accezione più maliziosa.

Char diede una gomitata a Kacey e si mise a ridere. Mi sfuggiva qualcosa? Forse ero troppo stanca. Alzai le spalle e m'infilai la borsetta sotto il braccio. Adesso mi aspettava la cena. Dopodiché avrei fatto in modo di rimorchiare un hawaiano coperto soltanto da un perizoma, pronto a farmi massaggi con l'olio di cocco e a dirmi parole difficili come « elettromagnetismo » e

« legame ionico »... Che sfiga. Io non riuscivo a formare un legame con nessuno. Ci avevo provato, ma non c'era stato niente da fare.

Che palle. Non attraevo gli altri, ecco il punto. Non avevo una carica.

« Tutto bene? » mi chiese Jace mentre camminavamo dietro nonna Nadine.

« Secondo te io ce l'ho, una carica? »

« Eh? »

« Una carica », ripetei.

« In che senso? »

« La carica che serve a formare i legami. »

« Credo di essere confuso. »

Sospirai. « Parlo di legami ionici. Si generano quando due ioni di carica opposta si attraggono. Io non credo di avere una carica. »

Jace sorrideva sotto i baffi. « E questo sarebbe il tuo parere professionale? »

« Devo andare alla toilette. Accidenti al vino! » disse nonna Nadine, lasciandoci in quel posto romanticissimo che è l'anticamera tra il bagno delle donne e quello degli uomini, con gli sciacquoni a farci da musica di sottofondo e l'odore di cibo messicano che inebriava i nostri cuori.

Insomma, secondo me non avevo una carica.

« Quindi... » fece Jace poggiandosi al muro.

« Quindi? »

« Quindi questa sarebbe la tua opinione. Non hai carica. »

« Esatto. »

E vai con un altro sciacquone. Che poesia. Avrei quasi voluto applaudire. Voglio dire, se non si applaude una persona che ha appena dato prova di avere un ottimo apparato digerente, per chi lo si dovrebbe fare?

« Fantastico. » Mi prese tra le braccia e mi strinse a sé.

Nonostante gli scarichi, io riuscivo a pensare soltanto alle sue labbra.

« Questa, invece, è la mia. » Mi diede un bacio, tenero, fugace.

Io mi protesi ancora verso di lui e Jace ripagò il mio sforzo premendo di nuovo le labbra sulle mie.

Poi, all'improvviso, si ritrasse. « Beth. Guardi la cosa dal punto di vista sbagliato. Non è questione di avere o non avere questa cavolo di carica. Il tuo problema è che non sai di averla. E, se non sai di averla, come puoi usarla? Vuoi formare un legame ionico? Cazzate. Perché devi volerti unire all'energia di un'altra persona, quando hai la tua? Tu sei uno spettro continuo, che cosa t'importa di trovare un legame? »

« Wow, che paroloni. » Ecco ciò che ero riuscita a dire dopo quel discorso.

Jace pareva divertito. « Eh, sì, hai visto? Sai, anch'io sono andato a scuola. »

« È stato un po' come quando ci si dice le cose sporche a letto, ma molto più sexy», dissi avvicinandomi di nuovo.

Lui poggiò la sua fronte sulla mia. «Eh, sapessi quante ne conosco.»

«Hai detto che sono uno spettro continuo», mormorai, con le farfalle nello stomaco.

«Voleva essere un complimento.»

Le nostre labbra erano così vicine che mi sembrava quasi di sentire il sapore della gomma da masticare che aveva in bocca.

«Lo so.»

«Beth. Smettila di chiederti come fare ad attrarre cose che in realtà non vuoi attrarre davvero.» Si schiarì la voce e si passò una mano tra i capelli biondi.

Era di lui che parlava? Lo attraevo, allora?

«Credimi, prima o poi quello giusto arriverà, e quando succederà sarà fantastico. Ma fino ad allora continua a brillare. Sei bellissima, intelligente e un sacco di altre cose. Non diventare la peggior nemica di te stessa.»

Ero imbambolata, riuscivo soltanto a guardarlo e a sperare... che a un certo punto dicesse: *Ma chi se ne frega!* per poi baciarmi di nuovo. Desideravo che mi desiderasse, e detestavo il fatto di aver bisogno che qualcun altro mi dicesse che ero attraente.

«Oh, cielo! Certe persone dovrebbero proprio evitare di mangiare latticini!» disse nonna Nadine uscendo dal bagno. «Ma qui cosa succede?»

« Facciamo lezione di scienze. Studiamo i legami ionici », rispose Jace, e mi mise un braccio intorno alle spalle.

Nadine si sistemò l'enorme borsa leopardata ed ebbe un sussulto. « Maledette colonne! Hai voglia a studiare, la professoressa di storia dell'arte mi metteva quattro lo stesso! »

« E ora anche una lezione di arte. Che giornata », dissi io.

« Ho una fame da lupi. E per poco non ci crepavo, in quel cavolo di bagno. Andiamo », fece la nonna indicando le porte, quindi ci fece strada.

Jace sghignazzò e la seguì. Io li raggiunsi un istante dopo. Perché continuava a baciarmi se poi voleva tenermi lontana? E perché mi facevo tutti quei problemi? Thor mi aveva baciata. Bisognava festeggiare, non sprecare tempo a interrogarsi. Ma, da perfetta zitella quale ero, l'unica cosa cui riuscivo a pensare era che mi aveva chiamata « spettro continuo », e – ahimè – quella era una delle cose più dolci che un uomo mi avesse mai detto.

10

«Signora, mi perdoni, ma cosa c'entra adesso Justin Timberlake?»
«Justin Timberlake c'entra sempre», rispose nonna Nadine in tono solenne.
«E perché?»
Lei fece prima una lunga pausa, poi rispose: «Perché è un figo pazzesco».
«Avrei fatto meglio a darmi malato, oggi.»

JACE

E quindi l'avevo baciata due volte. Figata. Mi leccai le labbra credo per la ventesima volta, sperando - anzi pregando - di sentire ancora il suo sapore. Cavolo, quanto mi piaceva. Non riuscivo a togliermi dalla testa il suo profumo e il suo sapore, quando invece avrei dovuto preoccuparmi soltanto della mia carriera, di come salvaguardarla, anziché gettarla nel cesso.

Esausto, sospirai. E mi leccai le labbra di nuovo, giusto per ricordo.

Quante volte mi era capitato di baciare una donna senza provare assolutamente niente...

Non c'era molto da andare fieri del fatto che ormai le donne non mi facevano più nessun effetto. Tutto merito di Kerry. Mi aveva spezzato il cuore. E odiavo la sensazione di essere un giocattolo rotto. Mi faceva incazzare e sentire un uomo a metà.

Beth, invece? Lei mi faceva sentire vivo. Peccato che le cose che ti fanno sentire vivo, alla fine, sono le stesse che potenzialmente potrebbero ucciderti. Le droghe, l'alcol, il bungee jumping. Sì, d'accordo: forse ho esagerato un po', ma le cose stavano così. Le donne sono predatrici. È più forte di loro, prima fanno di tutto per metterti in trappola e poi finiscono per mandare tutto a puttane. Forse era soltanto una questione di paura, ma avevo il sospetto che sotto ci fosse altro.

Un matrimonio combinato. Quello era il mio futuro. Perché, se non altro, in un matrimonio combinato sarei stato io a muovere i fili; avrei potuto sfruttarlo a mio favore. Mogliettina perfetta, vita perfetta.

L'unico problema qual era? Che, più tempo passavo con Beth e quella cavolo di nonnetta, più perdevo contatto con la realtà. Dovevo tornare coi piedi per terra, dovevo chiamare Rick. Beth mi distraeva troppo dalle mie priorità.

Non mi sarei definito un romanticone. Avevo accantonato i miei sogni d'amore ormai da molti anni. Ero stato davvero uno sciocco a pensare che Beth avrebbe ricordato la magia del nostro bacio. La magia di quel momento. Mi aveva fatto perdere subito la testa, e nel giro di tre minuti avevo deciso che l'avrei sposata, peccato che lei, invece, fosse stata impaziente di andarsene.

Quando avevo promesso a nonna Nadine che le avrei dato una mano con Jake e Char, non avevo certo immaginato che sarei rimasto invischiato in una sorta di saga familiare firmata Titus. E mai nella vita mi sarei aspettato di finire a letto con la sorella di Char. Soprattutto dopo tutti gli anni che avevo passato a fantasticarci sopra.

La guardai di nascosto.

Era bellissima. Ma io ero abituato ad avere intorno donne avvenenti. Tuttavia nessuna di loro mi aveva fatto mai venire voglia di combattere.

Beth, invece, sì.

E mi faceva parecchio incazzare che fossi stato proprio io a permetterle di avere quel potere su di me. Mi era già successo con Kerry: avevo abbassato la guardia e l'avevo beccata a letto col mio migliore amico. Ma nemmeno quando stavo con Kerry sentivo le farfalle nello stomaco come, al contrario, mi succedeva con Beth.

E la cosa mi terrorizzava. Se desideravo così tanto stare con lei, voleva dire che quella donna aveva il potere di distruggermi. E la cosa più triste di tutte era che probabilmente gliel'avrei lasciato fare, perché, sebbene volessi fare l'uomo che non doveva chiedere mai, in realtà ero un mollaccione.

Mi conoscevo bene: se avessi finito per innamorarmi di qualcuno, mi sarei fatto rovinare. Mia madre mi prendeva sempre in giro e mi diceva che ero un libro aperto, non sapevo nascondere i miei sentimenti. Nella mia professione era un bene, perché la gente sentiva di potersi fidare. E io in cambio facevo del mio meglio per loro.

Ecco, appunto, lavorare per la gente. Dovevo ricordare quali erano le mie priorità nella vita: la leadership e il sacrificio. Era quello il mio lavoro. Organizzare, raccogliere consensi, pensare alla politica, era un lavoro a tempo pieno che non lasciava spazio a nient'altro. E io avevo bisogno che fosse così, perché in quel modo riuscivo a tenere tutto sotto controllo.

Sbuffai e decisi di spegnere il cervello.

Almeno per quella sera.

L'unica cosa cui dovevo pensare era come sopravvivere alla cena. Tenere a bada nonna Nadine sarebbe stata una bella impresa, avrei avuto bisogno di tutte le mie energie. Quella donna era una forza della natura, Dio si era proprio impegnato quando l'aveva creata.

« Ci siamo! » urlò Nadine come fosse stata allo stadio.

« Evvai! » rispose Beth alzando il pugno in aria, ma era stanca morta, si vedeva.

Poverina. Del resto, il volo non era stato proprio un sogno. Tutt'altro: era stato un vero incubo. E mi aveva fatto seriamente dubitare di voler mai avere figli.

«Ho così fame che stavo per mangiare una caramella vecchia di tre settimane trovata in fondo alla borsetta», disse Beth a bassa voce.

«Cosa? E non me l'hai neanche offerta?»

«Era pure ammuffita. Se l'avessi mangiata, avrei rischiato di beccarmi un'intossicazione alimentare.»

«Quanto mi piace quando fai la mestrina di scienze», sospirai.

«Cosa ci vuoi fare, la scienza fa questo effetto.»

«Dove diavolo è la barca?» si mise a sbraitare Nadine lungo il molo.

Io chiusi gli occhi e abbassai la testa per l'imbarazzo.

Poi la nonna si mise anche a dire parolacce a tutto spiano, ma a quel punto io ero distratto, perché Beth si era appoggiata a me. Era la cosa più bella del mondo, e me ne restai lì, come paralizzato, incapace di decidere se fosse il caso o no di metterle un braccio intorno alle spalle.

«Voi due restate qui. Adesso gli faccio vedere...» cominciò a dire, ma senza finire la frase; quello che fece, invece, fu raggiungere la spiaggia e continuare a imprecare col telefono in mano.

Beth rimase dov'era, appoggiata a me. Io chiusi gli occhi e mi lasciai inebriare dall'odore di quell'isola. L'aria era densa del profumo dei fiori e, per la prima volta dopo due anni, mi sentii quasi rilassato.

Almeno fino a quando non fui risvegliato dal suono della sirena di una barca in lontananza.

Guardai nella direzione da cui proveniva. Altro che barca, era un cavolo di yacht. Ovvio, quando c'era lo zampino di Nadine cos'altro ci si poteva aspettare? Quella donna faceva le cose in grande, perciò non mi sarei affatto stupito di vedere il *Titanic* riemergere dalle acque per venire a prenderci. Era uno yacht bellissimo, e io avevo un debole per quel tipo d'imbarcazione. Era tutto bianco e pieno di luci che si riflettevano sull'acqua. Avrei potuto decidere di passarci il resto dei miei giorni. Sul fianco c'era scritto TITUS ENTERPRISES. Era forse là sopra che avremmo cenato? L'uomo in camicia hawaiana che era al timone accostò al molo e ci fece segno di salire a bordo.

« Mi sa che ce l'ha con noi », sussurrai all'orecchio di Beth, inspirando il profumo dei suoi capelli senza farmi troppi problemi.

« Mi sa... » rispose lei, e s'incamminò.

La seguii, ipnotizzato dall'ondeggiare dei suoi fianchi.

Il capitano l'aiutò a salire. Era stanca.

Io, se non altro, ero ancora in grado di parlare. « Dove andiamo? » gli chiesi.

« Il suo nome è Jace Brevik? »

« Sì. »

« E lei è Beth Lynn? » mi domandò indicando Beth, che si reggeva a malapena in piedi.

« Sì... »

« Fantastico! Io sono il vostro capitano. Vostra nonna ci raggiungerà con la prossima barca. Ha detto di dover usare di nuovo il bagno, ma si è raccomandata di portare voi, intanto, così potrete cominciare a mangiare. »

« Cibo, sì. Quanto dista? »

Il capitano mi guardò divertito. « Siamo noi a stabilire le distanze. Ora pensi a mettersi comodo e a rilassarsi. C'è del punch al rum a bordo, servitevi pure. »

« Alcol, sì. Perfetto. »

« Certo, perché nelle ultime ventiquattr'ore non abbiamo avuto già abbastanza problemi a causa del bere », ci scherzò su Beth.

Fingendo di non averla sentita, presi due bicchieri di plastica e andai al minibar che c'era a bordo. Riempii i bicchieri fino all'orlo, rimediai un sacchetto di patatine e tornai da Beth. « Tieni, mangia », le dissi consegnandole il pacchetto.

« Cibo! » fece lei, e me lo strappò dalle mani.

« Fai sempre così quando si tratta di mangiare, o ti capita soltanto col cibo spazzatura tipo patatine e biscotti? » la presi in giro.

Lei chiuse gli occhi e si mise una patatina sulla lingua, poi accostò le labbra e cominciò a masticare. Non avevo mai visto nessuno mangiare le patatine in quel modo.

« Faccio così con tutto il cibo in generale. Ma il sale mi piace un sacco. »

Be', se non altro ora mi spiegavo quello strano modo di mangiare le patatine. Ne prese un'altra e seguì lo stesso procedimento. Mi dovetti girare dall'altra parte. Cosa diavolo mi prendeva?

Afferrai il mio bicchiere di punch al rum e bevvi un sorso. Era fresco e dolce al punto giusto; aveva un retrogusto di zenzero ed era proprio quello che ci voleva dopo il viaggio da incubo.

« Che bello », disse Beth sorseggiando il suo drink.

« Cosa? »

« Il cielo. Il posto. Il mare. » Indicò la costa, da dove gli alberghi di Waikiki Beach illuminavano la notte. « Ci sono venuta una volta sola. Mi ero ripromessa di tornare dopo la laurea, ma poi ho cominciato a lavorare e sai bene come vanno queste cose. Dopo dieci anni ti ritrovi a chiederti come mai non hai più fatto una vacanza. »

Annuii. « Lo so bene. »

Beth a quel punto si schiarì la voce. « Comunque, pensavo... »

« Occhio, è pericoloso... »

« Già. » Si mise a giocare col bicchiere di plastica rigirandoselo tra le mani, per poi poggiarlo sul sedile. « Lo so che non è proprio la situazione perfetta. So pure che tu hai molte cose da fare. Ma, in tutta sincerità, è proprio quello che mi ci voleva. Una vacanza. Staccare la spina per un po'. Però mi sento in colpa per te, visto come sono andate le cose. »

Scoppiai a ridere. « Ma no, la colpa è soltanto mia.

Sono stato io a dar retta a Nadine: avrei dovuto provarci con tua sorella per fare ingelosire Jake. Lei, Kacey e Travis avevano fatto una specie di scommessa e la nonna voleva vincerla, come poi ovviamente è successo. Jake e Char sembrano felici, adesso. »

« Ma dimmi un po': sei ancora il cavaliere bianco di un tempo? Quello che arriva giusto in tempo per salvare la principessa? » mi chiese Beth.

Io entrai nel panico. « Cioè? Che cosa intendi? »

Lei prese un'altra patatina e se la infilò in bocca. « Me lo ricordo ancora. Ultimo anno di liceo. Tu eri venuto al ballo con tua cugina. »

Cominciarono a sudarmi le mani e dovetti asciugarmele sui pantaloni.

« Mi hai vista tutta sola e triste in un angolo e sei venuto a chiedermi di ballare. »

Mi misi a ridere. « Credimi, quando ti ho vista, la prima cosa cui ho pensato non era salvarti. »

Beth non capiva. « Cioè? »

« La verità? »

Annuì.

« Ho pensato che avrei voluto saltarti addosso. »

La risata di Beth riempì il silenzio della sera, e io mi sentii esplodere il petto. Avrei voluto ascoltare quella risata per tutta la notte.

« Grazie. Col tuo complimento mi hai resa felice. »

Avrei dovuto stare zitto, ma lo stesso le dissi: « È un peccato, sai? Perché sinceramente come complimento non era un granché. Spero che finora gli uomini ti abbiano detto cose più belle. Ti meriti ben altro genere di complimenti, tu».

Lei parve intristirsi. Sollevò le spalle e si girò dall'altra parte. «Char dice che Jake le fa un sacco di complimenti. Che carino.»

Aggrottai la fronte e posai il bicchiere. «Non mi sembri molto convinta che sia carino. Guarda che faccia hai! Forse Jake non ti piace? Personalmente penso che in passato sia stato una testa di cazzo, ma adesso ci sta lavorando, e io lo rispetto per questo.»

«No, non è per lui.»

Beth abbassò lo sguardo e si mise a fissare quella cavolo di coppa che aveva in mano. Innervosito, gliela strappai e la costrinsi a guardarmi negli occhi.

«È una cosa ridicola, mi vergogno.»

«Di cosa?»

Lei alzò gli occhi al cielo. «Ti conosco appena, non mi va di fare la piagnucolona davanti a te.»

«Bugia. Abbiamo ballato per almeno tre minuti e passato un'intera notte insieme. E, se conosco bene Nadine, stai pur certa che deve esistere una qualche tradizione hawaiana per cui, quando un uomo e una donna bevono del punch insieme, diventano in automatico marito e moglie.»

«In effetti...»

«Ascolta, siamo in mezzo all'oceano, soltanto tu e io, non ci sono telefoni né giornalisti. Se vuoi puoi anche metterti a ululare alla luna, tanto non ti sentirebbe nessuno. Per quel che mi riguarda, questo yacht adesso è diventato la Svizzera. »

Beth sorrise. « Neutrale? Sei un senatore, lo puoi fare? »

Schioccai le dita e dissi: « L'ho appena fatto ».

Lei si mise a ridere.

E io rimasi senza fiato. Che bella la sua risata. Non volevo dire niente, per non interromperla.

Beth si morse il labbro inferiore e poi piegò la testa di lato. « D'accordo, allora lo dico: credo si tratti d'invidia. »

« Invidia? In che senso? » le chiesi avvicinandomi fino a sfiorare le sue ginocchia con le mie.

« Travis è innamorato di Kacey da quand'era ragazzino. E lo stesso vale per Char e Jake. Tutti quanti hanno avuto le loro storie d'amore e il loro lieto fine da fiaba. »

« E? »

« E io invece ho la scienza. »

« E ti pare poco? »

Mi diede uno schiaffo sul braccio. « Smettila, sono seria! »

« Pensavo ti piacesse il tuo lavoro. »

Beth cominciò a rigirarsi una ciocca di capelli tra le dita. « È così. Ma a volte anch'io vorrei poter avere un po' di magia, un finale da favola. A volte vorrei anch'io quello che hanno loro. »

«Non è detto che sia meglio di quello che hai tu. Dall'esterno sembra tutto perfetto, ti convinci che gli altri siano felici e contenti. Ma vuoi sapere qual è la verità? Che è tutto un gran casino. È difficile stare insieme con qualcuno, la gente sgobba e si ammazza di fatica per riuscire ad andare d'accordo. Non è affatto tutto bello come nelle fiabe. Voi donne dite di volere una favola, ma io non credo sia così, nel tuo caso. Tu non vuoi le cose facili. Scommetto, invece, che vuoi qualcuno pronto a battersi per te, ad andare in guerra. Non perdere tempo a invidiare qualcosa di cui non sai niente. Sii felice di ciò che hai adesso e vedrai che, prima o poi, quello giusto arriverà anche per te. E quando accadrà, credimi, sarà così dura che ti chiederai se ne valga la pena.»

«E tu cosa pensi, ne vale la pena?» mi chiese con una vocina piccola piccola.

A volte odiavo la mia troppa onestà. «La maggior parte delle volte, sì.» Mi girai dall'altra parte. Le stavo nascondendo qualcosa e mi sentivo in colpa. «No, non è vero. Non credo ne valga la pena. E, se anche fosse così, comunque non m'interessa.»

«Cavolo. Brutale, ma onesto.»

«E poi vorrei sapere chi dice che un politico non può essere onesto», ci scherzai su, ma nel petto il cuore mi batteva all'impazzata. «Spero di non averti delusa, ma io non sono così.»

Bugie. Soltanto bugie. Un tempo lo ero, ma poi succedono cose e la gente cambia.

«'Così' come?»

«Come il principe azzurro. L'amore mi sembra un rischio troppo grosso. Che senso ha invischiarsi in qualcosa, quando le possibilità che vada bene sono pochissime? Perché rischiare quando si può fallire? Meglio dedicarsi a ciò che sappiamo fare bene. Il mio lavoro mi rende felice, non ho bisogno di avere una persona accanto. Non ho bisogno di qualcun altro per sentirmi realizzato.»

«Quindi stai dicendo che il pensiero d'invecchiare da solo non ti fa paura?»

«Sempre che prima non mi ammazzino...» ci scherzai su.

Lo yacht si avvicinò a un molo. Ci avevamo messo poco. Arrivarono altre persone che aiutarono l'equipaggio a ormeggiare la barca. La spiaggia era illuminata da una fila di casette di paglia. Non sembrava un luogo desolato, ma neanche pieno di turisti.

«Ne abbiamo fatta di strada per una cena», disse Beth.

«Non resterete qui solo per cena. Le vostre valigie arriveranno con la prossima imbarcazione insieme con vostra nonna. Abbiamo pensato a tutto. Godetevi il soggiorno», fece il capitano.

«Soggiorno?» dicemmo noi due all'unisono.

«Rimarrete qui sei giorni», rispose lui grattandosi

la testa, e diede un'occhiata ai suoi appunti. « Qui sopra c'è scritto che starete nella suite Giulietta e Romeo, quella riservata alle lune di miele. Il matrimonio invece si celebrerà... vediamo... sabato, sarà sabato. C'è qualcos'altro in cui posso esservi utile? »

« Matrimonio?! » urlai.

« Calma, calma, ragazzo. Mi piace fare questo scherzetto ai turisti. Ci cascano tutte le volte. Non ci sarà nessun matrimonio. Ma la suite è vostra. Era l'unica capanna disponibile. »

« Capanna? » domandò Beth, un po' preoccupata.

« Esatto. Qui sull'isola le chiamiamo 'capanne della fertilità'. »

« Cazzarola, Nadine vuole farti ingravidare. Ma io non ci penso proprio », ridacchiai.

Beth si voltò e mi guardò malissimo.

« Non nel senso che non verrei a letto con te, eh! Sappiamo entrambi che è stato... stupendo. » Peccato che ricordassi poco o niente.

« Adesso andate. Sempre dritti fino all'ingresso principale », disse il capitano facendo scendere Beth.

Quando arrivò il mio turno, l'uomo mi prese per un braccio e mi sussurrò all'orecchio: « *Keiki, keiki, keiki* ».

Cos'aveva detto?

« Ma che fa? » mi lamentai cercando di tenerlo a distanza.

« È una formula magica », disse lui, e mi diede un paio di pacche sulle spalle, per poi tirarmi l'orecchio.

Vi giuro, fui sul punto di dargli una ginocchiata nelle palle.

« È di buon augurio, perché tu sia felice per l'eternità. Per i prossimi sei giorni sarai incantato dal suo profumo, dalla sua risata, dal suo sorriso, dal suo portamento. Se alla fine dei sei giorni deciderai di andartene, l'incantesimo semplicemente finirà. Ma, se scegli lei come compagna, sarete felici per tutta la vita. »

Non credevo alle mie orecchie. « Si è drogato, per caso? »

Il capitano sorrise e mi diede un'altra pacca sulla spalla. « *Keiki*. Buona fortuna, amico mio. *Aloha*. » Mi mise una collana al collo e mi baciò sulla guancia.

Io mi ritrassi e stavo per dargli uno spintone, quando sentii Beth che mi chiamava e mi girai verso di lei. Si era alzata una brezza leggera.

Il mio cuore smise di battere.

I suoi occhi verdi brillavano al chiaro di luna. Il resto non esisteva più, lei era tutto il mio universo. Vedevo soltanto quel verde.

I suoi occhi.

I suoi bellissimi occhi.

La brezza portava con sé il profumo delle noci di cocco. Ne sentivo addirittura il sapore. E sentivo il *suo* sapore. La volevo, maledizione. La desideravo così tanto che non ero più padrone del mio corpo.

Merda! Quell'uomo, la collana, l'incantesimo... Avrei voluto girarmi a insultarlo, ma la barca se n'era già andata.

Quando tornai a guardare Beth, lei sorrideva.

E mi fu tutto chiaro.

Lei mi avrebbe tentato.

Io ci sarei caduto.

Ma, alla fine, me ne sarei andato.

Perché lei meritava di meglio, e io non credevo nelle seconde possibilità, neanche con l'unica donna che non ero mai riuscito a dimenticare.

11

L'agente si grattò la fronte. «Mi dispiace, ma qui non abbiamo alcolici. E, anche se ne avessimo avuti, le assicuro che li avrei già finiti tutti io.»

«Ah, ma che scortese», si risentì nonna Nadine. «Glielo chiedo per favore: può darmi una mano? Qualche informazione?»

«Certo che posso. Ma le costerà.»

«Signora, sta cercando di corrompere un agente governativo?»

«Ho rapito un senatore degli Stati Uniti. È stato lei a dirlo. Crede che la legge valga, per me? E, soprattutto, crede che me ne importi?»

«Signora, io credo che lei s'illuda che la legge non valga anche per lei.»

«Ma guarda, che gentile! Da dove vuole che cominci?»

«Dall'inizio.»

«È iniziato tutto con un incantesimo.»

«Poveri noi.»

«Ma no, non si preoccupi. Un incantesimo buono. E finto, tra l'altro. Ma lui non lo sapeva. Sa, mio caro, a volte abbiamo bisogno di una piccola spintarella. Di qualcuno che ci dia il permesso di fare ciò che desideriamo.»

BETH

Era come se Jace avesse appena visto un fantasma. Gli agitai la mano davanti al viso, e lui cominciò ad annaspare e poi a tirare la collana di perline che aveva al collo.

«Quand'è che sei andato a fare shopping?» gli chiesi esaminando il monile.

«Non la toccare. Mi hanno fatto un incantesimo!» gridò.

Non avevo mai assistito a una crisi isterica. Ma ero certa che si trattasse di quello. Jace tirava la collana così forte che rischiava di strozzarsi. «Aiutami!» gridò.

«Jace, respira», gli ordinai.

Aveva gli occhi sconvolti e guardava ovunque tranne che verso di me. Alla fine lo presi per le spalle e lo abbracciai. «Andrà tutto bene. Sono soltanto sei giorni.»

«Non mi toccare. Beth, dico davvero. È una cosa seria!»

Gli accarezzai la schiena con fare materno. «Certo, certo, ti hanno fatto un incantesimo. Ascolta, sei sotto pressione. È normale perdere il controllo, di tanto in tanto. Adesso, però, pensa soltanto a respirare. Tra un momento andiamo a mangiare e ti sentirai meglio.»

Lui cominciò ad andare in iperventilazione. «Ma io non... Che cavolo di profumo porti?» disse sottraendosi all'abbraccio con gli occhi sempre più sgranati.

«Non porto nessun profumo.»

«Oh, cazzo!» Jace alla fine riuscì a strapparsi il

gioiello dal collo e lo scagliò nell'oceano con tutta la forza che aveva, tanto che per poco non si slogò una spalla.

« Va meglio ora? » gli chiesi, le braccia incrociate al petto.

« Infinitamente. Be', scusami », disse, ancora ansimante.

« Non ti preoccupare, ho sempre desiderato vedere qualcuno che esce completamente di senno. » Sorrisi.

Lui, in tutta risposta, mi mostrò il dito medio.

« Oh, ma che maniere, signor senatore. »

« Quel maledetto capitano mi ha fatto un incantesimo. Ora sono condannato a perdere la testa per te! »

Incavolata nera, gli diedi una botta sul braccio. « E allora perché non te ne torni alla tua vita perfetta e alla tua montagna di soldi e mi lasci in pace? Ho bisogno di una vacanza, non di te che fai il muso lungo », gli dissi, e lo spintonai di nuovo.

« Benissimo! Allora, siamo d'accordo. Me ne vado. Quello... mi ha... »

« *Aloha!* Non vorrei interrompere la vostra amabile conversazione, capisco che state esplorando i vostri sentimenti più profondi, ma... » cominciò a dire una donna venendoci incontro sul molo.

« E lei chi sarebbe? » la interruppe Jace.

La signora era vestita tutta di nero e sul petto aveva una targhetta con scritto DOTTORESSA Z. « Sono la direttrice di questo posto stupendo, vi aspettavo. »

Non era alta più di un metro e cinquanta, aveva tratti asiatici e un paio di occhialoni con la montatura nera che le coprivano mezza faccia. « Se volete seguirmi al Centro... »

« Come 'Centro'? Credevo si trattasse di un albergo », feci io.

« Oh, è molto più di un albergo! Qui da noi, al Centro per sole coppie Brezza dell'oceano, ci vantiamo di essere all'avanguardia quanto a terapia di coppia, tecniche di rilassamento e... »

« Aspetti, aspetti. Ha detto 'terapia di coppia'? » chiese conferma Jace.

« Certo. È per questo che siete qui, no? »

« No. No, no, no e no », risposi io per entrambi.

La donna incrociò le braccia al petto. « Strano, è da più di un mese che ho la vostra prenotazione. »

« Un mese! » urlai, con Jace che tentò di fermarmi prima che potessi sbranarla.

Ma lei, ignorando del tutto il mio attacco d'ira, riprese tranquilla a dire: « Seguitemi, adesso. La cena verrà servita tra dieci minuti, ma prima dovete cambiarvi ».

Era la notizia più bella delle ultime ventiquattr'ore.

« Le nostre valigie sono già qui? »

« Oh, temo di no. » La dottoressa Z schioccò le dita e arrivarono due uomini di corsa; uno le consegnò un fagotto, l'altro una chiave. « Qui al nostro Centro per sole coppie Brezza dell'oceano... oh, mamma mia, che nome lungo. Qui al nostro Centro, preferiamo l'uguaglianza, all'eleganza. Per questo sia gli uomini sia le donne devono indossare dei semplici abiti bianchi a dimostrazione del loro impegno a ricominciare tutto daccapo. »

« Ricominciare daccapo? » Jace mi lanciò un'occhiata nervosa.

La dottoressa ci fece strada fino a una grande casa di paglia. « Ah, eccoci. All'interno troverete abiti puliti. Cercate di fare in fretta. Siete arrivati con un po' di ritardo, non vorrei si raffreddasse la cena. » E, con ciò, chiuse la porta e ci lasciò soli.

Dopo qualche istante di silenzio, dissi: « Credo ci abbiano fregato ».

« Ah, davvero? »

« Adesso non dare la colpa a me! Di certo non abbiamo avuto il tempo di pensare a scappare, visto che ti sei messo a fare il matto e a blaterare d'incantesimi e collane! »

« Hai poco da fare la spiritosa. È vero, mi hanno fatto un incantesimo! »

« Sì, come no. Hai avuto una crisi isterica. E adesso ci ritroviamo in questa gabbia di matti per coppie in crisi! 'Fanculo tu e il consiglio che mi hai dato sulla barca. Io voglio vivere una favola, capito?! Voglio vivere una favola, maledizione! » mi misi a urlare puntando il dito al cielo.

« Ma con chi parli? »

« Con Dio. »

« Perché? »

« Perché così può dire a nonna Nadine cosa voglio. »

« Bene. E poi sarei io quello con la crisi isterica. »

« Non mi provocare, sai? Mi basta tanto così, tanto così per esplodere. »

« Per carità, non sia mai. Correte, nascondete tutti i biscotti! »

« Aaargh! » Lo spinsi contro il letto. Il letto sbatté addosso al muro e lui cadde sul materasso. Mi ritrovai sopra di lui. A cavalcioni. E mi piaceva, divinità di Asgard, quanto mi piaceva.

« Belle cosce. Forti. Ma ti dispiacerebbe liberarmi prima che debba farmi amputare tutt'e due le gambe per necrosi? »

« Certo, perché è per le tue gambe che hai paura, adesso. »

Qualcuno bussò alla porta. « Cinque minuti! »

« Questa non ci lascerà mai in pace. Senti: vestiamoci, mangiamo un boccone e poi chiamiamo Nadine. Saliamo sul primo volo e ci resta comunque il tempo per farci una bella vacanzina tranquilla. »

« Ma quanto sei coraggioso! Scappi con la coda tra le gambe. »

« Perché, mi stai dicendo che tu vuoi restare qui? » disse Jace alzando le braccia al cielo.

Io misi i pugni sui fianchi. « No, non ho detto questo. Dico soltanto che non mi fa paura restare. Io ho le palle d'acciaio. Tu, invece? »

« Io ho due palle. Un paio di normalissime palle, cui tengo molto. E, se resto qui, rischio di farmele cadere e diventare un eunuco. Vuoi che succeda davvero? Accetteresti di avere una cosa del genere sulla coscienza? »

« Tre minuti! » gridò la dottoressa Z.

Gli tirai un fagotto di vestiti bianchi addosso. « Io non ho carica, ma tu non hai le palle! »

« Scusami? » urlò Jace, minacciando di tirarsi giù i pantaloni.

Cosa voleva fare, mostrarmele?

Mi sfilai la camicetta e la gettai a terra. « Mi hai sentita! Non vuoi restare perché sai benissimo che non reggeresti la situazione! »

« Cos'è, una sfida? Eh, Beth? » disse venendo verso di me.

« Una sfida si può fare soltanto se si è in due. »

« E cosa ci guadagno se resto? » Non riusciva a staccarmi gli occhi dal petto.

Io incrociai le braccia e lo fulminai. « Di sicuro, non queste. »

« Come se dovessi chiederti il permesso. »

« Sei un coglione! » urlai, mentre indossavo camicia e pantaloni bianchi.

« Faccio il politico, tesoro. Mi hanno detto di peggio. »

« Tempo scaduto », disse la dottoressa bussando ancora alla porta.

« Allora? Scommettiamo? » domandai, e gli tesi la mano.

« Ci sto. »

« Andata », dicemmo all'unisono.

« Tu resti tutti e sei i giorni, e io ti aiuto con quella faccenda della prostituta. Dirò tutto quello che vuoi davanti alle telecamere, ti bacerò anche, se serve. »

« E io...? »

« Tu mi concedi questi sei giorni. » Ero nervosissima. Avrei preferito non finisse così, ma, più ci pensavo, più mi sembrava un'ottima idea. Del resto, erano anni che pensavo al bacio che c'eravamo dati; anni che pensavo a lui ogni volta che un altro uomo mi si avvicinava. Se là dentro c'era qualcuno vittima di un incantesimo, ero io. Un incantesimo che mi aveva fatto lui, quando al ballo mi aveva fatto credere che le favole esistessero davvero. Mi ero pianta addosso per troppo tempo. E Jace probabilmente aveva ragione. Forse le favole non esistevano, ma io volevo comunque provare a viverne una. E lui doveva essere il mio principe azzurro.

« Scusami? »

« Dovrai concedermi questi sei giorni. Ma senza nessuna limitazione. Saranno sei giorni di cibo, alcol, divertimento e... sei giorni, insomma. In questi sei giorni dovrò sentirmi una donna normale, in un rapporto d'amore normale, con un uomo normale.» Anche se l'uomo in questione aveva degli addominali con cui sembrava potesse spaccare le rocce.

«Smettila di ripetere sempre 'sei'. Mi ricorda 'sesso', e considera che ti ho appena vista senza camicetta.»

Mi sentii le guance andare a fuoco.

«E mi fa venire voglia di sbatterti contro il muro e strappartela di dosso. Perciò, la prossima volta che mi chiedi di concederti sei giorni *veri*, ricorda che saranno veri sul serio e che io non terrò certo le mani in tasca.»

«Benissimo. Ma voglio essere corteggiata.»

«Come in una favola.»

«Esatto.»

«Vada per i sei giorni. Ma non odiarmi quando il settimo giorno mi vedrai andar via.»

«Abbassa la cresta, Jace. Non sei poi così irresistibile. È un rischio che sono pronta a correre. Perché voglio dimenticarmi di Beth la noiosa per un po'.» E poi l'avevo visto andarsene già una volta, ormai c'ero abituata.

«Beth, tu non sei noiosa. Ascolta, forse non è una...»

Sentimmo un fischio e poi la porta si spalancò. «Pronti?» domandò la dottoressa Z.

Jace mi tese la mano per suggellare il nostro patto.

Io la strinsi, e mi venne la pelle d'oca dalla testa ai piedi. «Prontissimi.»

12

«Ma lei ha pagato questo capitano per fare un
incantesimo al senatore?»
Nonna Nadine scosse il capo. «Certo che no!
Non gli ho dato un soldo.»
L'agente prese un lungo sorso di caffè.
«Gli ho dato un'altra cosa», disse lei
dopo un breve silenzio.
Lui per poco non si strozzò. «Signora,
la prostituzione è illegale.»
Nadine respinse l'insinuazione con forza:
«Non venderei mai il mio corpo. Ma sa, il capitano
aveva già assaggiato la mercanzia. Siamo stati
amanti, ecco. E quindi è stato felice di potermi...
aiutare nella mia missione».
«La sua missione d'amore?» chiese l'agente
aggrottando la fronte.
«Sì, chiamiamola così. Mi piace come definizione!»

JACE

Avevo appena fatto un patto col diavolo, e l'avevo firmato col sangue. Adesso tutto quello che mi restava da fare era sopravvivere a quei sei giorni. Qual era la buona notizia? Che almeno avrei salvato la mia carriera. E Beth aveva ragione: lei poteva essere la mia salvezza. Dovevo scrivere subito a Rick.

Per quel che riguardava la faccenda di doverle regalare sei giorni da favola, invece... Be', sarebbe stato un po' come fare il baby sitter. Avrei dovuto riempirla di regali, farla mangiare, farle bere una quantità spropositata di vino e metterla a letto la sera. D'accordo, diciamo che, se avessi fatto il baby sitter così, mi avrebbero arrestato subito. Il mio unico obiettivo era renderla felice, per sei giorni, e poi me ne sarei tornato a casa. Non doveva essere così difficile, no? Conquistare una donna, dico. Conquistare la gente era il mio lavoro. Anche se, è vero, di solito la gente che cercavo di conquistare non mi faceva sbavare dai tempi della scuola.

Un altro problema era il maledetto incantesimo. Non ero scemo, non credevo in quel genere di cose, ma il capitano aveva detto la verità: eravamo arrivati su quell'isola da trentadue minuti ed erano trentadue minuti esatti che non riuscivo a staccare gli occhi dalle labbra di Beth, dalle sue mani che stringevano le posate. Senza contare che non potevo far a meno di chiudere gli occhi ogni volta che sentivo il suo profumo, trasportato dalla brezza.

Merda.

Sei giorni.

Neanche una settimana.

Ce l'avrei fatta.

La dolce vocina di Beth mi ridestò. Se non altro,

non era più arrabbiata. « Jace, hai sentito quello che ho detto? »

« Certo », risposi io sorseggiando il vino.

« E quindi? Sei d'accordo? »

« Al cento percento. »

« Cosa dici, sul collo? »

Ecco le conseguenze di sognare a occhi aperti. « Be'... il collo mi sembra perfetto. »

« Quanto lungo, secondo te? »

« Lungo abbastanza. » Cercavo di tenermi sul vago. Sarei potuto andare avanti un giorno intero a rilanciare a tutte le sue domande, senza mai rispondere per davvero. Bella prova, Jace.

« E il colore? »

« Secondo me i colori accesi sono i migliori. Attirano l'attenzione, no? » risposi, col più finto dei miei sorrisi da politico.

« Mmm, sì, forse hai ragione. Domani, va bene? » disse mettendosi a scribacchiare qualcosa sul foglio che aveva in mano.

« Certo. » Mi sporsi sul tavolo per vedere cosa stesse scrivendo, ma lei ritrasse il pezzo di carta.

« Devi mettere una firma qui. »

« Dovrei firmare *cosa*? » le chiesi con un altro sorriso fintissimo.

« Hai detto che stavi ascoltando. » E mi consegnò la penna.

« Infatti è così. »

« Bene, allora firma. »

Devo ammettere, con non poco imbarazzo, di aver firmato soltanto per non fare la figura del coglione.

La dottoressa Z ci raggiunse al tavolo. « Vedo che avete compilato il modulo. »

« Esatto », rispose Beth con un sorrisone.

La donna prese il foglio che avevo appena firmato e lo guardò. Sembrava alquanto stupita. « Fantastico. Ma che coraggiosi! »

« Vero? » fece Beth prendendomi la mano.

Avevo una brutta sensazione.

« Due draghi intrecciati. Tatuati sul collo. Ma che bello! Il drago è il simbolo dell'unione. È raro che una coppia si dimostri così convinta sin dal primo giorno! »

« Cosa ci vuole fare, noi siamo così. Convintissimi. » Come cavolo facevo a tirarmi fuori da quella situazione? Avevo firmato. Tirai un calcio a Beth sotto il tavolo.

Lei fece una smorfia, e la dottoressa andò avanti a leggere il modulo. « Benissimo. Allora preparo il programma per la settimana e stasera ve lo metto sotto la porta. Il primo appuntamento è con una terapista appena arrivata. È adorabile. »

Il ticchettio delle scarpe della dottoressa sul pavimento ebbe lo stesso effetto di un cappio che si stringe sempre più intorno alla gola.

Mi girai verso Beth. « Un tatuaggio, eh? Credi di essere divertente? »

« Non mi stavi dando retta. »

« Sì, invece. » Più o meno. Se restare ipnotizzato dalle sue labbra e dal suo profumo poteva essere considerato « dare retta ».

« Invece no. Guarda che abbiamo fatto un patto. Sei giorni. Non voglio che m'ignori. Non ti voglio vedere col telefono in mano. Devi impegnarti. Che cavolo, sono soltanto sei giorni. » La sua espressione si fece triste, ma poi forzò un sorriso per nascondere il disappunto.

Le presi la mano. « Hai ragione. M'impegnerò. È solo che è stata una giornata pesante. » E doveva stare attenta, perché, se continuava a fare così, le avrei fatto vedere davanti a tutti quant'ero bravo quando m'impegnavo.

« Lo so », disse, e abbassò gli occhi sulle nostre mani intrecciate.

Mi sarei dovuto tirare indietro. Me la sarei dovuta dare a gambe. E, invece, misi anche l'altra mano sulla sua e le sussurrai: « Che ne dici se ce ne torniamo in camera? Ti preparo un bagno e mi comporterò da perfetto fidanzatino ».

E, se fossi riuscito a non saltarle addosso non appena avessimo messo piede in stanza, mi avrebbero fatto pure santo.

« Tutto qui quello che sai dire? Pensavo fossi bravo con le parole. »

« Sono stanchissimo, cerca di capire. E poi mi hanno anche fatto un incantesimo. Non aspettarti la perfezione. »

« E chi ha detto che voglio la perfezione? Io voglio soltanto la favola », disse facendomi l'occhiolino.

« Abbiamo già fatto questo discorso: sono la stessa cosa. »

A quel punto Beth si alzò. « No, non lo sono. Le cose non sono sempre o bianche o nere, signor senatore. Ora, però, inizia a corteggiarmi. »

« Si comincia », feci io.

« Si comincia. »

Le tenni la mano per tutta la strada, fino alla capanna.

« Certo, balliamo. » Lei mi porse la mano, e io la condussi sulla pista da ballo, senza riuscire a staccare gli occhi da quel vestito luccicante e dai suoi capelli castani. Sapevo che mia cugina mi avrebbe ammazzato se l'avessi lasciata sola, ma non avevo resistito.

La strinsi a me e provai a fare il disinvolto, ma mi sudavano le mani. « Sei molto carina. Come ti chiami? »

Lei alzò lo sguardo, e io vidi i suoi splendidi occhi verdi. « Beth. E tu? »

« Jace. » Mi tremava la voce. Ecco, il solito ragazzino. Di sicuro lei era una dell'ultimo anno e di me poteva soltanto

pensare che fossi carino come un pivello delle medie con la tosse.

« Grazie. » Mi poggiò la testa sulla spalla. Se non altro ero alto.

« Di cosa? »

« Di essermi venuto a salvare. » Si mise a ridere. E risvegliò in me un qualcosa che fino ad allora era rimasto sopito.

Oddio, era bellissima.

« Vengo a salvarti ogni volta che vuoi. Giorno e notte. »

« È una promessa? »

Aveva un sorriso che ti stendeva. Mi faceva venir voglia di baciarla, e l'ultima cosa che potevo permettermi di fare in quel momento era baciare una ragazza di un'altra scuola, se non volevo farmi rompere il culo dai difensori della loro squadra di football. Era il loro territorio quello, non il mio.

Ma non potei trattenermi dal dire: « Certo ».

Avvicinai un po' la testa alla sua, lei fece lo stesso. Le nostre labbra si sfiorarono, e io la baciai con tutta la passione che avevo in corpo. Come non avevo mai fatto prima. Sarebbe stato il nostro primo e ultimo bacio, perché sapevo che non ne sarebbe seguito un altro. Lei era al di fuori della mia portata. Avevo già giocato abbastanza col fuoco così, visto che, per quello che ne sapevo, lei poteva benissimo essere la ragazza del quarterback della scuola. Ma era stato più forte di me.

« Brevik », mi sentii chiamare da una voce maschile alle mie spalle.

Mi girai, convinto che mi sarei ritrovato davanti il tipo più grosso della scuola.

E invece era soltanto il coach della squadra di football. Ah, fantastico. *Mi conosceva perché avevo messo fuori uso uno dei suoi giocatori per il resto della stagione.*

« Chi è la tua dama? »

« Mia cugina. » Deglutii, ero nel panico.

Il coach diede un'occhiata a Beth e si fece una risata. « Be', tua cugina non ti assomiglia per niente. »

« No, no. Lei è solo... un'amica », risposi a denti stretti.

Dietro il coach c'era mia cugina che cercava di attirare la mia attenzione agitando le braccia in aria.

« Scusate, devo andare. C'è mia cugina che mi vuole. » Dio, neanche avessi estorto a Beth chissà quali segreti sulle tattiche di gioco. Mi voltai e le diedi una rapida stretta di mano. « È stato bello. »

Lei annuì, gli occhi tristi. E io me ne andai.

Quando mi girai di nuovo, lei non c'era più.

La sveglia mi fece trasalire e mise fine al sogno. Perché diavolo sognavo quelle cose, adesso? Spensi l'allarme con una manata e mi girai a osservare Beth. Dormiva come un sasso, bella da far spavento. E io ero ancora eccitato per colpa di quel cavolo di sogno. Non me ne sarei dovuto andare. Avrei dovuto chiederle il numero di telefono. Non che poi le cose sarebbero andate in modo diverso. Perché ormai non era più come una volta, la gente non si fidanzava al liceo per poi finire davanti all'altare. Ma a quei tempi credevo ancora nell'amore a prima vista. Cazzarola, credevo davvero di essermi innamorato; quello che era successo dopo, invece, era stato un incubo. Il mio psicologo diceva che avevo rimosso tutto e che quando si ha un incidente accade spesso. È un modo di proteggersi. Ma da cosa? Non avrei saputo dirlo con certezza.

Al mio risveglio in ospedale, ero diventato un'altra persona. Era cambiato tutto. I miei genitori dicevano che ero diverso, ma io non sapevo il perché. Di conseguenza fui ancora più ossessionato dal bisogno di renderli fieri, di fare le cose a modo. Di fare carriera.

E, a proposito di carriera, presi il cellulare poggiato sopra il comodino e mi accorsi che la batteria era quasi scarica. Mi alzai per prendere il borsone, ma mi ricordai di non averlo. Da quando l'avevo imbarcato, non l'avevo più visto.

Secondo me lo teneva in ostaggio nonna Nadine. O forse Jake e Travis. Di sicuro quei due stronzi sapevano tutto. E com'era possibile che quella donna avesse organizzato già tutto da un mese? Era giusto un mese che avevo accettato di darle una mano col suo piano per Char e Jake.

Mi si accese la lampadina.

Avevo accettato.

Ecco dove avevo sbagliato. Avrei dovuto rifiutare, starle lontano.

Russia. Mi sarei dovuto trasferire in Russia.

« Beth », la chiamai dandole un colpetto.

Dormiva a pancia in giù, con indosso gli stessi vestiti della sera prima. Si stiracchiò girandosi, e la camicetta si sollevò un po', fino a scoprirle la pancia e la cicatrice dell'appendicite.

Fece dei versetti e allungò le braccia sopra la testa.

La camicetta salì ancora.

E i miei occhi pure.

Cavolo, aveva una pelle liscissima. Mi faceva venire voglia di toccarla... macché, altro che toccarla, volevo leccarla. L'avevo leccata la sera dopo il matrimonio?

« Jace. »

Aveva la voce roca, sexy da morire. Cazzarola, ero nei guai.

« Cosa c'è? »

« Dobbiamo proprio andare a fare terapia di coppia? »

« Oh, tesoro, ti tiri già indietro? Dove sono finite le tue palle d'acciaio? »

Beth sbadigliò. « Non voglio avere le palle. Voglio soltanto una cavolo di carica. Sono una ragazza. Straparlo. Dico un sacco di cose. Ma adesso voglio soltanto un grosso caffè e farmi una grossa dormita. »

« Puoi evitare di usare quella parola? »

In quel momento avevo un *grosso* problema a controllarmi, visto che l'avevo appena vista rotolarsi e stiracchiarsi nel letto come una gatta.

«D'accordo. Allora voglio un caffè lungo e farmi un lungo...»

Le misi una mano sulla bocca. «Facciamo che da oggi in poi la mattina non si parla, va bene? La mattina si riflette, si pensa e...»

Mi diede un morso. «Caffè.»

«Guarda, mi hai lasciato il segno.» Le mostrai la mano.

«Corteggiami.»

Si rinfilò sotto le coperte, e devo ammettere che quel modo di fare autoritario mi piaceva. Mi alzai e andai alla macchina del caffè, per tentare di farla funzionare.

Sentii l'acqua scrosciare nella doccia.

«Ma che brava! Ci sei riuscita tutta da sola!» gridai verso il bagno.

Peccato che il pensiero di lei sotto la doccia fece ripresentare lo stesso *grosso* problema di poco prima. Tutta colpa di quel maledetto incantesimo! Provai a concentrarmi su altro e misi la tazza sotto il beccuccio.

«Aaargh... figlio di...»

Sbam. Sbam. Sbam. Sbam.

E, dopo un silenzio di tomba di qualche secondo, seguì un assordante «Jace!»

Corsi in bagno.

«È enorme!» gridò Beth.

La doccia era di vetro trasparente, per cui una volta entrato me la ritrovai davanti tutta nuda.

Beth se ne stava là col flacone dello shampoo in mano e il dito puntato nell'angolo.

Un secondo dopo, lo shampoo attraversò la stanza e mi sfiorò la testa andando a finire contro il muro.

« Ammazzalo! »

Un ragno che sembrava un mostro gigante veniva verso di me. Allora, non è che io sia un fan dei ragni, ma nemmeno li odio. Il fatto, però, è che non mi entusiasmava particolarmente l'idea di vedermi un coso peloso che mi camminava sopra. Perciò feci quello che ogni uomo di buon senso avrebbe fatto.

Cercai una pistola.

E, quando mi resi conto che non ero James Bond e che non eravamo in un romanzo di spionaggio, afferrai la prima cosa utile che mi capitò sotto mano.

L'asciugacapelli.

Non era collegato alla presa, ma era grosso abbastanza da servire al mio scopo. Cominciai a colpire il ragno finché non ne restò che una poltiglia di zampe e peli.

« L'hai ammazzato? » chiese Beth tutta tremante, alle mie spalle.

Io mi asciugai la fronte col braccio. « Sì, è stata una dura lotta. Ci sono state molte vittime e spargimenti di sangue. Ma alla fine... l'ho fatto fuori. »

« Mio eroe », disse lei abbracciandomi da dietro.

Io rimasi impietrito.

Non perché aveva detto che ero il suo eroe. Non

sono mica così narcisista. Il punto è che era nuda. E a quanto pareva se n'era dimenticata.

Uomini di tutto il mondo: applaudite. Io non battei ciglio. Fermo, immobile. Rimasi lì a crogiolarmi.

Crogiolarsi: sinonimo di restare fermi immobili quando una donna si stringe a voi in modo così sensuale che tutto quello che potete fare è chiudere gli occhi e sorridere. Vedi anche: euforia.

« Sono nuda. » Beth si staccò da me.

Neanche a dirlo, la mia reazione fu quella d'irrigidirmi, chiaramente nei punti sbagliati. E, mi duole ammetterlo, ma credo di aver anche fatto un sospiro sognante, o forse era un ringhio? *Un istante dopo mi girai, l'afferrai, la spinsi contro il muro e la presi nella doccia come un...*

Ottimo, non soltanto ero rimasto fermo immobile a bearmi di quel momento, ma mi ero persino ridotto a sognare a occhi aperti.

« Grazie. » Con la coda dell'occhio la vidi tornare nella doccia e rimettersi sotto il getto d'acqua.

Era come ritrovarsi in una pubblicità del Pantene Pro-V, con l'unica differenza che la ragazza in questione era molto più sexy e, soprattutto, raggiungibile.

Ma non per me.

Non nella realtà.

« Allora? Resti qui a guardarmi o ti vai a preparare? » disse Beth, con l'acqua che le rigava il viso.

« Posso scegliere? » Era quasi una supplica.

« No, ma, se non te ne vai entro cinque secondi, ti becchi una ginocchiata nelle palle. Il ragno è morto, tu hai salvato il mondo, ora riprendi il tuo martello ed esci di qui. »

« Martello? »

« Martello, asciugacapelli... quello che è. Vai, Thor, vai. Vai di là a metterti il mantello. Dobbiamo andare a fare terapia. »

Uomini. Siamo esseri semplici. No, davvero, dico sul serio. In pratica mi aveva detto che ero un Avenger, il che significava che ero due gradini sopra Iron Man e anche un bel po' più figo.

Per tutto il tempo che impiegai a prepararmi non riuscii a togliermi il sorriso dalle labbra.

La principessina aveva finito tutta l'acqua, e così io non potei fare la doccia. Inoltre, la dottoressa Z si era raccomandata di arrivare in orario, e a me non andava d'iniziare col piede sbagliato.

« La terapia dura soltanto un'ora, dopo, sul programma, c'è scritto che abbiamo 'Divertimento di coppia' in piscina. » Beth controllò l'orologio e mi consegnò la cartina del posto.

Io chiusi la porta a chiave, quindi mi misi a guardare la strada. « Per arrivare al Circolo della serenità dobbiamo andare verso nord. »

«Quel nome non mi piace. Mi sembra un posto in cui ci si fa le canne.»

«Se ti offrono droghe di qualsiasi tipo, tu di' soltanto 'no'.» Infilai la mappa nel taschino della camicia di lino e le presi la mano.

«Cosa fai?» disse lei cercando di ritrarla.

Io strinsi più forte. «Secondo te?»

«Mi tieni per mano.» All'improvviso le comparve un sorrisetto felice sulle labbra e tutta l'ostilità evaporò in un secondo.

«Esatto.» L'attirai a me e inspirai il suo profumo. Cavolo, che buon odore quello shampoo. «Hai detto di volere sei giorni da favola, e io ho pensato che tenerti per mano fosse un buon modo per cominciare.»

«Ah.»

Divenne rossa come un peperone e, all'improvviso, mi sentii come se qualcuno mi avesse dato una mazzata nello stomaco.

Nessuno le aveva mai tenuto la mano.

Ne ero sicuro.

Le ragazze di solito non arrossiscono per queste cose. La maggior parte di loro non ci fa neanche caso. Ma che razza di uomini aveva frequentato? Che razza di uomini dovevano essere stati, se non l'avevano neanche corteggiata un po'?

Va be', meglio non divagare.

Ci avviammo mano nella mano, e io mi feci una

promessa. Una promessa di cui sapevo mi sarei pentito tempo una settimana esatta.

Ci avrei provato davvero. Avrei lasciato il passato fuori dalla porta, sarei entrato nella stanza della felicità e l'avrei fatta sentire desiderata.

E, quando fosse arrivato il momento di andare, l'avrei fatto senza voltarmi. L'avrei fatto senza pentimenti. E quello era un altro buon motivo per buttarsi.

13

«E il senatore come ha preso
la faccenda dell'incantesimo?»
«Diciamo che non ha fatto salti di gioia, ecco.
Ha gettato nell'oceano la mia preziosissima
collana della fertilità!»
«Che peccato», commentò l'agente.
«Può dirlo forte! Quelle collane non è che si trovino
ovunque!» Nonna Nadine batté un pugno sul tavolo.
«Be', non saprei.»
«Io sì, invece! È una vita che le infilo nelle auto,
nelle case, negli uffici dei miei nipoti...»
«Signora, mi perdoni. Sta dicendo
che lei è così da... una vita?»
«'Così' come?»
«Folle.»
Lei sorrise. «Alcuni dicono che la follia è genio.
Lei cosa pensa, Gus?»
«Non mi chiamo Gus.»
«Be', però ha la faccia da Gus. La chiamerò Gus.»
L'agente si girò verso la vetrata alle sue spalle.
«Credo sia ora di fare una pausa.»

BETH

Camminare mano nella mano con Jace fu come salire sul bus della scuola per la prima volta. Non sai bene cosa fare, vicino a chi sederti e a quale fermata devi scendere. Allora, per non perdere quella giusta, guardi tutto il tempo fuori dal finestrino. Poi, alla fine, la perdi, ma non te ne importa niente perché nel frattempo hai fatto amicizia con tutti e ti stai divertendo un sacco.

« Eccoci. » Mi lasciò la mano.

Quello stupido bus si era fermato.

E adesso mi risuonava in testa quella stupidissima canzone che parlava della macchina del capo e del buco nella gomma.

« Allora entriamo », dissi io facendo per bussare. Peccato che la porta si spalancò prima ancora che la toccassi.

« Non è possibile », sbraitò Jace, che diede un calcio allo stipite.

Nonna Nadine indicò a terra. « Credo tu abbia appena ucciso una formica. »

A Jace usciva il fumo dalle orecchie, ma non disse nulla.

Nadine batté le mani. « Oh, no, guardate: è ancora viva! » disse col dito puntato verso l'insetto.

Lui la guardò e poi cominciò a pestare i piedi a terra come un dannato. Ripeté il gesto cinque o sei volte, quindi si ricompose.

Lei si portò una mano alla guancia. « Oh, che peccato. Credo che a questo punto sia morta stecchita. »

Jace pestò di nuovo i piedi a terra.

Era evidente che la nonna lo stesse facendo uscire

di testa. Gli presi la mano e la strinsi. Così, se non altro, smise di scalciare.

«Ma prego, entrate!» Nadine ci guidò all'interno di un piccolo studio con una cascata in miniatura e due divani in pelle. Di fronte alla porta c'era una vetrata che prendeva tutta la parete e si affacciava sull'oceano. Be', se quello fosse stato il mio ufficio, avrei potuto ritenermi arrivata.

«Accomodatevi», ci esortò.

Jace mi lasciò la mano e si sedette sul divano. Mi aspettavo che da un momento all'altro cominciasse a dondolarsi avanti e indietro.

Ma alla fine non lo fece.

E io tirai un sospiro di sollievo.

Nonna Nadine si accomodò sulla poltrona di fronte a noi. «Ditemi tutto. Come mai avete scelto di venire al Centro per sole coppie Brezza dell'oceano?»

Non credevo alle mie orecchie. Ci prendeva in giro, vero?

«È. Lei. Che. Ci. Ha. Costretti», disse Jace, scandendo ogni singola parola.

«Bazzecole.» Nadine si portò una tazza di tè alle labbra e sghignazzò. «Oh, quanto mi piace questa parola.» Poi fece un sospiro e un altro sorso. «Gradite un po' di tè?»

Io accettai soltanto perché così avrei avuto qualcosa da fare.

Jace bevve e chiuse gli occhi. Probabilmente stava

tentando di ritrovare il proprio centro, o come cavolo si chiamava.

« Avete problemi a letto? »

Lui sputò il tè sul tavolino.

« Oh, mia cara, quanto dev'essere dura per te stare con un uomo che... » cominciò a dire, poi si schiarì la voce e mimò con le labbra: *Non ce la fa.*

« Adesso ne ho abbastanza. » Jace balzò verso Nadine, ma io lo fermai e gli riconsegnai la sua tazza, un po' come avrebbe fatto una mamma col figlio dandogli il pallone per distrarlo.

Cercai di parlare con voce calma, ma si sentiva che ero incazzata: « Ascolti, Nadine... lei ci ha drogati, trascinati qui sotto false pretese, costretti a fare terapia di coppia come se davvero fossimo una coppia e, adesso, anche questo? La terapista sarebbe lei? Ci perdoni se non facciamo i salti di gioia ».

Lei mise giù il suo tè e fece un sospiro. « Nonna Nadine non è qui in questo momento. Aspettate un secondo. » Si allungò a prendere la borsetta e ne tirò fuori un foulard leopardato. Se lo mise al collo, si passò un velo di rossetto e mangiò una caramella alla cannella. « Ecco, adesso potete parlare con nonna Nadine. Sapete, devo separare un po' le due cose, per una questione di privacy. »

Digrignai i denti. « Nadine, aveva detto che non si sarebbe più immischiata negli affari degli altri, ma mi sembra che invece sia soltanto peggiorata! »

« Ti sbagli, cara. Vi ho chiesto scusa per avervi drogato e poi vi ho portati qui per proteggervi dai media e regalarvi una bella vacanza, tutta pagata di tasca mia, e in uno dei posti più costosi del Paese. Ho forse dimenticato qualcosa? »

Io non sapevo più cosa dire.

Jace la guardava malissimo.

« Nessuno vi costringe a fare terapia di coppia. Credevo potesse farvi bene. Ma, se non vi va, potete anche andarvene. »

« Bene, ce ne andiamo », rispose Jace, che si alzò.

« D'accordo, dirò alla dottoressa Z che avete rifiutato la terapia », disse Nadine nascondendo un sorriso dietro il tè.

Io lo fermai subito: « Aspetta un momento. Cosa succede se rifiutiamo la terapia? »

« Ma niente, cara, non essere apprensiva. » Si leccò le labbra e, di nuovo, approfittò della tazza per schermare un altro sorriso.

« Jace, siediti », gli ordinai tirandolo per la camicia.

« No, io non... »

« Siediti o ti faccio vedere io se non risuscito quel ragno gigante e te lo faccio trovare sul cuscino. »

Lui imprecò, ma tornò a sedersi.

« A cosa serve questa terapia? »

« A favorire la comunicazione. La conoscenza del proprio partner. »

« Ma noi non stiamo insieme. »

« Sei giorni », sussurrò Nadine.

« Cosa? Cos'ha detto? » domandò Jace.

« Niente. » Lei batté le mani due volte: le luci si abbassarono e partì della musica classica in sottofondo. « Adesso chiudete gli occhi. »

Jace imprecò di nuovo.

« Figliolo, smettila di dire parolacce. Non vorrai sembrare un semplicione, spero. »

« Sbaglio o mi ha appena dato dello stupido? » mi sussurrò lui all'orecchio.

« Figurati. Se avessi voluto darti dello stupido te l'avrei detto senza mezzi termini. »

« Giusto. »

« Jace? »

« Sì, nonna? »

« Ti stai comportando come uno stupido. »

Lui inveì ancora.

Nadine sorrise trionfante. « Visto? Adesso, per favore, chiudete gli occhi. Vi darò un assaggio di quanto può aiutare la terapia. Prendere o lasciare, ma aspettate questa sera per decidere. D'accordo? »

« D'accordo », risposi io a denti stretti.

Jace annuì.

« Bene. » Nadine batté un'altra volta le mani e le tende scesero a coprire le finestre, lasciandoci al buio.

Perfetto, proprio quello che ci voleva: stare in una stanza buia con quella donna.

« Ora, Beth, voglio che tu metta le mani sulle gambe di Jace. »

Lentamente, feci come mi aveva ordinato.

« Jace, girati verso Beth e trova una posizione comoda. »

Lui si voltò, eravamo l'uno di fronte all'altra. Io tenevo le mani poggiate sulle sue cosce con non poco disagio. Riuscivo a sentire il calore del suo corpo attraverso i pantaloni di lino. Mi sembrava quasi di sentire anche il sangue che gli pulsava nelle vene.

« Ora, Jace, voglio che tocchi il viso di Beth. Fallo con delicatezza e cerca di memorizzare ogni millimetro della sua pelle. »

Le sue mani erano calde, le sentii vagare sul mento e poi spostarsi sulle guance. Si muovevano incerte e delicate, sul viso e poi giù verso il collo e le spalle. Mi venne spontaneo protendermi in avanti.

« Prova a sentire come il suo corpo risponde a ogni tuo movimento. Voglio che memorizzi ogni millimetro del suo viso in modo tale che, se ti chiedessi di disegnarlo, potresti farlo anche a occhi chiusi. »

Affondai le dita nelle sue gambe mentre lui continuava a sfiorarmi il viso e poi i capelli. Si avvicinò ancora e io non potei fare altro che trattenere il respiro e mordermi il labbro.

« Beth, ora voglio che tu faccia lo stesso, ma partendo dalle gambe per poi salire lungo il busto, fino ad arrivare al petto. »

E così ebbe inizio la mia tortura. La chiamo tortura, perché ogni centimetro del suo corpo mi faceva schizzare gli ormoni alle stelle. Muscoli di cui fino a quel momento non conoscevo neanche l'esistenza, adesso li avrei avuti per sempre stampati nella mente. Quando arrivai agli addominali, non sapevo più come contenere la gioia. Erano scolpiti. E l'avrei aiutato a levigarli meglio, se quello avesse significato poter continuare a toccarli.

Quando arrivai al petto, mi sembrava di aver passato un'ora dentro una sauna con addosso un cappotto di lana. Ansimavo. Ed ero ormai così vicina a lui che sentivo il profumo della sua colonia.

Nadine batté le mani e si riaccesero le luci. In pratica mi ritrovai in braccio a Jace. Il suo viso era a un centimetro dal mio e io ero giunta al limite, stavo per esplodere. Lo desideravo con tutta me stessa, e non mi sentivo per niente in colpa, neanche se ero sudata da fare schifo.

« Ecco fatto. » Nonna Nadine batté di nuovo le mani, le luci tornarono al loro massimo e io mi ricomposi. « Direi che la prima lezione è andata molto bene », proseguì, mentre si alzava dalla poltrona.

« Su cos'era la lezione? » le chiesi.

Lei girò i tacchi e si mise a ridere. « Sono sicura che puoi arrivarci da sola. »

Jace mi prese la mano. « Si diverte a torturare la gente. »

«Sbagliato. Mi diverto a ispirare gli altri. E, dalla faccia che avete, mi sembra di capire che l'ispirazione vi è venuta eccome.»

«Piscina. Andiamo in piscina», balbettò lui.

«Va bene.»

Jace mi trascinò fuori dallo studio e per tutto il tragitto mi tirò il braccio così forte che rischiai di slogarmelo. Era una furia.

Raggiungemmo la piscina.

Lui si tolse la camicia e si tuffò, lasciandomi lì a guardarlo senza fiato.

«Ma che cosa ti prende?»

«Ispirazione. Troppa ispirazione.»

14

«Li ha drogati... di nuovo?» L'agente si grattò la testa.
«Be', Gus, cos'avrei dovuto fare?»
«Evitare di drogarli, per esempio?»
«Com'è noioso. Mi dica una cosa, quando mai le droghe hanno fatto più male che bene?»
«Sta scherzando, vero? Mi prende in giro, no?»
«Io non scherzo mai. E difendo la mia scelta. Tutti quanti abbiamo bisogno di un aiutino, ogni tanto.»
«Quindi vuole che aggiunga anche questo alle sue imputazioni?»
«Be', se proprio deve. Non voglio che si sobbarchi troppo lavoro, Gus. Davvero, non è mia intenzione procurarle noie.»

JACE

«Beth, ascolta.» Nuotai fino a bordo piscina pensando a un modo per dirglielo che non mi facesse sembrare pazzo.

«Cosa c'è?»

Avevo nuotato per dieci minuti buoni mentre lei era andata a cercare degli asciugamani, ma adesso era tornata e dovevo dirglielo. Maledizione! Accidenti a Nadine!

Agitai il pugno al cielo.

« Stai bene, Jace? »

Nell'imbarazzo, chiusi gli occhi. « No. Credo che Nadine mi abbia messo qualcosa nel tè. »

« Cioè? »

« Cioè mi ha drogato. »

Beth si avvicinò al bordo e si mise carponi. E, diciamo la verità, nelle condizioni in cui ero, la cosa non aiutava per niente.

« Cosa ci avrà messo? Ti senti strano? »

Guardai giù. « Strano non direi... più che altro inopportuno. »

« Eh? »

« Viagra. Ci ha messo il Viagra. »

Beth scoppiò a ridere. « Jace, dubito fortemente che farebbe una cosa del genere. Sei giovane, forte e nel pieno della tua virilità... » A quel punto sgranò gli occhi. « Oh, santo cielo! »

« E adesso che faccio? » dissi tenendomi al bordo della piscina come a un'ancora di salvezza.

Lei se la rideva. « È evidente che hai un problemino. »

« Potremmo almeno chiamarlo un 'problemone'? Sai com'è, per l'autostima eccetera. Non è piccolo, non è piccino e non è... »

Alzò una mano. « Ho capito, va bene. Abbiamo un problema da ridere. »

« Lo sapevo, questa dovevo aspettarmela. »

« Però adesso fallo sparire », disse Beth, come fosse stato semplice.

« *Fallo sparire?* E come dovrei fare secondo te? Vuoi che lo faccia davanti a tutti? Nella piscina di un albergo? Sotto lo sguardo attento di Dio? Eh? »

« Ehi, ehi, calma, sporcaccione! Non intendevo dirti di fornicare coi gonfiabili della piscina! La mia era soltanto... un'idea. »

« Potresti fartene venire una migliore? Pensare a qualcosa che non implichi l'utilizzo dei gonfiabili della piscina? »

« Okay, ma non fare tanto il permaloso. Aspetteremo. »

« Certo, come no. Rimango in acqua per altre quattro ore sperando che la situazione migliori. E, se rimane tutto uguale, cosa facciamo? Chiamiamo un'ambulanza? »

« Be', in effetti, si dice che un corpo eret... »

Le tappai la bocca. « C'è un modo più semplice per risolvere la cosa. » Senza pensare alle conseguenze delle mie azioni, la tirai in acqua tutta vestita.

Quando Beth riemerse per prendere aria, gridò: « Jace, ti ho detto che non sono una prostituta! »

Per fortuna, le uniche altre persone in piscina erano un uomo e una donna che se la godevano vicino al bar.

La trascinai dall'altro lato della vasca. « Non urlare! Non ho detto che sei una prostituta. Ti ho soltanto chiesto se avevi qualcosa da nascondere. Direi che c'è differenza.» Ma, se stava pensando di cambiare lavoro, quello era il momento giusto per farlo.

«Non funziona così nelle favole!» esclamò lei dandomi uno schiaffo sulle spalle.

Adesso eravamo vicino alla minicascata.

Un tuono squarciò il cielo.

E cominciò a venire giù tanta di quella pioggia che pareva il diluvio universale. Impossibile anche solo tenere gli occhi aperti con tutta quell'acqua.

Beth scoppiò a ridere.

Io avrei voluto fare lo stesso, ma vederla in quel modo, con le goccioline che le scendevano lungo il corpo, mi aveva fatto passare la voglia di ridere. Con quella donna non avrei mai avuto bisogno del Viagra. Ne ero certo.

Sarebbe bastato che i medici la chiamassero ogni volta che avevano un paziente con la disfunzione erettile, e il problema si sarebbe risolto. Mi avrebbero dovuto dare una medaglia per quella scoperta.

«Vieni qui.» L'attirai a me e lei non si ribellò. Anzi mi strinse le braccia intorno al collo e le gambe in vita.

Eravamo incollati l'uno all'altra. E io ero lì lì per implorare. Per mettermi a piangere. Esatto, stavo quasi per piangere. Un uomo adulto che si mette a piangere. Vai a capire se di felicità o disperazione.

«So di non esserti di aiuto, ma c'è una cosa che ho sempre desiderato.»

« Anch'io al momento desidero diverse cose. Ma prima dimmi la tua, avanti. »

« Essere baciata sotto la pioggia. »

Poggiai la fronte alla sua e le sussurrai a fior di labbra: « Credo di poterti accontentare ».

Le nostre bocche si toccarono.

E fu come se un fulmine si fosse abbattuto su di me. Una scarica elettrica lungo tutto il corpo. La spinsi contro la parete della vasca e poi, quando la sentii gemere, mi premetti contro di lei.

Il desiderio mi consumava. Ogni volta che i suoi denti mi graffiavano le labbra o la sua lingua sfiorava la mia, la temperatura saliva sempre di più. Un'esplosione. Baciarla era bellissimo e, anche se il mio corpo avrebbe voluto di più, già solo toccarla mi faceva sentire in estasi.

Con la pioggia che continuava a bagnarci il volto, la portai in braccio sotto la cascata.

Inciampai e ci mettemmo a ridere.

Stavo per ricominciare a baciarla, quando sentii una voce maschile dire: « Beth? »

Ma in quel momento le sue mani erano vicine ai miei pantaloni, per cui feci finta di niente.

« Beth, sei tu? »

Infastidito, stavo per girarmi e sbraitare, ma poi la vidi impallidire e mi fermai.

« B-Brett? »

Il tipo ci raggiunse e l'abbracciò. « Ciao! Come stai? Da quanto tempo! » E la lasciò andare.

Io la strinsi a me, come per proteggerla. Se il mio corpo me l'avesse permesso, le avrei anche fatto la pipì addosso per marcare il territorio. No, davvero: se quel tipo non teneva le mani a posto, gli avrei tirato un pugno in faccia.

Beth si aggrappò al mio braccio. « Io bene, tu? »

« Una favola! Sono in vacanza per qualche giorno. Ah, ma aspetta, ti voglio presentare la mia dolce metà. »

Il tipo si allontanò. Beth continuò a tenermi per il braccio. Sembrava avesse appena visto un fantasma, ma non di quelli buoni, tipo Casper. Doveva essere uno di quei fantasmi cattivi che spaventano i bambini.

« Ce la svigniamo? » le proposi. Volevo portarla via da quell'uomo pieno di peli sul petto. Ma si era fatto fare un innesto? Possibile? Per sembrare più virile?

« Ci vedrebbero », rispose lei, forzando un sorriso.

Brett ricomparve con al fianco una specie di Barbie che aveva un sorriso di plastica e un costumino inesistente.

È proprio vero che la vita non finisce mai di stupirti.

« Lei è Paris. »

« Ma dai », dissi io sottovoce.

Beth mi diede una gomitata e le porse la mano. « Piacere di conoscerti, Paris. Io sono Beth. »

L'altra ricambiò la stretta ma senza neanche guardarla in faccia. Era troppo impegnata a osservare me e il mio petto liscio. Ovvio, anch'io avrei fatto lo stesso al posto suo, visto che si accompagnava a uno che aveva più peli sul petto che capelli in testa.

« Senatore Jace Brevik? » Il suo sorriso di plastica si fece rapace.

Incredibile che, con tutto il botulino che si era fatta iniettare, fosse ancora in grado di muovere le labbra e persino sorridere.

« Sì, sono proprio io. »

Brett si mise a ridere. « Mi sembrava un viso familiare! Che ci fai qui? Cazzo, Beth, è una figata che lavori per un senatore! »

« 'Lavoro' in che senso? » domandò Beth.

« Be', sai com'è, sei sempre stata una sveglia. Non mi sorprende trovarti qui a offrire i tuoi servigi al senatore e a sua moglie o quello che è. Per l'appunto, dov'è la tua dolce metà? Sarei molto felice di conoscerla. Sarebbe un onore, davvero. »

« Anche il mio Brett è in politica. Fa il sindaco », disse Paris dandogli un bacio sul collo.

Ma pensa un po'. Brett crede che fare il sindaco significhi essere in politica. Sarebbe stato il caso di dargli un pugno in faccia e farla finita.

« Ah, sì? » A Beth tremava la voce.

Perché sembrava che stesse per mettersi a piangere?

« Sì, sono il sindaco di Bellingham, ma aspiro a qualcosa di più », disse quello gonfiando il petto.

Bellingham, nello Stato di Washington? Ah, be', allora... Se continuava così, rischiava di vedersela con me per la presidenza.

« Non vogliamo rubarvi altro tempo, ma, se la tua dolce metà vi raggiunge in piscina, sarei felice di fare una foto tutti insieme. »

« Facciamola adesso, allora. »

« Ma dov'è la tua... »

Avrei fatto bene a chiudere la bocca, ma le parole continuavano a uscire senza che ci potessi far niente. Misi un braccio intorno alle spalle di Beth e dissi: « Eccola qui ».

Paris rimase a bocca aperta, e Brett divenne rosso come un peperone.

Beccati questa, sfigato.

E, per rincarare la dose, Beth scelse proprio quel momento per prendermi il viso tra le mani e baciarmi con tutta la passione che aveva in corpo. Una volta finito, provai a baciarla di nuovo ma lei si mise a ridere e mi abbracciò. L'effetto del Viagra non era ancora passato e il mio corpo non capiva che quello non era il momento adatto per saltarle addosso.

Lanciai un'occhiataccia a Brett con cui in pratica gli dissi: *Hai capito bene, coglione. Lei è mia. Vai a fare lo stronzo da un'altra parte. Qui siamo a posto.*

« Cavolo. Scusate, non me lo sarei mai immaginato. »

« Perché no? Beth è una dei ricercatori più importanti e affermati della GreenCom, si è laureata col massimo dei voti a Yale e ha più istruzione di voi due messi insieme. Io direi che non fa una piega », dissi, e le diedi un pizzicotto sul sedere.

Lei mi pestò un piede.

« Senza contare che è sexy da morire. »

Brett si schiarì la voce. « Be', allora possiamo fare la foto, no? »

Beth mi diede un'altra gomitata.

Io ringhiai.

E lei mi fece segno di guardare giù.

Imprecai.

« C'è qualcosa che non va? » miagolò Paris mentre arricciava i peli del petto di Brett.

Ma non aveva paura di restarci impigliata?

Gli fece qualche grattino e poi ritirò la mano. Adesso aveva dei peli tra le unghie. Che schifo. Ma all'improvviso il mio problema era sparito. Incredibile, mi era bastato guardare una donna di silicone che arricciava i peli del petto del suo uomo.

« Il fatto è che stavamo tornando in stanza per fare un riposino. Tanto staremo qui tutta la settimana, di sicuro ci rivediamo. »

« Per una cena », fece Brett.

Ma non si arrendeva mai?

« In realtà... » Beth cercò il mio aiuto.

« Certo. Ma, tanto perché poi non vi offendiate, vi avviso che non mangiamo molto in questi giorni. Facciamo una dieta speciale che ci permette di passare giorno e notte a letto. Per dire, il sole lo vedo adesso per la prima volta. E ho tutte le intenzioni di continuare a tenere questa signorina molto, molto occupata... » dissi stringendola a me, e le diedi un bacio appassionato.

« Oddio, fatevi dare un letto », mormorò Brett.

« Oh, ma ce l'abbiamo già: formato gigante. E nella stanza c'è anche una vasca idromassaggio. Ci vediamo presto, Rhett. »

« Brett! » fece lui.

« Sì, sì, Rhett! » risposi io, fingendo di non aver sentito. Poi, con Beth in braccio, mi avvicinai al bordo della piscina. « Adesso ce la svigniamo. »

« Pronti? » disse Beth facendo l'occhiolino.

« Non farmi correre. »

« Se mi prendi, ti do un premio », mi tentò uscendo dall'acqua, e m'invitò a raggiungerla col dito.

« Mmm, mi piacciono i premi. » Le corsi dietro, o almeno ci provai, viste le mie condizioni. Lei, però, era velocissima, e il fatto che fossi ancora sotto l'effetto del tè al Viagra non aiutava. Più che correre saltellavo. Sembravo la versione ubriaca del gobbo di Notre-Dame che corre nella cattedrale. Anche se una cattedrale, in quel momento, non sarebbe stata il posto ideale per me. Per niente.

«Sbrigati!» rise lei.

E io cercai di sbrigarmi, sperando di non travolgere nessuno nel tragitto e di non essere arrestato per atti osceni in luogo pubblico.

15

« Ricapitoliamo: oltre a drogarlo,
cos'altro ha fatto al senatore? »
Nonna Nadine si strofinò le mani
guardandosi intorno.
« Signora? »
« E va bene. Potrei avergli dato un aiutino, per
il bene del loro rapporto », rispose con un sospiro.
« Che aiutino? »
« Lavanda nella stanza. Collane della fertilità
sotto il materasso. Un acchiappasogni vicino
all'idromassaggio. Ostriche tutti i giorni.
E una compilation di Michael Bolton. »
« Michael Bolton? »
« Provare per credere », fece lei con un sorrisetto.

BETH

Mi lanciai sulla porta e l'aprii.

Jace mi stava raggiungendo.

E io ero senza fiato.

Ma non capivo bene se dipendeva più dalla corsa o dall'imbarazzo.

Il mio passato era tornato a perseguitarmi. Non che avessi cose da nascondere, tipo uso di droghe o disordini alimentari. Erano soltanto le mie insicurezze, quelle che non avevo mai affrontato. Con le insicurezze è così: se non le risolvi, prima o poi vengono a cercarti. Ed era quello che stava accadendo a me.

Brett? Lui le riportava tutte a galla, a una a una...

« Beth la noiosa, Beth la pallosa, Beth la lagnosa! » mi presero in giro gli amici di Brett, per poi darsi il cinque.

Se ne andarono tutti, rimase soltanto JP.

Si avvicinò con un sorrisetto e un ciuffo di capelli davanti al viso. « E quindi, Beth? Adesso che sai che Brett non vuole avere niente a che fare con te e dopo esserti strusciata addosso a un giocatore della squadra avversaria come una zoccola, immagino che se ti chiedo di uscire mi dici di sì. »

« Uscire con te? Uscire tu e io, insieme? » risposi con un filo di voce.

JP fece un sorrisetto e poi scoppiò a ridere. « No, scusa, non ce la faccio. I miei amici hanno scommesso dieci dollari, ma l'espressione che hai fatto non ha prezzo. Ho già una ragazza e ci vado a letto. Chi me lo fa fare di uscire con una verginella con gli occhiali più grossi della faccia che fa scappare i ragazzi a gambe levate? »

Mi accasciai a terra. Il pavimento fresco alleviò la sensazione di calore che mi pervadeva il corpo. Cercai d'inspirare dal naso e soffiare dalla bocca. Poi sentii due mani prendermi e tirarmi su.

Mi rannicchiai in quell'abbraccio e chiusi gli occhi,

arrabbiata con me stessa per aver permesso a un fantasma del passato di rendermi così vulnerabile.

Pochi secondi dopo eravamo già fuori in giardino. Jace mi aveva portata nella vasca idromassaggio. Io gli tenevo le braccia strette intorno al collo.

«Grazie», dissi con un filo di voce.

La sua espressione era dura, arrabbiata, furiosa. Teneva la mascella serrata, cercava di non guardarmi e schiaffeggiava l'acqua con la mano. «Ma che cosa ti ha fatto quel tipo?»

«Niente.» Cercai di divincolarmi, ma lui mi bloccò, stringendomi ancora di più.

«Beth.»

«Che stupida. Sono imbarazzatissima. Mi dispiace di aver perso il controllo. Io non...»

Jace cominciò a disegnare i contorni del mio volto con le dita. «Beth, non hai motivo di essere in imbarazzo. Ma, se non mi racconti quello che è successo, giuro che finisco per farmi mettere dentro per omicidio. E non sarebbe una bella cosa per un senatore.»

Provai a fare un sorriso. «È una storia noiosa.»

«Io ho un debole per le cose noiose», mi sussurrò.

Se fosse stato chiunque altro a dirlo, l'avrei preso come un affronto. Ma lui l'aveva detto in un modo che sembrava davvero sincero. Era come se mi avesse confessato che a lui piacevo, perché lui aveva visto in me quello che gli altri non riuscivano a scorgere.

«L'hanno costretto a portare me e qualche altra

secchiona al ballo. Abbiamo ballato. Lui è stato gentile e in pratica mi ha detto che per essere una sfigata ero carina. Io non ho voluto dargli il bacio della buonanotte e, per qualche strano motivo, la cosa l'ha fatto incazzare. » Non avrei voluto raccontargli tutta la storia, ma non c'era altra via d'uscita. « Alcuni suoi amici mi hanno vista darti quel bacio, e lui se l'è presa a morte: avevo preferito un ragazzino più piccolo di un'altra scuola a lui. Ha messo in giro la voce che ci avevo provato, che gli avevo chiesto di prendersi la mia verginità ma che lui mi aveva rifiutata. »

Jace mi cullava avanti e indietro. « Che stronzo. Non pensavo che quel bacio... avesse creato tanti problemi », disse con un sospiro.

Se soltanto avesse saputo che cosa aveva scatenato in me il bacio che c'eravamo dati...

« Da lì in poi è stato un incubo. Mi ritrovavo bigliettini attaccati all'armadietto in cui mi davano della puttana, della zoccola, della finta santarellina. Ero bersagliata da tutte le parti. Dai secchioni come me, perché temevano che la storia fosse vera. E dai fighetti, perché trovavano la cosa patetica. Ho ripreso fiato soltanto dopo il diploma. Ho cambiato aria e me ne sono andata all'università. »

Tracciando il contorno delle mie labbra, Jace disse: « Beth, dimmi cosa vuoi ».

« Come? »

« La prima opzione è: vado lì, lo ammazzo e mi faccio sbattere in galera. Ma mi pare che abbiamo già scartato questa soluzione. »

Mi misi a ridere.

« La seconda è: mi faccio eleggere presidente e chiedo a quelli della CIA d'incastrarlo a letto con qualche rivista pornografica, così da mettere fine per sempre alla sua carriera politica. »

« E la terza? » dissi avvicinando il viso al suo.

« La terza è la mia preferita. Vuoi sentirla? »

Annuii, inebriata dal suo profumo.

« C'entriamo tu e io, un sacco di baci e magari anche qualche sostanza dopante. Che te ne pare? »

Gli diedi un bacio sulla guancia. « Nadine allora può esserci utile, visto che sembra essersi portata dietro una farmacia intera. »

« Perfetto. Adesso, però, ti bacio », disse lui con gli occhi incollati alle mie labbra.

« Non devi », risposi io, ma senza resistere alla tentazione di avvicinare la bocca alla sua. L'effetto che mi faceva avrebbe dovuto essere dichiarato illegale, oppure avrebbero dovuto pensare a imbottigliarlo e venderlo a tutte le donne single.

Le sue labbra sfiorarono le mie. « Il problema è proprio questo, Beth: non devo, ma lo voglio terribilmente. »

« Oh. » Soltanto questo riuscii a dire prima che le nostre lingue si toccassero. Mi aggrappai ai suoi capelli e lo attirai più vicino a me. Lui gemeva di piacere mentre m'infilava le mani sotto la camicetta, fradicia dopo il volo in piscina.

Gli misi le gambe intorno alla vita, e lui mi sfilò la blusa, tra baci sempre più appassionati. « Sei bellissima, Beth. »

« Jace, pensa a baciarmi. Non devi per forza farmi complimenti o... »

Lui si fermò un istante, mi guardò, le pupille dilatate per il desiderio. « Non dirmi cosa dire o fare. Se ti faccio un complimento, tu rispondi 'grazie' e basta. Di solito non sono uno che fa tanti apprezzamenti alle donne. Già lo devo fare abbastanza tutti i giorni. È il mio lavoro lusingare la gente. Ma con te è diverso. La mia missione non è riuscire a piacerti, ma fare in modo che tu capisca quanto dovresti piacere a te stessa. E ti assicuro che nei prossimi sei giorni farò di tutto perché tu capisca che donna fantastica sei. »

Si sfilò la camicia, mi prese per la vita e mi fece sedere sul bordo. Mi sfilò le spalline del reggiseno mentre intanto mi baciava il collo e le spalle. Quei baci erano insieme dolcissimi e appassionati. Non mi sarei mai stancata di sentire le sue labbra sulla mia pelle. Avevo soltanto sei giorni a disposizione, ma me li sarei goduti tutti, fino all'ultimo secondo, senza pentimenti.

Come avrei mai potuto pentirmi di essere finalmente riuscita a prendermi qualcosa che sognavo da tutta la vita?

Fece scivolare le mani sulle mie cosce, mi strinse di più a sé e, dopo avermi afferrato le gambe, se le rimise intorno alla vita, dondolando avanti e indietro.

« Ehilà! » sentimmo gridare.

Jace imprecò e si staccò da me.

« Si può? » continuò a insistere quella voce.

« È quella cavolo di dottoressa. Se la ignoriamo, se ne va. »

« D'accordo », dissi ansimante mentre lui riprendeva a baciarmi.

Non sentimmo più niente, ma poi vedemmo una sagoma al di là della staccionata.

« Ecco dove siete! Ho i vostri bagagli! » disse la dottoressa Z mentre cercava di allungare la testa per farsi vedere.

« Li ha mandati la nonna? »

« Quale nonna? No, è stato un certo Travis Titus », rispose lei un po' confusa, la fronte aggrottata.

« Lo sapevo! Che stronzo », esclamò Jace, colpendo la superficie dell'acqua.

Io feci una risata. « Grazie, dottoressa. Li lasci pure davanti alla porta, poi li prendiamo. »

« D'accordo. Comunque sarebbe meglio se usaste i costumi nella vasca, piuttosto che la biancheria intima », disse lei, e prima di andar via ci fece l'occhiolino.

Abbassai lo sguardo e vidi il mio reggiseno viola che galleggiava. « Ops. »

«Sì, certo, perché non te n'eri accorta», disse Jace mordendomi la spalla, e riprese a baciarmi.

«Smettila», risi io, spingendolo via.

«Non è una parola che mi capita di sentire spesso.» Mi fece l'occhiolino, quindi uscì dall'idromassaggio, ed era completamente nudo, visto che un attimo prima si era sfilato i pantaloni di lino. «Ops», disse, per poi sparire verso il bagno.

Io approfittai di quel momento per riflettere e mi lasciai sprofondare nell'acqua gelida.

16

«Romanticismo a parte, cosa succede se il suo
piano d'amore fallisce?»
Nonna Nadine cambiò espressione e si alzò
dalla sedia, poggiando le mani sul tavolo.
«Io non fallisco mai.»
«Ma di sicuro avrà pensato all'eventualità che...»
Lei lo guardò con la fronte aggrottata. «Ascolti, Gus.
È una vita che faccio queste cose. Di esperienza ne
ho da vendere, figliolo, perciò lei non si preoccupi.
I miei metodi sono un po' bizzarri, è vero...
ma stia certo che non sbaglio. Mai.»

JACE

Doccia fredda? Inutile.

Doccia fredda, Nadine, Brett e il suo petto villoso?

Perfetto.

Mi appoggiai alla parete della doccia e mi concentrai sul respiro. Volevo far stare bene Beth e cosa ne avevo ricavato? Un'incredibile voglia di gridare, tanto ero sessualmente frustrato.

O forse volevo *farla* gridare? Il mio corpo cominciava a essere confuso. Ancora cinque giorni e me ne sarei potuto andare. Peccato che nel frattempo avessi scoperto quanto fosse fantastica quella donna ed ero molto determinato a farlo capire anche a lei. La conoscevo da pochi giorni, eppure la cosa mi sembrava evidente. Com'era possibile che invece lei, quando si guardava allo specchio, vedesse soltanto le cose brutte che le avevano detto gli altri?

Beth era bella da far spavento. Con quelle labbra carnose, i capelli folti e due occhi verdi che ti lasciavano senza fiato. Non mi stupiva che Brett si fosse comportato in quel modo ai tempi della scuola. Era intimidito dalla sua bellezza, e questo mi faceva venir voglia di commettere un omicidio.

Intimidiva persino me, che di solito non mi lasciavo intimidire da niente.

E mi sentivo anche molto orgoglioso del fatto che – di tutti gli uomini sulla terra – lei avesse chiesto proprio a me di aiutarla. È vero, ci eravamo trovati in quella situazione a prescindere dalla nostra volontà, ma quello era un dettaglio.

Lei, comunque, aveva chiesto aiuto proprio a me.

E io non avrei fallito. Nadine e io avevamo quello in comune.

Chiusi l'acqua e mi legai un asciugamano in vita. Quando uscii dal bagno, Beth aveva già portato le nostre valigie in stanza e in quel momento stava prendendo il caricabatterie dalla sua.

Mi venne un lampo di genio: le sfilai il cellulare dalle mani e lo richiusi in valigia. « Niente telefono. »

« Non mi pare una cosa giusta », disse Beth cercando di riprenderlo.

Ma io le tenevo le mani bloccate. « È giustissima invece, perché neanch'io userò il mio. »

Non sembrava molto convinta. Sollevò le sopracciglia. « Cioè vuoi farmi credere che non risponderai al telefono in un momento così delicato? Dopo che i media ti hanno dipinto come uno politico marcio e corrotto? »

« Ci penserà Rick. Niente cellulari. Soltanto tu e io. Hai detto di voler vivere una favola, no? Non credo proprio che il principe azzurro avesse un account Twitter. Stacchiamo la spina, tutta la settimana. D'accordo? »

Mi guardava poco convinta.

Io le porsi la mano.

Lei la strinse. « D'accordo. Ma non si bara. »

« Ti sembro uno che bara? »

« Disse il signor senatore... »

« Questo è un colpo basso. »

« Tu, però, me le servi su un piatto d'argento. »

Mi diede una pacca sul petto, cosa che non fece altro che aumentare ancora di più la mia eccitazione. Era bastato quel piccolo gesto, ed ero pronto a mandare al diavolo la prudenza e a farla mia su quel letto.

« Jace? »

« Che c'è? » dissi ridestandomi da quei pensieri.

« Pranziamo? »

Presi l'orologio dal comodino e feci un bell'espiro per consentire al mio corpo di calmarsi. « Hai ragione, sì, andiamo a mangiare. »

Beth tirò fuori un foglio e aggrottò la fronte.

« Cosa c'è? »

« Dice che possiamo scegliere fra tre ristoranti e che stasera abbiamo una specie di cena di gruppo. Tu cosa vuoi fare? » mi chiese rigirandosi una ciocca di capelli tra le dita.

Cazzarola, che voglia di prenderla per i capelli.

Tutta colpa del Viagra, che ti fa venir voglia di fare cose che sarebbe meglio non fare alla luce del sole. Tipo chiedere a una donna se puoi tirarle i capelli soltanto per vedere come diventerebbe la sua faccia.

Beth, tutta assorta a scegliere tra quei ristoranti, cominciò a mordicchiarsi il labbro.

Molto bene, adesso mi era pure venuta voglia di mordicchiarle le labbra. Mordicchiarle le labbra e poi prenderla per i capelli.

« Jace? A cosa pensi? »

« Sesso », risposi io, come fossi stato un ragazzino in preda a una tempesta ormonale.

« Eh? » Il foglio le scappò dalle mani e planò sul letto.

Letto, letto, letto. Cavolo, non riuscivo a pensare ad altro.

Feci una smorfia imbarazzata. « Sono contento che

usciamo a mangiare invece di restare qui a... ehm... fare sesso.»

Come no, mi aveva proprio creduto. Mentre rideva sotto i baffi, incrociò le braccia al petto e mi guardò male.

«Sono un maschio, che ci posso fare?» Una scusa solidissima, in effetti. Tanto valeva tirarmi giù i pantaloni e farglielo vedere: *Ecco, vedi? Io maschio, tu femmina.*

«Il Viagra torna all'arrembaggio?»

«Sì, va be', diamo la colpa alla pillolina blu che Nadine ha messo nel mio tè.» E in quel momento mi assalì il panico, perché, considerata la figura da imbecille che stavo facendo, pensai che forse, oltre al Viagra, ci aveva messo anche qualcos'altro, tipo una pillola della stupidità.

Beth riprese il foglio. «Facciamo così: scegli tu il posto in cui andare a mangiare. In fondo, questa dovrebbe essere la mia storia d'amore da favola, perciò voglio anche le sorprese.»

Il suo sguardo era pieno di aspettative, come quello che hanno le donne il giorno di San Valentino, quando si aspettano e sperano che l'uomo con cui stanno le stupisca con qualcosa di più di un mazzo di fiori e una scatola di cioccolatini.

Celando il nervosismo dietro un bel sorriso e col desiderio di fare una buona impressione dopo l'incidente del Viagra, le presi il dépliant dalle mani e cominciai a leggere. Avevo l'impressione che tutti i ristoranti meritassero. Ma non era sufficiente. Perché non volevo soltanto qualcosa di buono da mangiare, e di sicuro nemmeno lei. Anche perché quanto romanticismo ci poteva essere davanti a un piatto di patatine fritte e un hamburger? Soprattutto visto che lei detestava le patatine fritte. Mi meritavo un premio per essermene ricordato. Avere la possibilità di prenderla per i capelli, per esempio.

Beth si stiracchiò portandosi le braccia oltre la testa.

Buono, Jace. Avrei dovuto sbrigarmi a uscire di là, se non volevo ridurmi a fare una figura ridicola mettendomi in ginocchio a pregarla di darmela. Accartocciai il foglio e mi avvicinai al telefono. Chiamai il concierge.

« Come posso aiutarla? »

« Voglio fare una sorpresa alla mia fidanzata. Avete qualche bel giro da proporci? »

« Certamente. Quando vorreste farlo? »

Beth si piegò a raccogliere qualcosa da terra. E che cavolo.

« Adesso! »

« Va bene, va bene. Non è necessario gridare. »

« No, mi scusi tanto. Ho creduto di aver visto una... tartaruga. »

Tartaruga? mimò Beth con le labbra.

« Signore, la informo che le testuggini non sono pericolose. »

« Lo so, è solo che... Senta, dicevamo, questa escursione, allora? »

Trascorse qualche secondo prima che l'uomo rispondesse: « Al momento, l'unica escursione disponibile è quella di mezzogiorno. Prevede una gita nei campi di canna da zucchero, con picnic e giro a cavallo alle cascate ».

« Mi sembra perfetto. »

« Benissimo. Ma la devo avvisare che... »

« I soldi non sono un problema. Ci vediamo tra dieci minuti giù alla reception. »

Riattaccai con un sorrisetto tutto soddisfatto. Era ufficiale: Iron Man mi faceva un baffo. Giro a cavallo? Passeggiata tra i campi di canna da zucchero? Con tanto di picnic? Principi azzurri di tutte le favole, vi presento il vostro maestro.

« Jace, scusa. » Beth mi afferrò per il braccio e mi pestò un piede per la seconda volta nel giro di cinque minuti.

Feci una smorfia di dolore. « Dimmi. »

« Secondo me ci siamo persi. »

« Non ci siamo persi. Stiamo esplorando il territorio. »

Esplorare il territorio: per gli uomini, sinonimo di « ci siamo persi ». Vedi anche: cocciuto come un mulo.

« Ah, ecco. »

Bevvi un po' d'acqua dalla bottiglia e continuai a camminare imperterrito. Il picnic era andato abbastanza bene. Adesso, in teoria, avremmo dovuto passeggiare lungo i campi di canna da zucchero, ma in un momento di puro genio avevo detto a Beth di seguirmi. Del resto, quanto vasto poteva essere un appezzamento di quel tipo?

Era come ritrovarsi in un immenso campo di grano, con la differenza che i ragni erano grandi quanto Marte e avevano certe zanne che li facevano sembrare vampiri pronti a succhiarti tutto il sangue che avevi in corpo.

Nota bene: i campi di canna da zucchero sono luoghi di morte. Vedi anche: inferno.

E, mentre cercavo di farmi strada in mezzo a tutte quelle canne, mi resi conto che dovevamo tornare da dov'eravamo venuti. Non saremmo mai arrivati in tempo per cena. Non mi chiamavo mica Bear Grylls. Tra l'altro mi sembrava di aver visto un ragno gigante poco prima, e non avevo nessuna intenzione di permettergli di avvicinarsi a me.

« Jace... » disse piano Beth.

« Adesso no. Sto cercando di capire in che direzione andare. » Guardai il cielo. Il nord ce l'avevamo davanti. L'albergo era a sud...

« Jace! » urlò stavolta.

« Beth, sul serio: non interrompere mai un uomo quando cerca di trovare la strada. È un istinto innato, capisci? E poi ci dà ai nervi quando le donne vogliono immischiarsi.»

Lei mi rispose con una manata sulla schiena.

«Beth, *basta.*» Mi girai e notai che aveva gli occhi fuori dalle orbite, dopodiché tutto cominciò ad andare al rallentatore. Mi ritrovai con una zampaccia pelosa che mi penzolava davanti agli occhi. Beth gridò e corse via. A quel punto mi resi conto che un essere di una specie non ancora identificata mi camminava sulla faccia.

Cominciai a gridare come un pazzo e a togliermi tutto quello che avevo addosso. Non un momento memorabile, insomma.

«Scappaaa!» le urlai.

Ma lei aveva già preso il largo.

Mi misi a correre anch'io, con quell'esemplare che mi penzolava davanti al viso. Provai a scacciarlo con la mano e quel coso mi passò sul braccio. Terrorizzato all'idea che potesse mordermi, arrivai finalmente a una radura.

Beth era piegata in due, cercava di riprendere fiato, mentre io continuavo ad agitare il braccio per cercare di togliermi di dosso quell'essere.

Mi si avvicinò uno del luogo. «Sstt, così spaventa Frank.»

«Frank?» domandai, smettendo di scuotermi per guardare meglio quella creatura.

« È molto anziano e saggio. È il guardiano dei campi », mi fece l'uomo.

« Oh, santo cielo. »

« Non è lei che lo deve far andare via. Se ne andrà da solo quando sarà pronto. »

« E lo farà prima o dopo avermi ucciso? Così, per curiosità. »

« Frank non uccide. Lui porta la vita nei campi e li protegge dal male », rispose l'uomo, abbastanza scocciato da quello che avevo detto.

« Perciò io rappresenterei il male? »

« No. È probabile che sia stato attratto dall'odore che emana. Mi dica, è per caso sessualmente eccitato? »

Non credevo alle mie orecchie. Me lo stavo sognando o era tutto vero? « Ma che cosa dice?! Assolutamente no! »

Mi stava forse accusando di essere attratto dai ragni?

« Durante la stagione degli accoppiamenti, i ragni sono molto sensibili all'odore che emaniamo quando siamo sessualmente eccitati. Per caso lei e la sua amica avete... » Ma lasciò la frase in sospeso, facendo un colpo di tosse.

« No. L'amica garantisce di no », intervenne Beth.

« Interessante. Però la voglia c'è, giusto? » domandò a me.

Ma che cavolo. « Ehm... sì. »

« Potrebbe essere colpa del Viagra », disse Beth.

Le lanciai un'occhiataccia mentre Frank continuava a camminarmi sul braccio.

« Ma che mi dice? Un giovanotto come lei ha bisogno del Viagra? Non mi stupisce allora che Frank non le si stacchi di dosso. È attirato dal suo odore », ridacchiò l'uomo.

« *Le ho detto che i ragni non m'interessano!* » Ecco. Se non si fosse levato di torno, l'avrei ammazzato.

« Ma nessuno ha detto che è con lui che vorresti accoppiarti », mi prese in giro Beth.

La fulminai con lo sguardo e le feci segno che le avrei tagliato il collo, ovviamente con la mano su cui Frank non stava facendo i suoi porci comodi. Che situazione.

« Forse Frank percepisce il suo desiderio disperato. Secondo me dovrebbe smetterla di rimandare e accoppiarsi con la sua amica. Anche perché le restano soltanto cinque giorni per decidere cosa sarà del suo destino. Evidentemente l'incantesimo non sta funzionando », disse l'uomo tirando fuori una carota, per poi mettersi a mangiarla.

« Incantesimo? »

« Sì, il suo *keiki* sta facendo cilecca. »

« Il mio *keiki* non fa nessuna cilecca. »

« Frank mi pare un po' turbato. Si sta spostando. »

« Eh, no! » feci io, ricominciando ad agitare il braccio. Poi ripresi: « Allora, numero uno: Frank non ne vuole sapere di staccarsi da me. Numero due: come diavolo fa a sapere quanti giorni restiamo? Numero tre: per caso ha fumato? Non sarà mica lei il responsabile dell'incantesimo che mi hanno fatto? »

« Vivere è stupefacente, la droga non mi serve. Si dia una calmata, amico. Di solito gli ospiti dell'albergo non restano più di sei o sette giorni. Quanto vi sareste fermati voi, poi, l'ho letto stamattina sulla prenotazione che avete fatto. Per quel che riguarda l'incantesimo, ne sono a conoscenza perché il capitano è mio cugino. » Fece un sorrisetto e diede un altro morso alla sua carota, poi avvicinò la mano a Frank.

Il ragno ci si arrampicò sopra. Non appena quell'essere peloso lasciò il mio braccio, corsi da Beth e cominciai a scuotermi tutto.

Ma, quando mi avvicinai per farmi consolare, lei fece un passo indietro. « Oh, no, non ci provare. Non ti avvicinare nemmeno, potresti avere altri Frank nei pantaloni. Non possiamo sapere che cos'ha scatenato quella pillola di Viagra. »

« Se solo sapessi, Beth. Se solo sapessi. »

« Ora sei libero, Frank! » disse l'uomo dopo aver lasciato andare il ragno.

« Ciao, Frank! » lo salutò Beth.

« Falla finita », le dissi.

« Stai calmo. Non ti ha mica morso. »

« E tu come fai a saperlo? Te la sei data a gambe e

mi hai lasciato a morire in mezzo a un campo di canna da zucchero. »

« Lo sai qual è la verità? Che ti rode perché ti sei rivelato un pessimo esploratore. Non sei riuscito a capire nemmeno dov'era il nord. Se andassi sull'*Isola dei famosi*, ti eliminerebbero subito. »

« Preferirei saltare in aria con tutta l'isola, piuttosto che dovermi ritrovare di nuovo in un campo come questo. Ma, se pensi di essere più brava di me, prego: io mi faccio da parte. »

« Ehm... scusate. Se siete d'accordo, direi di continuare la nostra escursione con la passeggiata a cavallo », c'interruppe la nostra guida.

« Salta in groppa, cowboy. » Beth ammiccò e mi diede una pacca sul sedere. « O forse ti fanno paura anche i cavalli? »

« Adesso ti faccio vedere io come ingrop... » Ma riuscii a fermarmi in tempo. Oltre al controllo del mio corpo, ora stavo perdendo anche quello della lingua.

Beth mi guardò divertita.

La guida ci portò i cavalli. Uno era basso, brutto e avrà avuto cent'anni. Secondo me quello sarebbe dovuto toccare a Beth, ma ovviamente lei andò subito a prendersi l'altro, lasciando a me Ciuchino di *Shrek* e la vaga sensazione che non sarei uscito vivo da quell'avventura.

17

> «Si sente in colpa?» domandò l'agente.
> «Per cosa?»
> «Per aver messo pericolo la vita di altre persone coi suoi giochetti.»
> Nonna Nadine scosse il capo. «Mi dispiace, non capisco la domanda.»

JACE

«Come sta l'asino?» chiese Beth voltandosi a guardare me che continuavo a tirar giù una sfilza d'imprecazioni.

«È arrabbiato.»

«Avrà fame.»

«No, io penso sia proprio arrabbiato. Lo sarei anch'io, se venissi ingroppato da un tipo di novanta chili.»

«Forse dovresti smetterla di parlare. Mi pare tu abbia qualche difficoltà a mettere insieme le parole, ultimamente.»

«È colpa di quel cavolo di ragnaccio. Mi ha confuso.»

«E poi ti vorrei far notare che questa dovrebbe essere una passeggiata romantica in cui tu mi guardi tutto innamorato e non smetti di ripetermi quanto sono bella e irresistibile e... »

« Possiamo fare un cambio: io mi prendo il cavallo e tu l'asino? » le proposi, polemico, mentre Ciuchino ne mollava una che puzzava di enchilada e pollo andato a male. Ormai dubitavo che quella sarebbe stata una passeggiata romantica.

Beth si rigirò e fece un sorrisetto, con Ciuchino, dietro, che provava a stare al passo. « No. »

« Ti prego! »

« Jace, comportati da principe. »

« Ma come faccio! Il mio nobile destriero è più vecchio di nonna Nadine! Mi serve un cavallo serio! »

Ciuchino ne mollò un'altra. Stavolta profumava di rose. Sì, se le rose puzzassero di merda.

« Che stallone », disse lei prendendoci in giro.

Aveva una postura perfetta a cavallo. Sembrava una perfetta principessa guerriera.

Oh, cavolo. Ma allora io ero la donzella?

« Beth... So di non stare facendo una gran bella figura come principe azzurro. »

Lei fermò il cavallo e si voltò. « Togliti la camicia e ne riparliamo. »

« No, non se ne parla. Devo pur mettere qualche paletto. Non ho nessuna intenzione di togliermi la camicia mentre cavalco un maledetto asino attempato, in mezzo alla giungla hawaiana. »

« Il patto era che mi avresti fatta sentire come in

una favola », fece Beth, ridendo sotto i baffi, mentre io avrei soltanto voluto morire tanto era l'imbarazzo. « Oh, ma certo, caro giornalista. Sono una prostituta. Vuole vedere la lista dei miei clienti? Il senatore Brevik, dice? Che tipo stravagante! »

« Okay, hai vinto. » Con non poche difficoltà riuscii a far fermare Ciuchino così da potermi togliere la camicia. « Contenta, adesso? »

« Immensamente. Ora muoviti, cavallo! »

« Come pensi che ti capisca? » le urlai dietro.

« Che ne so! Cosa gli devo dire? La guida è andata molto avanti e io non voglio perdermi di nuovo. »

« Non lo so. Prova a chiederglielo per favore! » Con animali e natura non avevo molta esperienza. Le uniche escursioni che avevo fatto erano state sul fiume Columbia, e non in luoghi infestati dai ragni.

Metrosexual ibrido: uomo che preferisce la pulizia allo sporco, ma che comunque sa come si fuma il sigaro e come si taglia la legna. Vedi anche: Tom Hardy.

« Vai! » urlò Beth con uno strattone alle redini e speronando i fianchi del cavallo.

Quello, ovviamente, s'impennò.

E, ovviamente, partì al galoppo.

Beth voleva un finale da favola?

« Ciuchino, vai! » dissi mentre lo spronavo.

Quello, però, si voltò e mi guardò come fossi stato una mosca fastidiosa che gli girava intorno alle orecchie troppo grandi.

« Vai, Ciuchino, vai! »

Ancora niente.

« Merda. »

A quella parola, l'asino partì al galoppo dietro Beth, costringendomi a tenermi aggrappato alle redini con tutta la forza che avevo per non cadere. Ma sul serio? « Merda » era la parola d'ordine?

« Beth! »

L'asino rallentò.

« Merda, merda! »

Andava più veloce del vento.

« Jace! Cosa faccio? »

La guida si era fermata. Se ne stava là a guardarsi intorno e a mangiare una mela, con tutto il succo che le colava sul mento.

« Aiutala! » gli gridai mentre Ciuchino rallentava.

« Il cavallo si fermerà quando vorrà fermarsi », mi urlò quello in tutta risposta.

Ma che razza di guida era? Avevamo firmato una liberatoria, almeno?

« Beth, tira le redini! »

Ciuchino era riuscito quasi a raggiungerli. No, è una bugia. La povera bestia si muoveva più lenta di una lumaca.

« Tirale e digli 'alt'! »

Beth allora gridò l'ordine e tirò le redini.

Il cavallo s'impennò di nuovo, ma stavolta la disarcionò facendola finire a terra, dentro una pozza d'acqua.

Almeno, però, si era fermato. Perciò era comunque una vittoria.

« Buono, bello, buono. »

L'asino arrestò la sua corsa. Anzi, a dire la verità, fece un ultimo passo e si mise a ruminare l'erba accanto ai piedi di Beth.

Scesi di corsa e andai da lei, come avrebbe fatto un principe con la sua principessa. Sempre che i principi cavalchino asini e uccidano ragni con l'asciugacapelli. « Ti sei fatta male? »

« Non credo. Ma temo che mi resterà il livido sul sedere per un mese intero », rispose lei tenendosi le tempie mentre scuoteva un po' il capo.

Scoppiai a ridere, mi sarei voluto trattenere ma non ce la facevo più. « Un'appassionata di escursioni, eh? »

« Già, una vera appassionata », fece lei, e mi attirò nel fango, schizzandomi l'acqua addosso.

Ridendo, la strinsi a me e la baciai. Mi era sembrato il momento perfetto, con l'asino che mollava scoregge e io con la faccia e il petto pieni di melma.

« Fossi in voi mi sbrigherai ad alzarmi. » La guida riapparve all'improvviso in sella al suo cavallo e con quella cavolo di mela in mano.

« Ah, sì? »

« Sì. Nelle pozze si accoppiano le zanzare, e quaggiù se ti beccano ti lasciano bolle grosse come meloni. »

Beth e io ci rialzammo come due schegge. In quel momento il ragazzino monello che era in me avrebbe voluto ritirarla giù nella pozzanghera e prenderla in giro. Ma lei voleva la favola, dovevo ricordarmene. Ci dovevo mettere un po' più d'impegno. Prima le cose avessero cominciato ad andare bene, prima avrei potuto mettermi alle spalle quei sei giorni di ragni, asini e zanzare in calore.

« Be', immagino abbiate bisogno di darvi una lavata. C'è una cascata proprio dietro quella sporgenza. Mentre voi andate a fare un giro, io vi tengo le bestie. Vi aspetto qua tra una mezz'ora, così facciamo in tempo a tornare per cena. »

« Perfetto. Andiamo a piedi, Beth. Io di quel cavallo non mi fido e non credo che Ciuchino abbia voglia di portarci tutti e due. »

Mano nella mano, c'incamminammo.

« Cavolo, è stupenda! » disse Beth.

La cascata era alta una ventina di metri e s'infrangeva su rocce frastagliate; alle sue spalle c'era una specie di piscina naturale, con tanto di scalini per entrare.

« Ma guarda che figata. Sicuro qui la gente ci viene a... Oddio. »

« Cosa c'è? » Gli occhi di Beth si puntarono là dove stavo indicando.

Un omone pelosissimo era apparso nella laguna; doveva essere stato sott'acqua, perché ero sicuro che un istante prima non ci fosse nessuno.

Adesso, invece, c'era eccome.

Beth cominciò a mangiarsi le unghie. « Ehm... non so quanto valga la pena farmi un bagno, a questo punto. »

Io mi guardai le braccia e i jeans coperti di fango. « Ne vale la pena. »

Allora lei si tolse la camicetta e disse: « Okay. Ma, tanto per essere chiari: se al telegiornale delle sei parlano di te che fai il bagno sotto una cascata insieme con un omone nudo, non sperare che ti difenda ».

« Ti ringrazio », feci io. E, mentre mi sbottonavo i jeans, mi prese un attimo di panico. Stavo davvero per buttarmi in acqua tutto nudo? E per quale cavolo di motivo, all'improvviso, il fatto di essere nudo mi dava tanto pensiero?

« L'ultimo che si tuffa è uno scemo », gridò Beth.

Guardarla buttarsi in acqua con un tuffo perfetto per poco non mi fece venire un infarto.

« Merda », dissi, e da lontano sentii il raglio dell'asino, che rispondeva alla mia imprecazione.

Fantastico. Avevo un asino come spalla. Va be', se non altro aveva un buon udito.

Mi sfilai i boxer e raggiunsi Beth.

L'uomo era di nuovo sparito sotto la cascata, lasciando la laguna tutta per noi.

Beth riemerse, e nella mia mente quella scena si svolse tutta al rallentatore. Lei che scuoteva i capelli, le goccioline d'acqua che le scendevano lungo il corpo, lei che si mordeva il labbro e che poi mi guardava seducente.

Oh, sì, cazzo.

Mi sembrava di essere in quella scena di *Peter Pan* in cui il ragazzo viene salvato dalle sirene. Chiedetelo a chi vi pare, le sirene di quella scena erano mozzafiato.

Nota per i genitori: il motivo per cui ai ragazzini piace quella storia è perché sull'Isola che non c'è non esistono regole e perché ci sono delle sirene da urlo.

Tenetevi pure Campanellino, io mi prendo le sirene.

Oppure Beth.

O Beth in versione sirena.

Beth vestita da sirena, sotto una cascata, con una bottiglia di...

Beth mi schioccò le dita davanti alla faccia. «Jace, ti senti male? Sei tutto rosso.»

«È il Viagra. Forse ce l'ho ancora in circolo.»

«Sei consapevole, vero, che potrai usare questa scusa una volta ancora e poi basta?»

«Sì. E sono anche spaventosamente consapevole della tua presenza», risposi, avvicinandomi per toccare quella pelle morbida e liscia.

«'Spaventosamente' in che senso? È un complimento o vuoi dire che faccio paura?»

«Sei bellissima. Bellissima da far spavento. Di una bellezza di cui gli uomini hanno un timore reverenziale. Di una bellezza tale che un uomo sarebbe disposto a tutto pur di raggiungerla, toccarla, anche per una notte soltanto. Mettici pure quanto sei intelligente, e capisci da sola che razza di effetto puoi fare a noi maschietti.»

Lei fece un sorriso che m'illuminò la vita. «Stai dicendo che agli uomini l'intelligenza fa effetto tanto quanto la bellezza?»

La strinsi a me e la portai sotto la cascata. «Sì, perché l'intelligenza di cui sei dotata è parte della tua bellezza. Non si possono separare. E io ammiro entrambe. Mi attraggono entrambe», le sussurrai.

Lei trattenne il respiro e arrossì. «Belle parole.»

Le presi il viso tra le mani. «È la verità. Tu mi hai chiesto una favola, ma non credere che sarei disposto a mentirti soltanto per farti felice.»

Tentò di divincolarsi, ma io non glielo permisi.

Cominciai a tracciare i contorni del suo volto con le dita e aggiunsi: «Se solo potessi vedere quello che vedo io, capiresti perché sei la donna che mi spaventa di più in assoluto».

«Il problema è che io lo vedo, quello che vedi tu.»

«Non sono d'accordo.»

«Sai che novità.»

La strinsi di nuovo a me. «Ascolta, tu vedi una donna noiosa. Io ne vedo una brillante. Tu vedi capelli castani. Io vedo capelli castani con riflessi dorati. Tu vedi labbra rosa pallido. Io vedo due gomme da masticare.»

«Gomme da masticare?» disse con un sorrisetto.

«Sai di questo. Sai di gomma da masticare che non perde mai il sapore. Potrei gustarti per tutto il giorno e lo stesso non smetterei di desiderare la tua dolcezza.» Ero combattuto tra i miei sentimenti e la voglia di dirle la verità. Volevo che riuscisse a vedersi come la vedevo io, ma allo stesso tempo confessarle certe cose mi metteva in crisi. Perché, comunque, la mia decisione restava la stessa: me ne sarei andato. Sì, così. Me ne sarei andato. E dovevo continuare a ripetermelo.

«Perché non fai una cosa?»

«Cosa?»

«Un esperimento.» Cominciò ad accarezzarmi il petto.

Io volevo resisterle, ma controllarsi non era facile. Sapere però che c'era un omone peloso là vicino, che probabilmente ci guardava, mi aiutò a mantenere la calma. «Che genere di esperimento?»

«Un esperimento di degustazione.» Mi abbracciò, il che significava che adesso i nostri corpi erano incollati, i suoi seni contro il mio petto.

«Mi piacciono le degustazioni.» E, prima di poter formulare un altro pensiero, le nostre bocche s'incontrarono. Non sapevo bene se ero stato io a fare la prima mossa o lei, o se invece stavo semplicemente avendo delle allucinazioni grazie a quello che Nadine mi aveva messo nel tè.

In quel momento non m'importava più niente di essere corretto. In quel momento avrei voluto essere come Jake. Quello che non chiede scusa per tutto. Il serioso senatore odiato dalla metà della popolazione. Non me ne fregava niente se ci vedeva qualcuno, non m'importava niente della mia reputazione.

In quel momento era lei l'unica cosa che volevo.

E la volevo così tanto che non m'importava neanche di non poterle dare niente in cambio. In quel momento ero il peggior tipo di uomo sulla faccia della terra, quello che si fa trascinare nelle situazioni anche se già sa che, alla fine, se ne andrà. Non le avevo raccontato bugie. Ma sapevo pure che il modo in cui agiamo influenza le opinioni delle persone, e comportarmi in quella maniera poteva farle credere che volessi qualcosa che andava oltre quei sei giorni. La realtà, però, era che io non potevo permettermi una relazione.

«Mi dispiace interrompere questa scena romantica, ma, se volete tornare in tempo per cena, dovete darvi una mossa. Quanto vi serve ancora? Cinque, dieci minuti?» intervenne la guida da lontano.

«Cinque minuti? Ma scherzi, amico?» brontolai.

«Almeno trenta. Ma poi ci dovresti pagare per lo

spettacolo, quindi meglio se andiamo ora», rispose Beth facendo l'occhiolino.

«Peccato, mi sarebbe piaciuto assistere alla vostra piccola messinscena», s'intromise un'altra voce alle nostre spalle.

Mi girai lentamente e mi ritrovai davanti l'omone peloso, che di sicuro come animale domestico aveva un ragno gigante pieno di peli come lui. Sfoggiava un sorriso che gli attraversava la faccia da parte a parte. E, ancora una volta, la mia eccitazione svanì non appena lo vidi.

«Andiamo», fece Beth tirandomi per il braccio.

«Voltati», intimai al tizio, che non la smetteva di guardare.

Quello si mise a ridere.

«Ti affogo, stai attento.»

Lui se ne stava lì davanti a me in tutta la sua imponenza: due metri d'uomo.

Un po' intimorito, lo minacciai di nuovo: «Ci lascio le penne, ma ti affogo».

Lui fece un sorrisetto ma alla fine si girò, dando così la possibilità a Beth di uscire dall'acqua e rivestirsi.

«Complimenti», mi disse lei, mentre io mi rimettevo jeans e camicia.

«Per cosa?»

«Per aver minacciato un uomo tre volte più grosso di te.»

« Non esageriamo. Sarà stato al massimo il doppio. »

« Come ti pare, se questo ti serve a dormire la notte. »

« Muoviamoci! » gridò la guida da sopra.

« Merda, merda! » chiamai.

« Cosa fai? »

Sorrisi. « Chiamo il mio asinello. »

E lui, infatti, arrivò come previsto.

Beth mi diede una pacca sulla spalla. « Ti rendi conto, vero, che sei un democratico e cavalchi un asino, cui non fai che gridare 'merda, merda!' anziché chiamarlo per nome? »*

« Su, ammettilo: con un asino che si chiama Merda, se fossi indecisa, voteresti di sicuro per me. »

« Esatto, se fossi indecisa. »

« Visto? »

« Però mi dispiace, senatore, io sono repubblicana. »

« Cosa? »

« Muoviamoci! » urlò di nuovo la guida.

« Merda! » feci io.

E l'asino rispose.

* Negli Stati Uniti l'asino è il simbolo del partito democratico, contrapposto all'elefante dei repubblicani. (*N.d.T.*)

18

«Lei afferma che il senatore era... eccitato. Cioè?»
domandò l'agente schiarendosi la voce.
Nonna Nadine si guardava le unghie. «Cioè stava
come lei quando sbava dietro alla biondina
che mi ha arrestato.»
«Lei è molto perspicace.»
«Be', sono la nonna.»
«Dovremmo spedirla in Corea del Nord.»
«Brava gente», annuì lei. «Davvero brava gente.»

BETH

D'accordo, forse non ero sul serio una repubblicana. La verità è che sono l'eterna indecisa. A me non piace discutere, perciò di solito quando si parla di politica quello che faccio è alzare le spalle e dire che non sono né dell'una né dell'altra fazione. Il che fa incavolare la gente ancora di più, perché non si può essere neutrali. Io, però, non posso farci niente, odio quel genere di confronto, perché tanto si finisce sempre a gridare o litigare o tutt'e due le cose insieme.

Il ritorno all'albergo fu abbastanza tranquillo.

Be', a parte l'asino.

E in ogni caso non era certo colpa mia se mi veniva da dire «merda» in continuazione.

A forza di ragliare, quel povero ciuco divenne quasi afono, e una volta al Centro mi stupii che Jace non volesse offrirlo in sacrificio.

Avevamo ancora qualche minuto per darci una sistemata, quindi io mi feci una doccia veloce, raccolsi i capelli e indossai un vestitino bianco senza spalline e un paio di zeppe. Sulla brochure che ci aveva dato la dottoressa Z c'era scritto che potevamo indossare ciò che volevamo soltanto a cena e durante le escursioni. E io non me lo feci ripetere due volte. Mi ero già stufata del completo pantaloni di lino-camicetta bianca.

« Pronto? » chiesi uscendo dal bagno.

Ma Jace non era in stanza.

Era in giardino a godersi la vista sull'oceano, poggiato alla staccionata. Mi dava le spalle – e che spalle! – e sembrava stesse fumando il sigaro.

Benedetto Thor.

Ecco, quella sarebbe stata la mia nuova esclamazione, tanto potevo modificarla a piacimento. Oh, santo Thor! Benedetto Thor. Per l'amor di Thor.

Come diavolo avesse fatto una sfigata come me a convincerlo a stare al mio gioco, proprio non lo sapevo. Grazie a Thor, però, aveva accettato.

Mi restavano soltanto cinque giorni.

Cinque giorni con lui. E poi sarei tornata alla realtà.

Rimasi lì a guardarlo più a lungo di quanto sarebbe stato opportuno. E, quando inspirò il fumo del sigaro per poi soffiarlo fuori, mi parve quasi di sentire la sua lingua sulle mie labbra.

La gente di solito non era così bella dal vivo. La maggior parte degli attori era bassa, i modelli più magri di me. Jace, invece? Lui, di persona, era ancora più bello.

Forse, se si fosse trattato di lui, non sarei più stata così indecisa: sarei entrata nella cabina e avrei spezzato la mina della matita per la forza che avrei messo nel barrare il quadratino vicino al suo nome.

« Pronta? » disse senza voltarsi.

Annuii.

Che scema, non mi vedeva.

Si girò.

Gli addominali in bella mostra.

Io barcollai.

« Beth? » mi chiese, allarmato.

Riuscii a staccare gli occhi dai muscoli e a guardarlo in faccia. « Sì, scusa. Sono pronta. Mettiti una camicia e andiamo. »

« Non vuoi che venga a petto nudo? »

« No. Non voglio che le altre donne al ristorante si mettano a fantasticare su di te, coi mariti lì a fianco. Non sarebbe corretto nei confronti degli altri uomini farti venire a petto nudo. »

Arrossì un po', poi prese una camicia bianca e se la infilò, coprendo quel petto scolpito.

Da quando in qua il lino era diventato sexy?

Ah, già. Da Brad Pitt in poi. Scusa, Brad: hai perso il primato.

Jace mi baciò la mano. Io cercai di non sospirare e di non dare a vedere il nervosismo. Non sapevo perché, ma adesso cominciava a sembrare tutto più reale. Forse perché ci eravamo dati tutti quei baci, o forse perché pareva che davvero stesse bene insieme con me.

Mi sentivo emozionata come prima di un appuntamento.

Era pur vero, tuttavia, che, dopo quello che era successo durante l'escursione nei campi di canna da zucchero, probabilmente qualsiasi cosa mi sarebbe sembrata romantica. Gli feci un altro sorriso e ricacciai l'agitazione nell'angolino più nascosto della mia mente.

« In che ristorante è la cena? Non me l'hai detto », mi chiese e, mentre giravamo l'angolo, mi prese la mano.

« Al Blù Hibachi. »

Con fare protettivo, mi mise un braccio intorno alle spalle mentre superavamo una coppia che camminava di fianco a noi. Poi mi riprese la mano. A guardarlo, sembrava la cosa più naturale del mondo.

Invece io non avevo mai avuto un ragazzo che facesse quel genere di cose con me. Vedevo farlo agli altri. Uomini che si comportavano con galanteria senza neanche rendersene conto. Oppure che si tenevano sul lato esterno del marciapiede, perché la donna accanto a loro potesse camminare senza pericoli. Vivere quelle accortezze sulla mia pelle era meraviglioso. Mi sentivo... preziosa.

Merda, dovevo tenere a mente che tutto quello non era reale. Forse provava attrazione per me e pensava che fossi la cosa più bella al mondo dopo Netflix, ma tanto – alla fine – se ne sarebbe andato comunque.

Jace si schiarì la voce. « Adoro la cucina giapponese. »

Mi sbagliavo, o c'era un po' d'imbarazzo nell'aria? Forse dovevo semplicemente smetterla di pensarci troppo.

Lui si fermò, mi poggiò le mani sulle spalle e mi fece girare. Eravamo faccia a faccia. « Beth... devo dirti una cosa. »

« Okay. » Mi sentivo morire. Pensai che se ne sarebbe andato. Che stesse per dirmi che non ce la faceva, che mi abbandonava. Che ero troppo noiosa. Ma cos'avevo di sbagliato? Perché non mi riusciva di essere abbastanza interessante...?

Jace premette le labbra sulle mie, tenendomi la testa con le mani per attirarmi ancora di più a sé. Con quel bacio, tutto il panico che avevo provato si dissolse.

« Sei... » cominciò a dire, ma poi scosse il capo e infilò una serie di parolacce. « Aspetta, ci riprovo. Sei bella da togliere il fiato », disse, e mi prese le mani per poi abbassare lo sguardo sulle nostre dita intrecciate.

Non potei far altro che sorridere.

Probabilmente lo videro anche da Marte quel sorriso, tanto era grande.

Ma non m'importava niente.

« Grazie », riuscii a rispondergli, alla fine.

Lui mi lasciò le mani e mi sollevò un poco il mento, così da avere le mie labbra più vicine. « No. Grazie a te. »

« Non ti seguo. »

Mi fece l'occhiolino, mi prese di nuovo per mano e ricominciammo a camminare.

« Adoro il bianco. »

« E quindi? »

« E adoro le zeppe. »

« Ma guarda un po', sai addirittura come si chiama questo tipo di scarpe. Complimenti. »

Lui fece un sorrisetto. « Sì, però non dirlo a nessuno. »

« Mi porterò il segreto nella tomba. »

« Mi piacciono i ricci. »

« Ricci? Boccoli, vuoi dire. »

Arrossì un po'. « Sì, intendevo quelli. »

« Immaginavo. »

Arrivammo davanti al ristorante e lui mi mise un braccio intorno alle spalle. Vennero ad aprirci la porta.

« Abbiamo un tavolo prenotato a nome Brevik. »

« Prego, da questa parte, senatore. »

La cameriera aveva i capelli cortissimi e il piercing

al naso. Doveva avere una ventina d'anni e io avrei voluto farle lo sgambetto per come guardava Jace. Come faceva a sapere che era un senatore, poi? Io avevo prenotato a nome di *Mr* Brevik, non del *senatore* Brevik. Possibile che fosse così famoso?

Stavamo parlando dell'Oregon, mica della California.

Jace spostò la sedia per farmi accomodare. C'erano altri otto posti liberi intorno al braciere. Peccato, perché speravo saremmo stati solo noi due. Ma in effetti sul programma c'era scritto « grigliata di gruppo », il che faceva presupporre che ci sarebbero state altre persone. Quella situazione mi fece pensare al primo giorno di scuola, quando ti costringono a fare tutti quei giochi scemi per conoscere i compagni. Odiavo quella roba; finivo sempre per fare la figura della musona asociale.

Il ristorante pareva vuoto. Evidentemente non ci sarebbe stata poi tanta gente. Ma la speranza s'infranse quando riconobbi una voce familiare.

« Alla fine, ce l'avete fatta? » Brett diede una pacca sulla spalla di Jace e si mise a sedere, senza preoccuparsi di far accomodare prima Paris. E quella poverina ebbe non pochi problemi a sedersi, perché indossava un vestito così attillato che quasi non riusciva a muoversi. Una persona di buon cuore le avrebbe dato una mano.

Io, invece, mi limitai a ridere sotto i baffi.

Non perché non sia una persona di buon cuore.

Ma perché quella stronzetta non la smetteva di guardare Jace.

Lui mi cinse alle spalle e mi strinse a sé. « Eh, sì. Ci serve un po' di carburante per continuare a darci dentro. »

Non c'era verso di farlo tornare a parlare come una persona educata. Gli mollai un calcio sullo stinco.

« Darci dentro? » domandò Brett.

« Come conigli », risposi io.

A dire la verità il mio riferimento era al coniglio delle pile Duracell, ma ovviamente non venne interpretato così.

Jace aveva appena preso un sorso d'acqua e per poco non si strozzò.

Brett ci guardò malissimo.

« Buonasera, signori. Oggi sarò io a servirvi. Lo chef arriverà a momenti », disse una cameriera portando un carrello di tè.

« Come conigli, eh? » insistette Brett, ignorando la cameriera, la sua dolce metà e anche il fatto che quella conversazione aveva preso una brutta piega.

Potevo anche mettermi comoda, perché per le ore successive la situazione non sarebbe certo migliorata.

« Già. » Afferrai il braccio di Jace e ci affondai le unghie. Lui guaì e posò il bicchiere.

« Ma lasciamo da parte la nostra vita sessuale... Voi cos'avete fatto oggi? »

« Qualche ricerca su Internet », disse Brett con un sorrisetto malizioso.

« Oh, merda. »

Per un istante temetti di veder arrivare Ciuchino. Poi mi si gelò il sangue, perché sapevo bene che tipo di ricerche avevano fatto. Adesso sapeva che era tutta una finzione. Sapeva che non stavamo insieme.

Che palle.

Possibile che non si potesse mai stare tranquilli?

Vi pare giusto che il tipo dietro cui sbavavo al liceo, e che mi aveva pure rifiutata, adesso pensasse che ero una prostituta? Altro che insicurezza, in quel momento provavo soltanto vergogna.

« Quanto prende? » domandò Brett, mentre si metteva il tovagliolo sulle gambe.

« Scusa? » feci io con la bava alla bocca, pronta a prendere il primo coltello che mi fosse capitato sotto mano per conficcarglielo nel petto.

« Per i tuoi servigi. Non che m'interessi, eh. Io sono felicemente fidanzato. E poi ho troppa paura delle malattie. »

Paris tirò fuori una limetta e si mise a sistemarsi le unghie come se il mondo non potesse andare avanti se prima lei non si fosse liberata di quella pellicina.

Io feci un sospiro. « La mia idea di felicità è molto diversa dalla tua. »

« Non te la potresti permettere », lo provocò Jace.

Va be', non proprio il tipo di discorso che mi sarei aspettata, ma comunque parve funzionare.

« I soldi ce li ho. Ma non ci andrei neanche morto. »

« Okay. Basta così. » Jace si alzò e lo prese per il colletto. « Beth, torniamo tra un istante. Andiamo a farci una chiacchierata a tu per tu, va bene? »

« Certo », risposi io, le mani che mi tremavano mentre cercavo di prendere un bicchiere d'acqua.

« Benvenuti al Blu Hibachi! » gridò una voce femminile.

Alzai lo sguardo, terrorizzata.

Era proprio nonna Nadine, con un coltellaccio gigante in mano, un completo pantalone nero e, in testa, un foulard leopardato.

« È il caso che tenga quei coltelli in mano? » O qualsiasi altra cosa con cui potesse mettere a repentaglio la sua vita e quella di chi era nelle vicinanze?

« Ma certo. » Lanciò in aria il coltello.

Io trattenni il respiro fino a quando non lo riacchiappò.

« Ho studiato per anni l'arte dell'*hibachi*. » Pronunciava quella parola mettendo l'accento sull'ultima sillaba, e non credo che i giapponesi sarebbero stati d'accordo. « Dov'è Jace? »

« A fare due chiacchiere. »

« Sì, a suon di mazzate », commentò Paris.

Ma dai! Allora la svampitella sapeva anche parlare. Incredibile.

« Mazzate? Sta facendo a botte con qualcuno? » domandò Nadine mentre disponeva verdure e pezzi di carne sul braciere. Non appena ci versò l'olio, si alzò una fumata di vapore bollente che per poco non mi bruciò le sopracciglia.

Indicai Paris. « Il suo fidanzato. Un vecchio... amico. »

« Ma smettila! Mi ha detto che eri la più sfigata della scuola, non credo proprio che voi due foste amici. »

Non sapevo bene se volevo prendere il coltello di Nadine e darmi una coltellata o se, invece, infierire su di lei.

Paris fece un risolino.

Scherzavo.

A lei. La coltellata volevo darla a lei.

Nadine lanciò un altro coltello in aria. « Lasciale a me, queste faccende. Tu sei in vacanza, Beth, e ti restano soltanto cinque giorni. »

« Di vacanza », finii io.

« *No!* Hai soltanto cinque giorni per fargli capire che tutto quello che ha sempre desiderato ora ce l'ha proprio di fronte a sé. Una nonna capisce certe cose. »

Mi sforzai di trattenere le lacrime. « Nadine, non è così. Io non sono la sua metà, la sua anima gemella o come la vuole chiamare lei. Lui è un'isola, e io ho la fortuna di poterci passare qualche giorno, tutto qui. »

« Voglio proprio sperare che non sia così. Credevo

di essere qualcosa di meglio di un'isola », disse Jace, che sopraggiunse alle mie spalle.

« E allora cosa vorresti essere? » gli chiesi, fingendo di scherzarci su.

Lui mi prese il viso tra le mani e mi diede un bacio appassionato. « Voglio essere il mondo. Il mondo intero. »

Nonna Nadine finse un colpo di tosse.

Paris alzò gli occhi al cielo e continuò a limarsi le unghie sul tavolo. Speravo solo di non trovarmi in bocca o nel piatto nessun rimasuglio della sua opera, perché in quel caso le avrei tagliato la gola.

Ma a chi importava: Jace mi aveva appena detto di voler essere il mondo intero per me. Quelle parole avevano sanato ferite che non sapevo nemmeno di avere.

« Dov'è Brett? » gli domandai.

« Ah, Brett. Non si è sentito tanto bene. »

Paris afferrò la borsetta. « Immagino che a questo punto anch'io possa andare. »

« No, adesso torna. Gli ho detto che sarebbe stato un peccato non cenare insieme. »

Non capivo.

Paris alzò le spalle. « Okay. Allora intanto uso la toilette. Se torna prima di me, ditegli che prendo i gamberi. »

Si diresse verso il bagno coi suoi bei tacchetti e col

sedere che per poco non scoppiava dentro quel vestito.

Trassi un sospiro di sollievo.

« Ops! » Nonna Nadine fece cadere a terra dei gamberi, poi li raccolse e li rimise sul braciere, quindi prese una boccettina che aveva in tasca e gliene versò sopra qualche goccia.

Richiamai l'attenzione di Jace. « Fai qualcosa! Sta mettendo... »

Poi, però, ci ripensai.

« Dicevi? » E ridacchiò. « Che mangi pure quei gamberi. Cosa vuoi che m'importi. Non ho potuto ammazzare Brett, ma questo non significa che mi faccia piacere cenare con loro. Prima Nadine riesce a liberarsene, prima possiamo fare i piccioncini. »

« Ora saremmo due piccioncini? »

« Oh, sì, cara. »

« Quello pensa che io sia una prostituta, vero? »

« No. Lui pensa quello che gli dico io. »

« Ma cosa gli hai fatto, il lavaggio del cervello? »

« Tesoro, a volte essere un politico ha i suoi vantaggi. Brett è un debole. Non ho avuto bisogno di usare le mani o mentirgli. È bastato ricordargli chi sono e cosa potrei fare per lui. »

« Cos'hai dovuto fare per convincerlo? »

« Gli ho dato cinquanta dollari. »

Rimasi a bocca aperta.

« Ehi, scherzo... Gli ho detto che ti amo », mi sussurrò all'orecchio.

Mi mancò il terreno sotto i piedi. Ma si rendeva conto che con quelle parole mi aveva fatto crollare il mondo addosso? Perché io volevo che fossero vere, e invece in quel modo mi aveva ricordato che non avrebbero mai potuto esserlo.

« Buon appetito, ragazzi! » disse nonna Nadine servendoci due piatti di gamberi incontaminati.

19

«Davvero è anche chef e terapista?» le domandò l'agente.

Nonna Nadine annuì con entusiasmo. «Sì. E pure pilota.»

«Cioè ha la patente da pilota?»

«Sì, ma perché insiste tanto? Non le sembro abbastanza intelligente da avere diversi hobby e talenti?»

«Sì, ma perché ha sentito la necessità di prendere tutte queste... abilitazioni?»

«Perché conosco i miei nipoti. Pensi che a un certo punto ho temuto che avrei dovuto specializzarmi anche nelle MMA, ma poi grazie al cielo non ce n'è stato bisogno. Comunque sia, è bene che un buon leader tenga sempre a mente una cosa.»

«E sarebbe?»

«Che chi fa da sé, fa per tre.»

JACE

Se ti azzardi anche solo a guardarla, ti elimino dalla faccia della terra.

Questo gli avrei dovuto dire invece di...

«La amo.»

Brett si mise a ridere. «Certo. Ma lo sai che metà dell'o-

pinione pubblica è convinta che tu sia in vacanza con la tua fidanzata, mentre l'altra metà pensa che si tratti di una prostituta? »

« Be', visto che la amo, ovviamente non può essere una prostituta. Se è una relazione, i soldi non c'entrano. Anche se forse a te questo concetto sfugge. »

« Stai attento, ti posso sempre denunciare. Anche perché non mi dimostrerei un bravo cittadino se permettessi che un senatore degli Stati Uniti avesse a che fare con la prostituzione. »

« Denunciami pure. Non ho niente da nascondere. Ma lei lasciala fuori. Non credi di averle già fatto abbastanza male? »

Brett aggrottò la fronte. « Non mi dire che ti ha raccontato di quella volta al liceo? Questo sì che è patetico. Voglio dire, ha trent'anni e ancora pensa a una cosa successa quando andavamo a scuola? »

« Sei un bastardo, ecco cosa sei. E comunque ero io. »

« Tu? »

A quel punto, gonfiai il petto. « Al ballo. Ero io quello del bacio. Perciò adesso riprenditi le tue cazzo di accuse e infilatele su per il culo, prima che lo faccia io. Ci conosciamo da una vita, e io la amo. Tu pensa a farti gli affari tuoi se non vuoi che chieda a un amico di un amico di tagliare i freni della tua auto. »

« Cosa fai, mi minacci? »

« Certo che no. Stiamo soltanto scherzando. Tu sei un po' ubriaco dopo aver buttato giù tutti quegli shot... e un po' con-

fuso dopo la rissa in cui ti sei trovato coinvolto », gli dissi, prendendo un bicchiere pieno dal bancone per buttarglielo addosso. Gli diedi un pugno in faccia e lo tirai su per il colletto della camicia, quindi lo colpii di nuovo. « Giusto? »

Il suo volto assunse tutte le sfumature del rosso. Lui cercò di darmi una spinta.

Io mi scansai con un sorrisetto. « Ora hai due possibilità: scusarti o pentirti di non averlo fatto. »

« Voglio rischiare. » Brett si scrocchiò le nocche e sferrò un pugno.

Io, però, lo schivai e contrattaccai.

Con un colpo bello forte.

Per poco Brett non cadde all'indietro. « Stronzo! Nemmeno la ami! È soltanto una storiella. C'è qualcosa che non torna, qui. »

« È una cosa seria, invece. Te l'ho detto, io la amo », mentii, la voce rotta.

Nel momento stesso in cui quelle parole lasciarono le mie labbra, ebbi la sensazione di averla tradita. Di averla privata della possibilità di sentirsele dire. Ma tanto non gliele avrei mai dette comunque, no?

Bevvi un altro sorso di whisky e, mentre il liquido mi scendeva lungo la gola, feci una smorfia. Non avrei dovuto raccontarle quella parte. Avrei dovuto tenerla per me.

E lei adesso mi guardava come se le avessi appena

detto che avevo intenzione di mandare Ciuchino al rogo o di mangiare un cuccioletto.

« Mangiate, mangiate! » gridò Nadine, così forte da risvegliare anche i morti.

Strano non mi fossi rotto la mano, non avevo mai colpito qualcuno così forte.

« Gamberi? » domandò Nadine a Brett, mentre lui prendeva posto dall'altra parte del tavolo, a debita distanza da me.

« Sì, grazie. Ma Paris dov'è? » domandò quando si rese conto che non era più seduta al suo posto.

« Alla toilette », risposi io.

« A vomitare », disse Beth sottovoce.

« Bene. »

Nadine lanciò un coltello in aria, si mise a tagliuzzare dei funghi e poi li aprì a ventaglio davanti a noi. Per avere ottantasei anni, aveva mani svelte.

Non le avevo chiesto per quale motivo fosse lei lo chef per la stessa ragione per cui non le avevo domandato come mai fosse la nostra terapista. Era pazza. Perciò il fatto che quella sera ci fosse lei dietro il braciere aveva perfettamente senso.

Mi ero persino aspettato che sarebbe stata anche la nostra guida per l'escursione e non mi sarei stupito di trovarmela in camera vestita da cameriera. Giuro, se mi avesse detto che era il presidente di qualche Paese, mi sarei versato un bicchiere di scotch e le avrei chiesto di quale.

Brett mangiò qualche gambero, leccandosi le dita o passando la lingua direttamente sui crostacei, in una sorta di rituale di accoppiamento.

« Li mangia o tenta di sedurli? » mi domandò Beth all'orecchio.

Dieci minuti più tardi Brett chiuse gli occhi e, con un gemito, si aggrappò al tavolo con entrambe le mani.

« Orgasmo da gamberi? Non riuscirò mai più a mangiarli », commentai.

In realtà si stava sentendo male. Si alzò dalla sedia e, con un tonfo, collassò a terra.

« Porca puttana, Nadine l'ha ammazzato », imprecai, mentre mi alzavo per andare ad aiutarlo, o forse con l'intenzione di approfittarne e dargli un calcio. Tanto non mi vedeva nessuno.

« Io non... non mi sento tanto bene », disse Brett ruttando, e prese un bicchiere d'acqua.

« Sei allergico ai crostacei? » gli domandò Nadine tutta preoccupata.

« No », rispose, prima di darsi un colpo sul petto e ruttare di nuovo.

« Oh, cielo! Credo proprio che tu lo sia! » Lei lasciò cadere il coltello sul tavolo e gli si avvicinò. « Stai andando in shock! Sbrighiamoci, bisogna portarlo al pronto soccorso. »

« Dice? In effetti, non mi sento proprio in forma. »

« Vado a chiamare il direttore del ristorante. Sarai in ospedale in men che non si dica! »

Divertito, ero pronto a gustarmi la scena madre di Nadine che lo accompagnava al taxi. Paris tornò dal bagno in tempo per assistere a quel disastro. Evidentemente non aveva avuto modo di guardarsi allo specchio, perché aveva ancora della polverina bianca sotto il naso.

« Non era andata a vomitare, ma a sniffare. Che donna di classe. » Presi un altro bel sorso di whisky e mi godetti lo spettacolo.

Paris si arrabbiò con Brett perché le aveva rovinato la serata. Brett, ormai convinto di aver ingerito qualche sostanza tossica, era in preda a un violento attacco di panico.

Dopo aver aspettato che salisse sul taxi, Nadine lo salutò e tornò al braciere. Nessuna scusa. Nessuna spiegazione. Niente di niente.

« Quindi? Cosa gli ha messo nel piatto? » le domandò Beth.

« Niente », rispose lei continuando a tagliare verdure.

« Non menta. »

« Le nonne non mentono mai », disse, il coltello puntato nella sua direzione.

Io mi scansai, e per quello rimediai uno schiaffo sul braccio.

« Raccontiamo qualche frottola, ecco. Anzi come dico io: condiamo un po' la verità. »

« *Condire la verità?* » mi misi a ridere io.

« Certo. Da una parte c'è la verità... » Tagliò a fette un fungo e lo aprì a ventaglio. « Dall'altra c'è il condimento. Metto un po' di condimento sopra i funghi, *et voilà*! »

« Sono confusa », disse Beth.

« I funghi li vedi sempre, no? »

« Sì. »

« Ma vedi anche il condimento. »

« E quindi? Li vedo entrambi, perciò non mi pare che il condimento nasconda niente. »

« Copre soltanto, cara. Quando poi metti tutto in bocca e i sapori ti svelano la verità - e cioè che il condimento non è che una salsina all'aglio e che i funghi sono il fulcro del piatto - non te ne importa più nulla. E vuoi sapere perché? »

« Perché? »

« Perché ti piace. E il punto di condire la verità è proprio questo. Magari con quella salsina sopra sembra tutta un'altra cosa, ma quando scopri cosa c'è sotto non le dai più importanza, perché il piatto, alla fine, l'hai sempre avuto sotto il naso. » Tagliò un pezzo di carne.

Perché mi fissava come se avesse voluto accoltellarmi?

Misi un fungo in bocca ed era così buono che quasi ne fui infastidito.

Nadine fece a pezzi un po' di maiale. « Perché ora

non ordinate una buona bottiglia di vino, mentre io finisco di prepararvi la cena? Che ne dite? »

« Ha intenzione di metterci qualcosa nei bicchieri? » le chiese Beth.

« Ammetto di averci fatto un pensierino. Visto quanto sono onesta? Su, ordinate questo vino, adesso. »

« Tu che dici? » chiesi a Beth.

Lei mi guardò e poi alzò le spalle. Mi odiava, era ufficiale. Com'era possibile che soltanto qualche ora prima avesse cominciato ad aprirsi e a scoprirsi davvero, e adesso, invece, era di nuovo chiusa a riccio? Era colpa mia. Ero stato io a renderla di nuovo insicura.

« Tutto bene? » le domandai, consapevole che non andava affatto bene. Ma volevo che mi dicesse qualcosa, altrimenti sarei impazzito.

« Credo di essere un po' stanca. » Fece un sorriso forzato.

« Vuoi che ce ne andiamo? »

Mi sembrò ancora più delusa.

Maledizione, stavo peggiorando ulteriormente la situazione?

Disperato, dissi la prima cosa che mi saltò in mente. Del resto, quello che voleva era dimenticarsi della vecchia, noiosa Beth e divertirsi, giusto? « Senti, sbrighiamoci a finire e poi andiamo in discoteca. »

« In discoteca? Tu? » Le era tornato il sorriso.

A mie spese, ovviamente.

« Il fatto che io faccia il politico non vuol dire che non sappia ballare. »

« Oh, ma lo so. Io pensavo più alla pelle bianca. »

« I bianchi non sanno ballare? »

« Be', c'è Justin Timberlake. Lui sa ballare », disse Beth.

« Lascia stare, è una categoria a parte, lui », s'intromise nonna Nadine.

« Io ballo come Justin Timberlake. »

Nadine si mise a ridere.

« Che c'è? »

Lei puntò un coltello nella mia direzione, ma continuò a tagliare con l'altra mano. « No, Jace, non è possibile. Sarebbe davvero molto ingiusto nei confronti del genere umano se, oltre a quella faccia e quel corpo, avessi anche il dono del ballo. Davvero, se così fosse, dovrei dirne quattro a quello lassù. »

« Vi rimangerete tutto », dissi, e baciai Beth sulla guancia.

« E se così non fosse? » fece lei.

Non risposi. Mi limitai a pregare che tutte le ragazze con cui ero uscito al college non fossero state delle emerite bugiarde.

20

«Quindi, mi faccia capire bene: lei scotta la carne da entrambi i lati e poi aggiunge un po' di vino?»

Nonna Nadine annuì. «Esatto, così dentro rimane morbida.»

«Interessante.»

Qualcuno bussò sul vetro.

L'agente dell'FBI si ricompose e si schiarì la voce. «Va be', dov'eravamo rimasti?»

«Parlavamo di droghe, ballo e Justin Timberlake.»

«Dovremmo metterla su YouTube, questa.»

«Oh, sì! Adoro lo YouTube. E pure il Facebook e il Twitter!»

«Perché ci mette davanti l'articolo?»

Il sopracciglio di nonna Nadine schizzò su fino all'attaccatura dei capelli. «In segno di rispetto, no? Si dice 'il presidente', mica 'presidente' e basta.»

L'agente rimase zitto un secondo. «Come darle torto.»

BETH

«Bene, adesso fammi vedere», gridai forte per sovrastare la musica assordante.

Avevo trent'anni, ero stata drogata da una nonnetta affetta da demenza senile e mi trovavo in una discoteca. Ah, già: ero anche stata accusata di essere una prostituta. Fantastico. Era ufficiale: stavo vivendo la mia crisi di mezza età. Ma se non altro ero con Thor. A meno che non fosse stato tutto frutto della mia immaginazione. Magari ero collegata a un computer gigante come in *Matrix* e vivevo in una realtà che era soltanto nella mia testa.

Okay, era chiaro che a cena non avevo bevuto abbastanza.

Mi morsi il labbro perché quel lieve dolore mi distraesse per un istante dal cuore che mi batteva nel petto come un forsennato. L'ultima volta in cui avevo ballato era stata a quella festa della scuola. No, dico sul serio. Io non ero una da pista da ballo. Non avevo ballato neanche al matrimonio di mia sorella. Ero stata tutto il tempo a bere vino e a leggere, col mio Kindle nascosto sotto il tavolo. Leggevo quando gli altri non mi guardavano. E, incredibile a dirsi, nessuno mi aveva notata finché Jace non era stato spinto da Nadine ad avvicinarsi a me.

Si era avvicinato con quell'andatura rilassata e sorniona di chi sa di possedere tutto: bell'aspetto, bei denti, bel fisico. Oh, santo Thor, quant'era figo.

Quella sera avevo mollato il mio migliore amico.

Il mio Kindle. L'avevo fatto cadere a terra mentre, a bocca aperta, guardavo Jace che m'invitava a ballare. Gli avevo risposto di no. Oddio, in realtà mi ero limitata a scuotere la testa e sospirare, perché l'avevo riconosciuto e mi sembrava tutto un sogno. Il principe azzurro che veniva da me e mi portava via con sé.

Sbavavo, insomma. E, invece di ballare, alla fine avevamo bevuto qualche bicchiere gentilmente offerto da nonna Nadine.

« Vieni. » Jace mi attirò a sé e mi portò in mezzo a quella calca di coppiette felici.

Stare incollata a lui non mi distraeva abbastanza da farmi dimenticare che, di lì a cinque giorni, avrei dovuto dire addio al solo e unico uomo che sognavo da una vita.

Stupido Thor.

Stupido biondino.

Maledetti addominali! Mentalmente agitai il pugno in aria.

« Vieni. » Jace mi prese la mano e si fece largo tra la folla che si strusciava sulla pista.

Io non ero una che ballava. Perché ballare avrebbe dato alla gente l'ennesimo motivo per prendermi in giro.

Dalla consolle partì *Burn* di Ellie Goulding.

Avevo il cuore a mille mentre Jace rideva e mi stringeva a sé; si abbassarono le luci, lui mi fece fare una piroetta e poi mi sollevò una coscia e se la strinse intorno alla vita.

Oh. Santo. Cielo.

Era la versione techno della canzone, o forse la versione da discoteca, fatto sta che era molto più veloce di quella che avevo sentito alla radio.

Jace cominciò a ballarmi intorno.

E allora mi trovai di fronte al vero dilemma: o mi davo una mossa e ballavo con lui, oppure restavo là a guardarlo mentre si muoveva a ritmo perfetto con la musica. Avrei fatto un bel discorsetto con Dio, più tardi. Ma com'era possibile che quell'uomo avesse proprio tutto?

La musica rallentò.

Jace mi attirò a sé.

Io gli misi le braccia intorno al collo mentre lui mi teneva le mani sui fianchi, aiutandomi a seguire il tempo. A quel punto chiusi gli occhi e mi lasciai andare.

Lasciai andare via la tristezza.

Lasciai andare via l'imbarazzo.

E ballai.

Fino alla canzone successiva. Era Jay-Z, perciò fui di nuovo punto e a capo. Non riuscivo a star dietro alla musica.

Provai a staccarmi da Jace, ma lui mi strinse più forte e mi sussurrò: «Nessuno può mettere Babe in un angolo. Nessuno».

Quando mi fece piroettare, il mio sorriso andò da un orecchio all'altro. Esatto, mi fece girare sulle note di una traccia rap e poi mi abbracciò da dietro. Avevo i suoi addominali premuti contro la schiena, le sue braccia strette intorno al corpo. C'era così tanta elettricità nell'aria che avremmo potuto mandare a fuoco tutta la discoteca.

La canzone finì troppo presto.

Tutta sudata, mi voltai e gli dissi: « È stato... carino ».

« Carino? » Allora mi prese per le spalle e mi leccò le labbra. Sapeva di sudore e di uomo.

Che fosse quello il mio interruttore? Una leccatina, ed ero pronta a saltargli addosso gridando « Thor » con tutta la voce che avevo in corpo?

« È stato... » Ma non trovavo le parole. Parole? Cos'erano le parole? E le frasi? I sostantivi? I verbi? E come mi chiamavo io?

Lui mi diede una sculacciata e mi disse: « Adesso ti faccio vedere io ».

Trascorsero due ore...

E mi ritrovai a tornare in camera sbarellando e senza scarpe ai piedi. Troppi shot e troppo movimento.

Jace non mi aveva mollata un secondo: « E dai, soltanto un altro bicchiere! Dai, soltanto un'altra canzone! » Ed era così bello che non ce l'avevo fatta a dirgli di no.

Quando quell'uomo si metteva qualcosa in testa, non c'era modo di dissuaderlo. Aveva passato la serata a farmi pentire di aver detto che era stato carino. Mi aveva spinta addosso a un muro e mi si era strusciato addosso a ritmo di musica. Mi aveva messo uno shottino sull'ombelico e poi lo aveva bevuto direttamente dalla mia pancia (cosa che mi sarei portata nella tomba, visto che era stato il momento più imbarazzante ed eccitante di tutta la mia vita). E, per finire, avevamo pomiciato vicino ai bagni. Evidentemente avevamo un debole per le toilette e gli sciacquoni. Erano un po' la colonna sonora del nostro amore.

Non mi tenevo in piedi e mi sentivo un po' nauseata. Ma non noiosa. Niente affatto noiosa. Tuttavia, mi sarei fatti volentieri una doccia... e Jace.

Di sicuro, al mattino, mi sarei pentita di tutto.

« Ora so perché Nadine, o la nostra terapista che le assomiglia tantissimo, ci ha fatto fare quell'esercizio », disse Jace dopo che entrambi ci eravamo dati una rinfrescata e messi a letto.

Mi girai su un fianco per guardarlo. « Perché? »

Lui mi sfiorò la guancia e rispose: « Perché ho memorizzato il tuo corpo. L'ho fissato nella mia testa, sulle mie dita, e mentre ballavamo, prima, era come se fossi una parte di me, una mia estensione. Non eravamo due persone, ma una sola ».

« Come in un legame tra due atomi! » gridai.

Jace scoppiò a ridere e mi attirò a sé. « Esatto, mia piccola scienziata pazza, come in un legame tra due atomi. »

« Un legame covalente. » Ero troppo felice.

« Congratulazioni, Beth. Adesso possiamo affermare che non sei più priva di carica. »

« Come fai a saperlo? »

« Se mettessimo una lampadina qui in mezzo, in questo momento, esploderebbe. »

« Sbaglio, signor senatore, o mi ha appena detto che vorrebbe saltarmi addosso? »

« Eccome, se l'ho detto. E tanto perché tu lo sappia, se mi chiami 'signor senatore' a letto, peggiori soltanto le cose... »

« Ah, ma allora sei proprio affamato. »

« Non sai quanto. »

Di me o di cibo?

Fece per sganciarmi il reggiseno ma poi rinunciò. « Forse, in altre circostanze, se non me ne fossi andato... »

« Cosa vuoi dire? »

Si allontanò e cominciò a massaggiarsi le tempie. « Se ci fossimo rincontrati a scuola, prima che il mio cuore fosse andato in pezzi. Se ci fossimo ritrovati prima... allora il mio cuore sarebbe ancora intatto. E potrei donartelo. Ma non è così. »

Mi tremava il labbro inferiore. La sua onestà mi avrebbe uccisa. Strano, perché di solito erano le bugie a farmi quell'effetto.

« Ed è per questo motivo che adesso mi giro dall'altra parte e mi metto a dormire. Tengo le mani a posto e faccio riposare anche te. »

« E se io non fossi d'accordo? » domandai con ancora qualche speranza, ma con la voce rotta.

« Invece lo sei, Beth. Che senso ha vivere una favola, se la principessa è così a pezzi che non ce la fa neanche ad arrivare alla fine? »

Ma io feci comunque un ultimo tentativo.

Gli montai sopra. Sentirlo gemere era il segnale che mi serviva per togliergli anche la maglietta e gettarla a terra.

« Beth, è meglio se... »

« Sstt... » Gli sfiorai la guancia con le labbra e lui mi strinse più forte i fianchi.

Credevo che a quel punto si sarebbe arreso, e invece quello che fece fu prendermi e rimettermi nella mia parte di letto. Poi, con la voce roca, disse: « Non sai quanto vorrei, Beth, ma non posso. Hai bevuto un sacco e... non sarebbe giusto, tesoro ».

« Ma io ti voglio. » Provai di nuovo a toccarlo.

Lui mi strinse a sé e mi baciò la fronte. « Dormi. »

E fu così che passammo la notte.

In un silenzio di ghiaccio. Con discorsi rimasti in sospeso. Con me che lo volevo e lui che mi voleva. E col pensiero di non essere ancora abbastanza, per l'ennesima volta nella mia vita. O forse con lui era diverso. Gli piacevo. Avrebbe voluto darmi il suo cuore, ma l'aveva già dato a un'altra donna molti anni prima. E se c'era una cosa che sapevo del cuore era che, una volta che hai scelto a chi darlo, non c'è modo di farti cambiare idea.

Stavo male al pensiero che ogni giorno trascorso con lui avrebbe significato fargli prendere un altro pezzo del mio cuore. Anche se lui non lo sapeva. Anche se io ero felice di lasciarglielo prendere. Ma speravo che non avrei finito per morirne.

21

Nonna Nadine batté un pugno sul tavolo. « Ma
insomma! Sto cercando di raccontarle una storia,
Gus. La smetta d'interrompere. »
« Cerco soltanto di capire cosa c'entri la loro storia
d'amore col rapimento. Tutto qua. »
« No, guardi, mi sta facendo saltare i nervi. Davvero,
Gus. Si ricordi che ho ottantasei anni e, anche se me
li porto bene, non vuol dire che io regga... »
« Signora? Signora? » la chiamò l'agente, che si alzò
dalla sedia e andò a controllare che Nadine stesse bene.
Con uno scatto improvviso, lei riaprì gli occhi e
si stiracchiò. « Oh, ma che bella dormita.
Dicevamo, Gus? »

JACE

« Nadine, ancora non riesco a capire cosa voglia farci fare », dissi cercando di schiarirmi la voce, ma finii per renderla ancora più roca.

Avevamo passato l'ultima mezz'ora a sorbirci la lezione di nonna Nadine su come rendere solida una relazione... a letto. Mi sanguinavano le orecchie e, viste le circostanze, ero abbastanza certo che alcuni dei miei spermatozoi si fossero suicidati.

Come dar loro torto. Anch'io avrei voluto morire

quando ci aveva messi al corrente di alcuni dettagli imbarazzanti su Bill, il suo ultimo marito. A quanto pareva, negli ultimi anni il poveretto era diventato cieco da un occhio, ma Nadine voleva assicurarsi che capissimo che gli acciacchi fisici non dovevano scoraggiarci e impedirci di dedicarci a quelle che lei chiamava bizzarramente « sciarade ».

Dopodiché ci aveva mostrato un vero e proprio grafico a torta sulle zone erogene, la cui ricettività aumenta quando altre parti del corpo sono fisicamente... compromesse. Il nostro giro all'inferno era finito con una serie d'immagini. Ma non immagini normali, sarebbe stato troppo semplice. No, perché Nadine aveva eretto – bella scelta di parole, complimenti! – un cartellone di feltro su cui erano attaccate varie scenette. Mi ricordava tanto quello che usavano le catechiste per insegnarci le parabole della Bibbia. Comunque, Nadine si era poi messa a raccontarci la storia del Triste Sam e della Bella Hannah e di come, a un certo punto, il Triste Sam era diventato l'uomo più felice del mondo quando la Bella Hannah aveva imparato a mettere in pratica i consigli di nonna Nadine.

Ci aveva letto anche una poesia e cantato una canzone sulle note di *Mary ha una pecorella*.

Non avrei mai più mangiato carne di pecora.

Speravo che la tortura fosse finita, ma Nadine ci consegnò matita e test a sorpresa. Le domande erano le più sceme che mi avessero mai fatto, e di domande idiote ne avevo sentite, visto il lavoro che facevo.

« Scrivete le risposte e poi ne discutiamo. »

« Ma le domande sono stupide. »

« Anche tu lo sei, ma non te lo vengo a dire in faccia, o no? »

« In realtà, l'ha appena fatto, e per la seconda volta. »

« È vero », disse Beth.

Ma Nadine ignorò la mia contestazione. « Domanda numero uno. »

« Merda. »

« Ah, come sta Ciuchino? È vecchietto, poverino, ve ne sarete accorti », fece Nadine.

« Sì, ce ne siamo accorti », intervenne Beth. « Ora, però, possiamo darci una mossa e finire in fretta? Voglio andare a prendere un po' di sole. »

« E guardi che ne ha proprio bisogno. È pallida come un cadavere », l'appoggiai io.

« Certo che hai proprio il tatto di un elefante in una cristalleria », si lamentò Beth.

« Ragazzi! Adesso basta! Non so cosa vi è preso stamattina. »

Beth cambiò espressione. « Sì, scusate. È che ho dormito male. »

Era davvero arrabbiata per il fatto che non ci avessi provato? Sul serio pensava che fosse stato semplice, per me, girarmi dall'altra parte e dormire, quando sapevo che lei avrebbe voluto esattamente l'opposto? Avevo sentito tutti i suoi sospiri e i suoi lamenti, e mi ero accorto di tutte le volte che si era girata e rigirata nel letto, visto che poi mi ero ritrovato proprio sul bordo.

Mi si spezzò la matita in mano. Nonna Nadine me ne lanciò un'altra, che mi prese in faccia.

« La prima domanda è: 'Qual è il personaggio dei cartoni animati con cui v'identificavate di più da bambini?' » lesse Nadine a voce alta.

Brontolando, scrissi la mia risposta.

« Ora la seconda domanda. » E qui inserì una pausa a effetto, come quella che fanno i professori quando t'interrogano e ti vogliono tenere un po' sul filo del rasoio. « 'Qual è stato il momento della vostra infanzia in cui vi siete sentiti più sicuri?' »

La mia matita indugiò sul foglio. A essere sincero, non sapevo cosa rispondere. Avevo passato tutta l'infanzia a cercare l'approvazione dei miei genitori. Ero certo del loro amore, ma niente affatto sicuro di me stesso. Quando avevo sei anni avevo spesso un incubo in cui mio padre mi diceva di non essere più fiero di me.

Annotai la risposta e aspettai.

« L'ultima domanda è: 'Se fossi un cibo, quale saresti? Perché?' »

Alzai gli occhi al cielo. « Dobbiamo rispondere sul serio, o questo test non è che un altro dei suoi stratagemmi per farci... » Ma rinunciai a finire la frase e mi limitai a scuotere la testa.

« Jace, non avrai paura di dare la risposta sbagliata? Non è mica un esame. Sbrigati a rispondere, così ce ne possiamo andare », fece Beth.

Infastidito, risposi all'ultima domanda e consegnai il foglio a Nadine.

« Ecco, vedi », disse lei mettendo a confronto le mie risposte con quelle di Beth, cosa che mi provocò non poco imbarazzo.

E se le sue fossero state migliori delle mie? Se avevo scritto delle stupidaggini? Ma poi, soprattutto, cosa diavolo me ne importava?

« Fantastico. Semplicemente fantastico. Siete congedati. »

« Cosa? » dicemmo Beth e io all'unisono.

« Potete andare », rispose Nadine.

« Ma... non ci dice nemmeno come siamo andati? Voglio dire, avrà avuto un senso fare quel test, no? »

« No. Ero soltanto curiosa. Sapete come sono, curiosa come una scimmia. Avanti, andate. E mettete la protezione solare. »

Beth non se lo fece ripetere due volte e si alzò subito. Io, invece, rimasi un istante a fissare Nadine. C'era qualcosa che non mi tornava. Me la stava facendo sotto il naso, ne ero sicuro. Più la guardavo, più mi sembrava evidente.

Poi mi mandò un bacio con la mano e mi fece l'occhiolino.

« Lei è malvagia. »

« Grazie », rispose felice come una pasqua, mentre noi uscivamo dalla stanza.

Beth era già qualche metro avanti a me, diretta in piscina.

« Rallenta! » le gridai.

« Accelera », rispose lei.

« Potresti fermarti un secondo? » dissi afferrandole un braccio.

Lei si bloccò e si mise gli occhiali da sole. Oddio, non stava mica piangendo?

« Cosa ti prende? »

« Voglio andare a prendere un po' di sole e rilassarmi in piscina. È forse chiedere troppo? »

« Sì. Cioè, no. »

Beth puntò i pugni sui fianchi. « Jace, cos'è che vuoi? »

« Voglio che la smetti di urlare. Voglio smettere di fare terapia con una vecchia signora affetta da demenza, che se ne va in giro con delle figurine di feltro. Rivoglio la mia vita, ma voglio anche i tuoi baci. Ecco, questo è quello che voglio. »

« Rivuoi la tua vita? »

L'afferrai per le spalle e la spinsi contro il muro. « Ti sei persa l'ultima parte, mi sa. »

« Quella dei baci? »

« Non sono soltanto i baci che voglio, Beth. Lo capisci? Sto cercando di proteggerti. Sto cercando di fare la cosa giusta. Ti voglio. Non lo vedi quanto ti voglio? Dammi un solo motivo per cui non dovrei volerti... »

« Il mio personaggio dei cartoni preferito era She-Ra. »

« Eh? »

« Volevo essere una principessa guerriera. »

« Saperlo non aiuta. »

« Credevo ti avrebbe fatto cambiare idea. »

« Immaginarti vestita da guerriera, con una spada in mano, dovrebbe farmi cambiare idea? Semmai è il contrario, direi. »

« Il momento in cui mi sono sentita più sicura, da bambina, è stato quando sono arrivata seconda alla gara di scienze. Mamma e papà non ce l'avevano fatta a venire, allora mi aveva accompagnata mio nonno. Mi aveva detto che l'intelligenza non basta, bisogna sempre metterci anche il cuore, e poi aveva aggiunto che ero una bambina molto intelligente, ma che il motivo per cui mi amava tanto era perché avevo un cuore grande. » Aveva le lacrime agli occhi.

Le presi la mano.

« È morto il giorno dopo. Ha avuto un ictus. »

L'abbracciai e le baciai la fronte.

« E poi odio le verdure. Se dovessi essere un qualche tipo di verdura, vorrei che mi mettessero in una zuppa, così da morire affogata. Odio le verdure. So che dovrebbero piacermi e che dovrei essere la prima a mangiare cibo salutare, ma, che cavolo, a volte ci vuole pure un biscotto! »

« Credo di potertelo rimediare. »

« Davvero? » disse asciugandosi gli occhi.

La strinsi di nuovo e le diedi un altro bacio. « Certo. Ti compro tutti i biscotti che vuoi. E, se la tua intenzione era quella di fare in modo che mi piacessi ancora di più, ci sei riuscita. »

« Ah, sì? Perché? »

Nadine era una cazzo di spia. Era riuscita a ficcare il naso pure nella mia infanzia, ecco perché. « Da ragazzino volevo essere He-Man, e il momento in cui mi sono sentito più sicuro è stato quando mi hanno eletto rappresentate di classe, e mio padre mi ha detto che era fiero di me. Secondo lui un buon leader doveva avere cervello, ma soprattutto un grande cuore. » Mi tremavano un po' le mani mentre stringevo le spalle di Beth. « E, per quel che riguarda le verdure, mi rifiuto di mangiarle dalla quarta elementare. »

« Un vero ribelle. »

« Puoi dirlo forte. Ogni volta che mia madre mi metteva delle carote nel cestino del pranzo, io le scambiavo con la vicina di banco. Le Puff alla pizza erano dello stesso colore. Tra l'altro, lei era cieca da un occhio e aveva una cotta per me. La mandavo a prendere il latte e facevo lo scambio. Quando tornava, al posto delle Puff aveva le mie carote. Le ho fatto questa carognata per due anni, e non ne vado fiero. Ma a volte un uomo è costretto a fare delle cose, delle brutte cose, per ottenere ciò che vuole.»

«Hai fregato le Puff a una ragazzina cieca. Come mai questa storia non è finita sui giornali, mentre io sì? E soltanto per essere stata vista entrare in un albergo con te.»

«Semplice: perché tu sei più carina.»

Beth arrossì. «Insomma, il biscotto che mi hai promesso?»

«Andiamo a prenderlo.» Le strinsi la mano nella mia e proseguimmo verso la piscina.

Ci mettemmo a parlare di She-Ra e He-Man e del fatto che nonna Nadine doveva aver infranto diverse leggi per ottenere certe informazioni. La signora si era data da fare.

«Chiuso? Come mai è chiuso?» disse Beth indicando il chiosco.

Mi chiesi perché le fosse venuta quella voce stridula. Poi mi ricordai che effetto le avevano fatto i biscotti, qualche sera prima. Si era messa a urlare, a battere i piedi, a vomitare.

«Beth, calmati. Troveremo un bar», cercai di rassicurarla.

Lei si voltò a guardarmi con gli occhi da gatta inferociti.

Oh, merda. Dov'era Ciuchino quando avevo bisogno di lui?

« Beth, Jace! Siamo qui! » Qualcuno cercava di attirare la nostra attenzione agitando le mani in aria.

Io non riuscivo a capire chi fosse, perché avevo il sole contro. Ma alla fine non ce ne fu bisogno, perché era già troppo tardi. Mi arrivò un pugno in faccia e tutto si fece nero, molto nero.

22

«L'ha fatto davvero?» le domandò l'agente,
visibilmente irritato.
«'Fatto' cosa?»
«Infranto delle leggi per suo tornaconto personale?»
Nonna Nadine sembrò pensarci su. «Certo che no.»
L'agente tirò un sospiro di sollievo.
«Il tornaconto era il loro. Mica il mio.»
«Signora cara, è comunque illegale.»
«Mi pareva fossimo d'accordo sul fatto che io sono
al di sopra della legge, o no? Mamma mia, Gus,
certo che è un po' smemorato. E poi sarei io
la vecchia rimbambita.»

BETH

«Char? Jake?» Non sapevo bene cosa fare, se assicurarmi che Jace stesse bene, abbracciare mia sorella o restituire il pugno a suo marito.

Char mi venne ad abbracciare e poi diede uno spintone a Jake. «Imbecille, perché gli hai tirato un pugno?»

Lui si fece scrocchiare le nocche. «Ti ha baciata. Ha provato a portarti via da me. E poi ha messo le mani addosso a tua sorella.»

«Ma tu non sei quello che ogni due per tre esce su *Playboy*?»

«Sono cambiato. Adesso sono un uomo sposato. Tu stai bene, Beth?»

Ignorai la domanda di Jake e abbracciai mia sorella. «Da quando è diventato il paladino delle ragazze indifese?»

«È il matrimonio... l'ha guarito.» Alzò gli occhi al cielo. «Lo so, è disgustoso. Pensa che ormai se lo chiamo 'puttana' non si gira più. È una tragedia.»

«Ti ho sentita!» urlò Jake mentre versava un po' d'acqua sulla faccia di Jace per farlo riprendere, credo; o forse per affogarlo.

«Ma cosa ci fate qui?»

«Nonna Nadine ci ha dato il tormento. E poi c'è quel Rick che non la smette di chiamare Jake. A quanto pare, il nostro senatore ha dimenticato di essere un personaggio pubblico e pensa di poter tenere il telefono spento quanto gli pare e piace.»

«La colpa è mia. Ma nemmeno io accendo il telefono da tre giorni, se è per questo.»

«Ce ne siamo accorti. Tra l'altro, quella cavolo di dottoressa Z si deve dare una calmata. Abbiamo provato a metterci in contatto con voi, e lei dai a insistere che non dovevamo assolutamente disturbarvi. Così lui si è un po' innervosito.»

In quel momento Jake era in ginocchio a dare dei buffetti sulla faccia di Jace. «Alzati, bastardo. Combatti da uomo.»

«Combattere da uomo? E da quando in qua sferrare pugni di punto in bianco significa combattere da uomo? » si lamentò Jace, senza aprire gli occhi.

« Respiravo, avresti dovuto accorgerti che ero là. »

« In effetti, Thor, il ragazzo non ha tutti i torti », m'intromisi io.

« Thor? » domandò Char guardando Jace.

« Ti chiama Thor? » chiese Jake, disgustato.

« Vuoi vedere il mio martello? » fece allora Jace, aprendo gli occhi e mostrandogli il pugno.

« Ma che ridere. Il lurido senatore sa anche fare le battute. »

« Mai quanto fai ridere tu: il miliardario ubriacone che si è trasformato in salvatore di donzelle indifese. »

« Ragazzi! Fatela finita, okay? E che cavolo, questa luna di miele sta diventando un incubo », urlò Char.

Jake si alzò e andò ad abbracciare la moglie. « Scusami, amore. »

Lei sospirò, rassegnata. « Non fa niente. La colpa è di nonna Nadine. »

« C'è la recessione? È colpa della nonna », fece Jake.

« Soffri d'insonnia? È colpa della nonna », rincarò Char.

Jace intanto provò a rialzarsi. « Ragazzi, scusate, ma dubito che ve la siate passata peggio di noi. »

Jake allora cominciò a spiegare: « In albergo non sono riusciti a trovare la nostra prenotazione, così siamo stati costretti a sceglierne un altro. Peccato che anche quello fosse pieno. E allora, incredibile a dirsi, è intervenuta la nonna e ci ha trovato un posticino perfetto con le casette di paglia... »

« Casette di paglia? » feci io, sorpresa.

« Ci sono due posti che hanno questo tipo di alloggi. Solo che la terapia di coppia proprio non la reggo. Certe esperienze, poi, non te le dimentichi. Cavolo, ho bisogno di farmi un bicchiere e... »

« Mi ha messo il Viagra nel tè! » disse Jace.

« Beth! » mi sgridò Char.

« Non io! È stata nonna Nadine. »

« Ma lei è stata tutto il tempo con noi! » fece Jake.

« Ma cosa dici? È con noi che è stata. È la nostra terapista. »

« No, no. È la *nostra* terapista », disse Char.

« Io l'ammazzo. Tu di' quello che ti pare, ma io l'ammazzo, Char. Te lo giuro. Mi faccio mettere in galera », minacciò Jake.

« Ma, tesoro, tu sei troppo carino per la galera. Ti mangerebbero vivo », rispose lei.

« Se andassimo a bere qualcosa prima di portare la nonna al camposanto? Che ne dite? » buttai lì.

In quel momento sentimmo una voce arrivare dal molo: « Ma guarda! Siete tutti qui, proprio come previsto ».

Mi girai e vidi arrivare Nadine. Quella donna non conosceva davvero limiti.

« Nonna, ti dispiacerebbe spiegarci come mai siamo tutti qui? » le domandò il nipote.

« Esatto! Ce lo spieghi, per favore? » si unì un'altra voce.

« Ciao, Kacey! » Char la salutò con la mano.

Jake le tirò giù il braccio e imprecò.

« Eccoli qua, i miei ragazzi tutti riuniti! » disse Nadine battendo le mani. Poi fece una cosa che non mi sarei mai aspettata.

Scoppiò a piangere.

23

«Le sue manie d'intromissione
non conoscono limiti, eh?»
Nonna Nadine lo guardò di sbieco. «No, certo che
no. I miei ragazzi hanno bisogno di me. E le
assicuro, Gus, che, quando avrà sentito tutta
la storia, mi darà ragione. Quando ci metto
le mani io, sono in una botte di ferro.»
«Dubito fortemente che i suoi nipoti siano d'accordo.»
«Mi permetto di dissentire. I miei ragazzi
mi adorano.»
«È per questo che uno di loro ha minacciato
di strangolarla?»
Nadine sbuffò con presunzione. «Be', prima
dovrebbe riuscire a prendermi.»

JACE

Davvero bizzarro: soltanto qualche minuto prima sarei stato pronto ad ammazzare la vecchia, e adesso mi sentivo come se qualcuno mi avesse cavato il cuore dal petto, per poi calpestarlo e rimetterlo al suo posto tutto malconcio e dolorante.

«Cosa succede?» Kacey andò ad abbracciare la nonna, guardando Travis tutta dispiaciuta.

Il marito, dal canto suo, lanciò un'occhiata a Jake,

che alzò le spalle e passò la palla a me. Ma niente. Io ero senza parole.

Nadine si asciugò le lacrime. «Oh, ho combinato un gran casino. Credevo di potercela fare, ma... niente, era un compito troppo arduo, e le menti che avevo a disposizione troppo limitate.»

«Sbaglio, o ci ha appena dato degli stupidi?» domandò Jake.

«Non credo. Se avesse voluto, te l'avrebbe detto senza tanti giri di parole, credimi», risposi io.

«E adesso la sua carriera è in serio pericolo!» continuò a piagnucolare Nadine.

Avevo la vaga sensazione che la carriera cui si riferiva fosse la mia, anche se – dal mio punto di vista – era già finita nel cesso. Ma a essere ottimisti non ci si rimette mai.

«Jace.»

Eccola là.

«I consensi sono calati parecchio. Ho tenuto d'occhio i notiziari. Erano tutti convinti che fossi andato in vacanza con la tua nuova famiglia, ma poi qualcuno è andato dai giornalisti e ha spifferato che era tutta una messinscena per coprirti il culo. E, quando sono tornati a intervistare Kerry, quella ha continuato a sputare veleno dicendo che non sei mai stato un uomo di famiglia, ma che anzi andavi spesso a prostitute.»

Jake mi lanciò un'occhiata torva.

« È inutile che mi guardi così, Jake. Proprio tu vuoi parlare? »

Lui incrociò le braccia al petto e scosse la testa.

A quel punto intervenne Travis: « Ma allora vuoi dirci perché siamo qui? A me sembra che Jace farebbe meglio a tornare a Portland per sistemare tutta questa faccenda. E sarebbe anche il caso che lo aiutassi ».

Nadine cominciò a rigirarsi le mani. « Be', io però potrei aver fatto sapere ai giornalisti che lui, in realtà, era qui insieme con la sua futura moglie, con tanto di famiglia al seguito. »

« Ovvio », feci io, per niente contento di come si mettevano le cose.

« Quindi è per questo che ci hai chiamati? Ed è anche il motivo per cui Rick non la smetteva di telefonare a Jake e Char e... »

Nadine finì di asciugarsi le lacrime e interruppe il nipote: « Va be', facciamola finita. Adesso vi dico come stanno davvero le cose ».

« Sì, la prego », dissi io, a denti così stretti che rischiai di frantumarmeli.

« Ho fatto sapere ai media che Jace e Beth sono qui per celebrare il loro matrimonio e che le vostre lune di miele non sono altro che una copertura per tenere lontani i paparazzi. »

Per poco non crollai a terra. Non proprio un momento da ricordare.

« Sono riuscita a parlare con Rick, e secondo lui è

una buona trovata. Ma mi ha consigliato di rimediare qualche foto, perché con quelle i giornalisti ci sarebbero cascati. »

« Be', devo ammettere che è stata una genialata », disse Travis.

« Lo pensi davvero? » gli domandò la nonna, raggiante.

Io gli diedi una botta sul braccio. Cazzo, un amico non avrebbe dovuto incoraggiarla, né tantomeno lasciarle libero accesso al Benadryl.

« Che c'è? Non dovete mica sposarvi sul serio! Dai, Jace, lo sappiamo tutti che dopo quello che hai passato con... »

Nadine gli diede una sberla dietro la nuca. Travis si girò verso di me con la coda tra le gambe, mentre lo sguardo di Jake vagava senza sosta tra me e Beth.

Lei non aveva detto una parola per tutto il tempo, tanto che avrei voluto aprirle la testa per capire cosa pensava. E continuò a rimanersene là impalata come una statua di ghiaccio, mentre tutti gli altri parlavano di quello che sarebbe successo nei giorni successivi.

« Continuerete a fare terapia », disse Nadine.

« Col cavolo », rispose Jake.

« Jake, sei un imbecille. E questo è il motivo per cui devi continuare a seguire le regole. So che per te è difficile restare sul tracciato, ma lo dico nel tuo interesse: devi continuare la terapia. Pensa anche alla povera Char, che si deve sorbire i tuoi attacchi di rabbia. »

«*Io non ho attacchi di rabbia!*» gridò lui.

«Smettila di alzare la voce. Non sono mica sorda. Mi devi stare a sentire, altrimenti ti faccio vedere io.»

Jake non fece più un fiato.

«Be', immagino che a questo punto ci resti una sola cosa da fare», disse Travis strofinandosi le mani.

«Cosa?» chiese Beth.

«Andare a farci un happy hour. Ho imparato tanto tempo fa che è meglio non perdere tempo a discutere. Le cose si risolvono davanti a qualche shottino di tequila. Non sei d'accordo con me, Jake?»

Lui aggrottò la fronte, dopodiché fece una cosa che non mi sarei mai aspettato: arrossì. Char gli diede un bacio sul collo e si mise a ridere.

Evidentemente mi ero perso qualcosa, ma m'interessava poco, perché Beth continuava a starsene là imbalsamata, tanto che fui sul punto di agitarle una mano davanti alla faccia per vedere se era ancora viva.

«Tu che ne dici, Thor?» mi chiese Jake con le mani sui fianchi.

«Se lui è Thor, io sono Iron Man», disse Travis.

«E io Green Arrow», fece Jake.

Kacey scosse la testa. «Che ragazzini. Mi sembra di essere in luna di miele insieme con dei marmocchi vestiti da supereroi con tanto di mantello.»

«Sì, certo. Perché adesso lui sarebbe abbastanza figo da potersi permettere il mantello», feci io indicando Jake, e subito mi sentii come se avessi avuto dieci anni.

Ecco che effetto faceva stare con la famiglia Titus. Un minuto prima eri un adulto normalissimo, e quello dopo ti ritrovavi a discutere di supereroi e a urlare contro una vecchietta di ottantasei anni col rossetto rosso.

Non so come, ma avevo perso la mia virilità, la mia maturità e tutto quello che a essa era legato. Infatti avrei tanto voluto riempire di botte entrambi i fratelli Titus soltanto perché si erano permessi di contraddirmi sui supereroi.

Sentii la mano di Beth posarsi sul mio braccio.

« Va be', facciamola finita. Avengers, andiamo al bar! » ci esortò Travis.

« Finalmente hai avuto una buona idea. » Char sorrise divertita e la sua ironia smorzò un poco la preoccupazione per il fatto che la mia carriera fosse nelle mani di Nadine, piccole mani terrificanti sempre occupate a tramare qualcosa.

Dissi una piccola preghiera e seguii gli altri verso il bar. La nonna, intanto, era impegnata a dare la mancia a un facchino perché portasse tutti i bagagli alle capanne che aveva prenotato.

Prenotato, sì. Come se avesse pianificato tutto già molto tempo prima.

Maledizione, quando Dio aveva creato il cielo e la

terra, l'ultimo giorno aveva creato anche nonna Nadine e aveva detto: « Ho un piano per loro... »

E io avevo avuto abbastanza sfiga da essere incluso in quel piano.

24

« Riesce a dormire la notte? » domandò l'agente.
« Ma che carino a interessarsi! Comunque, mi aiuto
con una pillolina rosa e due bicchieri di merlot.
Dopodiché, dormo d'incanto. Non mi svegliano
neanche le cannonate, a parte quando Charles
Barkley s'innervosisce perché russo. »
« Charles Barkley? Nel suo letto? »
« Be', dove altro vuole che dorma il mio cane?
Certo che è strano forte, eh! » disse Nadine
alzando gli occhi al cielo.

BETH

La mia vacanza era finita, e io non riuscivo a provare pena per Jace né per nessun altro. Nonna Nadine aveva voluto soltanto dare una mano, anche se per farlo aveva infranto diverse leggi. Però amava i suoi nipoti, e io per questo le volevo bene.

Non riuscivo proprio a essere arrabbiata.

Al massimo ero triste.

Perché lui mi aveva promesso sei giorni.

Ma me li avevano decurtati. Mi sarebbero spettati altri quattro giorni da favola, altri quattro giorni da sogno. E, invece, mi ritrovavo con mia sorella, suo marito, il fratello e la moglie.

Adesso che c'erano loro – che ne sapevano molto più di me di tutto quel piano – di sicuro non ci sarebbero più stati baci rubati, carezze, bisticci sotto le stelle. Mi vennero i brividi e chiusi per un secondo gli occhi al pensiero delle sue labbra sulle mie.

Se non altro, mi restava il ricordo.

Delle sue mani su di me.

Della sua bocca, ardente e vogliosa.

Probabilmente avrei raccontato quella storia ai miei gatti, una volta tornata a casa e abbandonata del tutto la speranza di trovare un uomo. Forse avrei dovuto ritenermi fortunata di essere stata fermata in tempo, prima d'innamorarmi perdutamente di lui. Perché, al punto in cui eravamo, andarsene era ancora fattibile. Dura, ma fattibile. Altri quattro giorni come quelli appena trascorsi, e forse vederlo andar via mi avrebbe uccisa.

Char mi mise davanti un bicchierino di tequila e disse: « Mi sembra proprio tu ne abbia bisogno. Tappati il naso e butta giù. Lo so che fa schifo, ma in questo momento hai la faccia di una cui sia appena stato detto che la serie del *Diario del Vampiro* è stata cancellata ».

« Non sei affatto divertente », le risposi con un'occhiataccia.

« Bevi », insistette lei.

Presi il bicchiere e lo buttai giù tutto d'un sorso. Il

liquido che scendeva lungo la gola mi fece fare una smorfia.

« Olé! » gridò Jake, unendosi a noi.

Quell'uomo avrebbe fatto perdere la pazienza persino a un santo. Aveva dei bellissimi occhi color nocciola e i capelli scuri, come suo fratello.

« Beth, sul serio, se vuoi che ammazzi il nostro caro senatore, basta una parola. Basta anche un cenno. O un occhiolino. Che ne so, qualsiasi cosa: basta che la fai, e io l'ammazzo. »

« Dubito che mi voglia morto, visto che le faccio provare cose che non credo tu sia mai riuscito a far provare alle donne con cui sei stato », gli rispose Jace, dietro di me. Mi poggiò le mani sulle spalle e poi le fece scivolare lungo le braccia. Mi venne la pelle d'oca, e tutto quello che riuscii a fare fu rivolgere a Jake un sorrisetto impudente.

Lui, con la stessa impudenza, disse: « Be', mi sa che dobbiamo fare un brindisi, allora ».

« Che brindisi? » fece Jace.

« Al nostro caro senatore, che ha ritrovato il suo cuore », disse Jake, sollevando il bicchiere.

« Sì, come lo scoiattolo con le noci », replicò Jace.

« Come? » chiesi girandomi verso di lui.

Travis si mise a ridere. « Non puoi capire. »

« Tanto per cambiare », dissi io, unendomi al brindisi.

« È sempre così. » Kacey fece tintinnare il suo bicchiere contro il mio e aggiunse: « Insomma, quali sono i piani per la giornata? »

« Piani? Ho già pensato a tutto io. » Nonna Nadine ricomparve col suo fare determinato, come avesse avuto una missione da portare a termine. « Come prima cosa facciamo un finto addio al celibato. Jake, a proposito, stavolta vedi di tenerti i pantaloni addosso. Non vogliamo altre vecchiette sulla coscienza. »

Lui pareva infastidito. « È successo soltanto una volta. »

Ma Nadine lo ignorò. « Domani mattina, poi, dopo la terapia di gruppo, facciamo una bella gita. Ovviamente ci sarà anche la cena prematrimonio. Pensate che ho già tutti i vestiti pronti! Ah, e poi c'è Javier. Javier! » urlò, rompendo il muro del suono e i miei timpani. « Lui è Javier e farà le foto al matrimonio. »

« Foto finte, di un matrimonio finto », puntualizzò Jace. « Non le permetterò di farci lo stesso scherzetto che ha fatto a Jake e Char. »

« Hai visto? Siamo un bellissimo scherzetto, maritino mio », disse Char.

Io feci finta di non vedere quanto fossero affiatati, così come feci finta di non rendermi conto dell'eccitazione che aleggiava nell'aria. Come sarebbe stato entrare a far parte di quella famiglia? Cosa si provava a essere tanto innamorati di qualcuno e in una sintonia tale da sentirsi felici da impazzire?

Jake e Char si diedero un bacio e scoppiarono a ridere.

Nonna Nadine si mise una mano sul cuore e rispose: «Certo che no. Credimi, ho imparato la lezione. Ora so che è meglio lasciare che l'amore sbocci naturalmente. Comunque sia, faremo un po' di foto e diremo che si è trattato di un evento troppo intimo per condividerne i momenti col resto del mondo».

Jace mi prese la mano. «Quindi sarà soltanto una finta.»

Lei guardò le nostre dita intrecciate e poi disse: «Ma sicuro. E comunque ti restano ancora quattro giorni per vivere la tua favola, è corretto, Jace? Non vogliamo certo interferire con l'incantesimo, no?»

Io mi sforzai di non ridere.

«Chi gliel'ha detto?» fece lui, dando un pugno sul tavolo.

«Sai, il capitano e io siamo intimi da una vita.»

Pregai che a Jace non saltasse in mente di chiederle cosa volesse dire, perché, da com'era arrossita, temevo che non fosse il caso d'indagare oltre.

Nadine si sedette al tavolo. «Comunque, per cambiare discorso, ho organizzato un po' di gite da fare tutti insieme. Javier ci farà le foto, e noi torneremo a casa felici e contenti. Ovviamente, alla fine di questi quattro giorni.»

«Questo significa che avrò la possibilità di fare

un'altra luna di miele, visto che la prima è stata mandata all'aria? » domandò Jake.

« Te l'appoggio », disse Travis.

« Su, ragazzi. Avrete quattro giorni e mi pare di essere stata abbastanza generosa, tutto considerato. »

« *Ma cosa dici?* » urlò Jake.

« Jake, smettila di gridare. Dovresti ringraziare, non rimproverarmi. Allora, siamo tutti d'accordo? » chiese la nonna guardandoci in faccia a uno a uno.

Dire di no non era un'opzione.

A quel punto Jace fece una domanda: « Scusate, però. Se tutta questa storia è una trovata per salvare la mia carriera, e se in teoria mi trovo qui perché mi devo sposare, non ci dovrebbero essere anche i miei genitori e quelli di Beth? »

Il sorriso di Nadine si fece ancora più grande. « Tempismo perfetto. Giusto, vostro onore? »

Jace divenne bianco come un cadavere. Si girò con un'imprecazione e disse: « Papà ».

« Figliolo, tu e io dobbiamo parlare. »

25

«Mi è difficile credere che sia riuscita a convincere il giudice a fare un'improvvisata alle Hawaii per il finto matrimonio del figlio ribelle.»

«Oh, ma le assicuro che non c'è voluto molto. Del resto, gli avevo detto che era una questione di vita o di morte. E, quando ho capito che la cosa non funzionava, mi sono inventata che il figlio era stato rapito dai pirati.»

«E lui le ha creduto?»

«Non avrebbe avuto motivo di non farlo.»

«E perché?»

«Incredibile cosa si riesce a fare con un microfono, un distorsore e una mail. Non smetto mai di meravigliarmi.»

«Vuole che aggiunga anche questo alla lista delle imputazioni?»

«Il fatto che io sia un genio?»

«No, il fatto di aver mentito a un giudice.»

Nonna Nadine fece un sospiro. «Se proprio deve. Ma non credo che lui sporgerà denuncia. Non penso che la cosa abbia importanza, a questo punto, visto che il figlio è scomparso.»

«Il figlio che lei ha rapito.»

«Dettagli.»

JACE

Da bambino odiavo essere sgridato da mio padre. Ma era una cosa che capitava di rado; anche perché il mio più grande scopo nella vita era sempre stato renderlo fiero di me. Perciò, quando combinavo qualche guaio, per me era una tragedia.

Dopo l'incidente le cose erano peggiorate. Quando avevo riaperto gli occhi non ricordavo nulla del perché fossi finito in ospedale. I miei dicevano che una luce si era spenta nel mio sguardo. E mi faceva incavolare che, dopo tutti quegli anni, adesso mi ritrovavo a voler tornare il Jace di una volta. Quello che credeva nelle favole e nell'amore; l'ottimista, non il cinico.

Riuscivo ancora a sentire l'odore che si respirava nello studio di mio padre. Le pareti erano ricoperte da scaffali pieni di libri, e di fronte alla sua scrivania in mogano c'era una sedia verde, di pelle. Lui non diceva niente e se ne stava girato di spalle, in attesa che fossi io a parlare e a palesare la mia presenza. Allora si voltava, si poggiava alla scrivania e diceva: «Sei pronto?»

Io, con le lacrime che mi rigavano il viso, confessavo ciò che avevo fatto. Non c'era bisogno che me lo dicesse qualcun altro. Capivo sempre da solo quando avevo sbagliato, sia che si fosse trattato di aver mancato di rispetto a mia madre sia che la mia colpa fosse stata aver mangiato qualche biscotto prima di cena. Lui si dimostrava giusto quando c'era da rimproverarmi e mi dava sempre la possibilità di perorare la mia causa, prima della sentenza.

Adesso mi sembrava di essere di nuovo quel bambino. Stavo là ad aspettare che parlasse e che dicesse quello che sapevo avrebbe detto. Passeggiavamo lungo la spiaggia, entrambi zitti, mentre le onde s'infrangevano sulla riva.

Com'era possibile che una sola settimana avesse stravolto del tutto la mia vita? La colpa era soltanto mia. Mia e di nessun altro.

« C'è anche la mamma? »

« Sì, è in albergo. » Il tono era fermo e gli occhi guardavano da un'altra parte.

Io mi limitai ad annuire, perché non riuscivo a dire niente.

Camminammo ancora un po', lontani da occhi indiscreti e dalla gente che giocava in acqua. Alla fine andai a sedermi su una sdraio e aspettai.

Quel silenzio era pesante come il profumo dei fiori che impregnava l'aria, carica di tensione e imbarazzo. Si vedeva che era scocciato e, benché avessi passato la vita a cercare di fare sempre la cosa giusta, non gli bastava. Non c'era mai stato bisogno che me lo dicesse, perché tanto si capiva dal modo in cui impartiva ordini e da come si poneva.

All'improvviso il suo volto fu illuminato da un sorriso. « Io... sono fiero di te. »

« Scusa? »

« Nadine... cioè, scusa, la nonna mi ha raccontato tutto. Di te che ti sei innamorato e di come hai fatto di tutto per proteggerla dal trambusto dei media, fino a tenerla nascosta persino a noi. Sono fiero di come ti sei comportato. Questa volta ci hai visto giusto. Con Kerry... be', in quel caso tua madre e io abbiamo sbagliato a incoraggiarti. Avremmo dovuto capire che genere di donna fosse. Avremmo dovuto convincerti ad aspettare e non spingerti a sposarti soltanto per favorire la tua carriera. Ma stavolta stai facendo la cosa giusta, e io ti ammiro per questo. »

Il mondo si era capovolto, e io – idiota com'ero – me ne stavo lì a guardare, stupito di tutto quello che Nadine era riuscita ad architettare.

« Cosa ti ha detto nonna Nadine, esattamente? »

« Tutto quanto. Che sei innamorato e che stai usando la luna di miele dei tuoi amici come copertura per il matrimonio. All'inizio, in realtà, mi aveva detto che eri stato rapito dai pirati. Ma comunque è riuscita ad attirare la mia attenzione e a farmi prendere il primo volo disponibile. Quella donna è una forza della natura. »

« Già, è proprio una forza. »

« E quindi, adesso che ci siamo anch'io e tua madre, non c'è ragione per non celebrare questo matrimonio. Credo sia il momento migliore, visto che i media staranno buoni per un po'. »

« Ah, il matrimonio. » Non avevo la minima idea di come sarei riuscito a tirarmi fuori da quella situazione. « Senti, papà, in realtà... »

Gli occhi gli si riempirono di lacrime. Oh, merda. Stava piangendo?

«Scusami. È che ero molto in pensiero. So che per te la carriera è sempre stata al primo posto. Ci pensavi già alle elementari. Cavolo, una volta, l'ultimo anno, sei andato a scuola col completo.»

«Era per la giornata di orientamento al lavoro», borbottai.

«Sì, me lo ricordo. È che adesso, finalmente, sembra che tu abbia tutto quello che hai sempre desiderato. Devi soltanto allungare la mano e prendertelo. Basta che tu dica 'sì'.»

«Sì?»

«Al tuo futuro.» Il suo sorriso si allargò ancora di più. «Ma cosa mi stavi per dire?»

Avrei dovuto rispondere qualcosa. Avrei dovuto confessargli la verità. Cazzo, era tutta la settimana che facevo l'onesto con Beth. Perché proprio adesso mi veniva difficile? Ah, già: perché dirgli la verità avrebbe significato fargli cadere il mondo addosso. E cioè far cadere il mondo addosso anche a me, perché a quel punto lui avrebbe capito che non ero l'uomo che credeva io fossi. Perché stavo con Beth per finta, perché avevo mentito al mondo intero, perché avevo accettato quella sfida così che lei mentisse ai media riguardo alle ragioni per cui l'avevano vista con me.

Ero un coglione.

E lui mi guardava come se invece fossi il figlio perfetto. Mi guardava come avevo sempre sognato.

E fu per quello che mi ritrovai a dire: « Volevo dirti che sono contento che tu ce l'abbia fatta a essere qui per il grande giorno ».

Nella merda fino al collo: quando l'unica salvezza possibile è la morte. Vedi anche: nonna Nadine.

26

«È riuscita a coinvolgere anche lui, vero?»
domandò l'agente.
«Ah, ma allora ormai mi conosce, Gus!»
«Ha fregato i suoi nipoti ed è riuscita
a convincere persino un giudice a mentire
al sangue del suo sangue. Evidentemente
dovevate essere entrambi disperati.»
«Avere dei nipotini è il sogno di tutti i nonni.
Lo chieda pure a Mr Brevik
e alla sua adorabile moglie.»

BETH

«Ormai è un po' che si è allontanato.» Giocavo con la cannuccia del mio drink e non staccavo gli occhi dalla spiaggia, sperando di veder arrivare Jace.

«E qual è il problema? C'è forse qualcosa che devi dirci?» domandò mia sorella con voce innocente.

Kacey non riuscì a trattenere un sorrisetto malizioso e lo stesso fece Char. I mariti si zittirono, e io mi ritrovai tutti gli occhi puntati addosso.

«Jace!» gridai quando lo vidi tornare col padre.

Ma c'era qualcosa che non andava. Aveva un'espressione... colpevole... e triste. Perché adesso era triste? Di sicuro era colpa mia. Perché se non gli avessi lanciato quella sfida... Se non l'avessi ricattato con lo spauracchio della carriera e delle chiacchiere che giravano sul suo conto... Ma cosa potevo farci se sognavo una storia d'amore da favola? Mi era stata servita su un piatto d'argento. E io avevo colto l'occasione al volo. Capito, Dio? L'avevo colta al volo!

« Benvenuta in famiglia! » disse Mr Brevik stringendomi in un abbraccio.

Per poco non gli rovesciai addosso il drink. *Famiglia?* Quale famiglia? E perché cavolo era così entusiasta all'idea?

« Siamo davvero felici. Tra poco ci raggiungerà anche mia moglie e potremo festeggiare tutti insieme. »

« Perché, è il suo compleanno? » gli domandai.

« È anche dotata di senso dell'umorismo! Stavolta, figliolo, hai fatto tombola », commentò, dando di gomito al figlio. « E tu, cara mia, hai fatto proprio un gran lavoro alla GreenCom. »

Io annuii. « Cosa c'entra il mio lavoro con la famiglia? »

« Eccoti, finalmente! » Una voce femminile con un chiaro accento del Sud concesse una tregua alla mia confusione e all'espressione colpevole di Jace. Una donna sui cinquant'anni veniva verso di me. Aveva capelli biondissimi e occhiali da sole giganti. Se non fosse stata vestita di bianco, avrei potuto pensare che si trattasse di Nadine. « Figlia mia! »

«Sono un po' confuso», mormorò Travis dietro di me.

«Ho sempre desiderato una figlia! E ora eccoti qua. È stata la più bella notizia dell'anno. Mi ha fatto dimenticare persino il terribile viaggio in aereo per venire fin qui. Ma no, chi voglio prendere in giro? Se domani mi venisse un infarto, morirei contenta nel sapere che mio figlio si è sistemato con una donna come te!»

«Chi è che si sposa?» domandò Jake con fare innocente, mentre prendeva un altro sorso dal suo bicchiere.

«Chi è che sta per avere un infarto?» si accodò Travis.

«Facciamo un brindisi! A Jace e Beth», gridò Mr Brevik.

Come per magia, nonna Nadine comparve dal nulla con in mano un vassoio di drink. «Com'è bello quando le cose vanno al loro posto, non è vero?»

Lentamente, mi voltai a guardare Jace.

In pratica aveva scritto in fronte: SONO UNO STRONZO ED È TUTTA COLPA MIA. Si avvicinò per abbracciarmi e mi sussurrò: «Scusa».

Anziché pronunciare quella parola, avrebbe benissimo potuto darmi una coltellata al cuore. Sarebbe stata la stessa cosa.

Beth la noiosa non avrebbe ricevuto nessuna dichiarazione d'amore. No, soltanto scuse. Perché era proprio ciò che ero io: una scusa in mezzo a un milione di bugie. Ed era colpa mia. Perché avevo cercato di prendermi qualcosa che non meritavo.

« Poi sistemo tutto, non ora, però », continuò Jace.

E quando aveva intenzione di farlo? Prima o dopo essere andati all'altare?

Gli altri alzarono i bicchieri per brindare. Ma io non ce la facevo. In quel momento, l'unica cosa che avrei voluto era andarmene, scappare.

« Vado un secondo in bagno », dissi con un sorriso forzato, e ci mancò poco che non scoppiassi a piangere.

Era tutto sbagliato.

Non era così che doveva andare.

Di solito un uomo incontra una ragazza, se ne innamora e poi la sposa. Non succede mai che la incontri, le dica che non può permettersi di amarla, che non la sposerà mai e poi, invece, finisce per sposarla per salvarsi la carriera.

« Tesoro? Oh, tesoro mio. Non volevo farti star male », disse nonna Nadine, che mi raggiunse in bagno avvolgendomi nel suo profumo e nel suo abbraccio.

« E allora perché l'ha fatto? Mi dia anche una sola buona ragione », le chiesi, mentre mi asciugavo le lacrime.

« Perché lui è la tua anima gemella. Lo conosco da un po', ormai. È un tipo solitario, Beth. Ha paura, ma gli piaci. Anzi è probabile che ti ami. Non far finta di non aver avuto un assaggio di come potrebbe essere. So cos'è successo al liceo.»

«Possibile che proprio non capisca? Questo non è il liceo! Questa è la mia vita!» gridai, e strappai un pezzo di carta per tamponarmi il viso.

«È per questo che non puoi fare a meno di pensare a lui ogni volta che incontri un uomo?»

«Come fa a saperlo?»

«Me l'ha detto tua sorella.»

«Accidenti a lei. E perché gliel'avrebbe detto?» chiesi, con le lacrime che continuavano a rigarmi le guance.

«Non sei l'unica ad avere insicurezze, cara. Anche lei ha avuto problemi a inserirsi in famiglia. Non si sente mai all'altezza. E così mi è venuto spontaneo chiedermi come mai anche tu abbia lo stesso problema. Strano, eh? Tutti quanti vorremmo essere al posto di qualcun altro e pensiamo di essere peggiori degli altri.»

«E quindi?»

«Voglio vederti vestita di rosso.»

«Come una prostituta?»

Nadine mi strinse in un abbraccio. «No, come la donna coraggiosa e meravigliosa che sei. Lascia che sia Jace a fartelo capire. L'amore è sempre una scommessa, e non voglio mentirti, tesoro: potresti anche perderla. Ma è sempre meglio provarci e fallire, che chiederti per il resto della vita cosa sarebbe accaduto se ti fossi buttata.»

Era difficile piangere e parlare contemporaneamente. «Nadine, la mia vita non è un gioco. Mi sento come se mi avessero strappato il cuore dal petto per consegnarlo nelle mani di Jace. E adesso sono tutti là in attesa di vedere se se lo tiene, o se decide di buttarlo in mare.»

La nonna mi baciò la fronte e sorrise. «Perché mai non dovrebbe tenerselo, tesoro? Cosa se ne farebbero gli squali?»

Alzai gli occhi al cielo e mi sforzai di sorriderle a mia volta. «Lo getterà in mare, mi creda. Non fa altro che ripetere che non può restare e che se ne andrà.»

«Fidati di me, io li conosco, gli uomini. Dio me ne ha mandati un bel po'. So bene come ragionano. E, secondo me, Jace sta cercando di convincere se stesso di questa cosa, più che farla credere a te.»

«E quindi? Io che fine faccio?»

Nadine si guardò allo specchio e si ravviò i capelli. «Be', la fine che hai sempre voluto fare.»

«Intrappolata su un'isola con un politico bugiardo? Scusi, ma non era questo che sognavo da ragazzina.»

«Tu no, cara, ma io sì. Tu hai sempre sognato un principe sul cavallo bianco, una favola con tanto di lieto fine. Ma ogni storia è diversa dalle altre. Altrimenti sai che noia? Ogni volta sempre quel trito e ritrito 'E vissero tutti felici e contenti'? No, cara, io voglio un po' di magia», disse prendendomi sottobraccio.

Ero di nuovo sull'orlo del pianto.

«Voglio il divertimento, cose folli. Voglio abiti e rossetti rossi. Voglio notti stellate e fuochi d'artificio. E penso che tu desideri lo stesso, Beth.»

«Crede che anch'io voglia cose folli?»

«Non è che lo credo. Io lo so.» Nadine mi accarezzò la mano e fece per andarsene. «Quindi, cos'hai intenzione di fare? Rischierai il tutto per tutto, oppure ti lascerai sfuggire l'occasione di fare l'unica cosa che le fiabe non insegnano?»

«E sarebbe?»

«Lottare per il tuo uomo.»

«Non dovrebbe essere lui a lottare per me?»

«Improbabile, se tu neanche ti presenti.»

La guardai tornare dagli altri. Mi asciugai le lacrime, mi diedi qualche pizzicotto sulle guance e la seguii. Jace mi vide arrivare e mi fece un sorriso da togliere il fiato.

Con le onde dell'oceano che s'infrangevano sulla riva alle sue spalle, sembrava una specie di divinità greca in vacanza. E, sempre con quel sorriso, si alzò e venne da me, i muscoli che brillavano al sole.

Thor benedetto. Sfodererò tutte le mie armi, dissi a me stessa, pronta a combattere.

Quanti passi feci? Tre.

Quanti secondi aspettai prima di baciarlo? Due.

Quanti secondi aspettò lui prima di rispondere al mio bacio? Uno.

Gli strinsi le braccia al collo e restai così, mentre lui mi sollevava e mi faceva girare.

« Come mai questo bacio? » chiese nel rimettermi giù. Gli brillavano gli occhi.

« La mia favola non è ancora finita. » Lo baciai di nuovo.

« E chi ha mai detto il contrario? »

Alzai le spalle.

Jace avvicinò la fronte alla mia. « Ho fatto una promessa. E io non mi rimangio mai la parola data. »

« Adesso lo so. »

« Scusa per... tutto quanto. Troverò il modo di sistemare le cose. Te lo prometto. »

« Be', se non dovessi riuscirci, alla fine ci siamo divertiti, no? »

Mi prese il volto tra le mani e mi diede un bacio delicato. « Sì, ma tu meriti di più. »

« Io *ho* di più. E sarebbe ora che anche tu ti rendessi conto che *puoi* avere di più. »

Detto ciò, feci un respiro profondo e tornai dagli altri, chiedendomi come diavolo avrei fatto a sopravvivere altri quattro giorni senza farmi spezzare il cuore. Perché, dopo la decisione che avevo preso, avrei lottato fino allo stremo. E, se alla fine se ne fosse voluto andare lo stesso, lo avrei lasciato fare.

27

> «Logica interessante: prima li raggira
> e poi dispensa perle di saggezza.»
> L'agente annuì pensoso.
> «Be', se avessi lasciato fare a loro, ci avrebbero
> messo una vita a mettersi insieme.
> E adesso, invece, guardi un po'.»
> «Ecco, li guardo un po'. Entrambi spariti.»
> «Non ho mica detto di essere riuscita a sistemare
> proprio tutto. Ho comunque ottantasei anni.»
> «Così continua ad affermare.»

JACE

«Andrò all'inferno.»

«Salutami Jake quando arrivi.» Travis mi diede una pacca sulle spalle e ordinò una birra.

Avevamo optato per un *luau* hawaiano invece della solita festa di addio al celibato e nubilato. Del resto, ci servivano soltanto un po' di foto, ed era stato abbastanza semplice far credere ai miei che quel tipo di cose non m'interessasse.

Beth pareva sollevata.

Beth... mi bastava pensare al suo nome per sentirmi eccitato. La desideravo, non soltanto col corpo, ma anche con la mente. Il che era ridicolo, perché stavamo insieme da appena tre giorni e, per giunta, era tutta una messinscena. Eppure me ne stavo là, a bere per dimenticare e a mentire ai miei genitori e al mondo intero.

Travis mi passò una birra facendola scivolare sul bancone. « Per quel che conta, nonna Nadine ci prende sempre. »

« Già, ma la cosa non aiuta. Comunque andrò all'inferno per tutte le bugie che sto dicendo. Tra l'altro, non penso di trovarci anche Jake, visto che pare abbia voltato pagina. »

« Vero? È un altro uomo, ormai », ci rise su Travis.

« E tu? »

Sembrò sorpreso da quella domanda. « Io? Io sono sempre stato quello bravo, non c'era bisogno che cambiassi. Oddio, a dire il vero, nonna Nadine non faceva che ripetermi che ero una vergogna per me stesso e per la società intera... »

Feci una smorfia. « Molto incoraggiante. »

« Secondo me, quello che ti conviene fare è sposarti e darle al più presto dei nipotini. »

Al pensiero, mi venne la nausea. « Non scherziamo, Travis. Sai che non è possibile. Non ho nessuna intenzione di rendermi di nuovo vulnerabile. Lo sai che ho chiuso con le relazioni serie. »

« Per caso hai fatto cambio di cervello con Jake, o sei soltanto ubriaco? »

Gli diedi una spinta e alzai gli occhi al cielo. « Smettila. »

« È successo due anni fa, Jace. È ora che ti butti quell'esperienza alle spalle. Datti la possibilità di essere felice. »

« Chi ha detto che io non lo sia? Semplicemente non mi serve una donna per esserlo. »

« Perché sotto sotto preferisci gli uomini? »

« Va be', finiamola qui. » E feci per alzarmi.

Travis, però, mi obbligò a rimettermi seduto. « Ascolta, so che state insieme da appena tre giorni. Possiamo inscenare un matrimonio finto. I tuoi genitori non si accorgeranno di niente e il resto del mondo penserà che ti sei sposato davvero. Poi, una volta a Portland, tu e Beth potrete andare ognuno per la sua strada. Lei si rimetterà a giocare con le provette e i suoi gatti, e tu potrai tornare al tuo megaattico. »

« Be', se la metti così... »

« Il matrimonio non è poi tanto male. E lo so che Beth ti piace. Cazzo, lo sanno tutti. E io so pure che potresti amarla. »

« Ma guarda cosa mi tocca sentire! Dopo soli tre giorni? Per caso Nadine ha messo qualcosa anche nel tuo bicchiere? »

« Stai calmino, Mr Viagra. » E mi diede una pacca sulle spalle. « Prima del matrimonio, tu e io siamo andati a giocare a golf, ma faceva troppo caldo e allora abbiamo deciso di lasciar perdere e andare a farci un bicchiere, ricordi? »

Non mi piaceva per niente come si stavano mettendo le cose.

« Ci siamo messi a parlare degli amori passati. »

« Credo che Nadine mi stia chiamando. » Mi alzai.

Travis, però, mi fece risedere.

Io mi divincolai, ma poi rimasi a sentirlo.

« Tu hai detto... »

« So bene cosa ti ho detto. »

Lui fece finta di non sentire. « Tu hai detto che c'era una sola ragazza che non eri più riuscito a dimenticare. Che era a lei che pensavi quando stavi con le altre, persino quando stavi insieme con Kerry. E, infatti, mi hai raccontato che una volta, per sbaglio, l'avevi chiamata Beth. »

« Non è vero », mentii. Ma era verissimo. E Kerry mi aveva mollato un ceffone. Anche se in realtà lei era l'ultima a poter parlare, visto che era andata a letto col mio migliore amico.

« Sei anche scoppiato a piangere. »

« Non è vero. » In realtà credo di aver pianto. Ma soltanto perché avevo alzato un po' il gomito. E, anche se fosse, era forse un reato? « Travis, avevo bevuto! »

« Trova un'altra scusa, amico. Non credo che questa reggerebbe in tribunale. Quella volta mi hai detto, e cito testualmente: 'Se potessi avere una seconda possibilità, non me la lascerei più sfuggire' », aggiunse Travis, scolando l'ultimo sorso di birra.

Mi ronzavano le orecchie. Mi sentivo tutto intorpidito. Cos'era? Un attacco di panico? « E quindi mi hai tradito? Hai spifferato tutto a quella là? » Indicai nonna Nadine.

Lei in quel momento stava ballando la *hula* intorno al tavolo delle ragazze. Aveva costretto uno dei ballerini a sedersi e non la smetteva di ripetergli: « Accendi questo fuoco! »

Travis la osservò e gli scappò da ridere, ma poi fece una smorfia quando vide che al poveretto veniva da piangere. Evidentemente il suo costume non era fatto per reggere certe temperature. « Non posso né confermare né smentire i tuoi sospetti. »

« Non me lo sarei aspettato da te », dissi, e gli diedi una spinta.

« Aver compagno al duol scema la pena. »

« Be', se Beth è la pena, allora mi prenoto subito », dissi, ma me ne pentii subito dopo.

Travis fece un sorrisetto compiaciuto. « Appunto. »

« Sì, ma tu non capisci. La questione è che dovrei scegliere: Beth o la mia carriera. E mi dispiace, Travis, credimi. Lo so che è tua cognata, ma di fatto la conosco da tre giorni. Come potrei buttare all'aria la mia carriera basandomi soltanto sulle ultime sessantaquattro ore? »

Lui aggrottò la fronte. « E dove sta scritto che devi scegliere? »

« Vedi... »

« Nessuno ha mai detto che devi scegliere tra la carriera e Beth. In realtà, la cosa migliore che potresti fare per la tua carriera sarebbe proprio prenderti anche lei. Amico mio, fattelo dire: non capisci un cazzo. E, se ancora non sei convinto che ho ragione io, allora girati e guarda là », disse, e indicò il palco, dove Beth e Nadine venivano omaggiate delle collane della fertilità, identiche a quella che mi aveva dato il capitano. Speravo che almeno quelle non fossero stregate.

« Jace, raggiungici sul palco. La nonna vuole farti un augurio », disse Nadine al microfono.

« O un incantesimo », ci scherzò su Travis.

« Molto divertente. » Mi feci largo tra la folla e raggiunsi il palco. Speravo che non mi avrebbero chiesto di mettermi a ballare la *hula*.

« Un augurio per questa bella coppia. L'amore è l'intreccio continuo e infinito di tutti i momenti più belli della nostra vita. Quando siamo stanchi o deboli, l'amore è il nostro monito perpetuo. Anche quando abbiamo voglia di mollare, lui non cede. Se piangiamo, ci conforta. Se ci viene voglia di scappare, lui rimane. Al collo avete entrambi un simbolo di fertilità, che però è molto più di questo. I grani dell'amore che lo compongono porteranno buona fortuna alla vostra unione. Che possiate custodire queste collane con saggezza, e che le vostre vite siano sempre benedette dall'amore. »

Mi girai per dare un bacio a Beth. Si era alzata una brezza leggera che le scompigliava i capelli. I suoi occhi brillavano al chiaro di luna, e io – incantato – non sarei riuscito a distogliere lo sguardo da lei neanche se mi avessero pagato.

Le accarezzai il viso e poi il collo. Mi avvicinai e le sussurrai all'orecchio: « Sei bellissima ».

Lei sorrise e abbassò il capo.

« Guardami. »

Così fece, e i suoi occhi meravigliosi incrociarono i miei. Nadine aveva parlato di tanti momenti, io mi sarei accontentato di restare in quello che stavamo vivendo. Mi sarebbe bastato per sempre. Volevo conservarlo, intatto. Volevo ricordare il profumo di Beth. Volevo ricordare com'era tenerla stretta fra le braccia.

« Salute! » Tutti sollevarono i loro bicchieri e qualcuno scattò una foto. La luce del flash fu come una scarica elettrica: mi ridestò dai sogni a occhi aperti, per riportarmi alla situazione difficile in cui mi trovavo.

Avrei sistemato tutto, per Beth.

Meritava di avere la favola che sognava. Meritava un lieto fine.

Tornai con lei al tavolo che dividevamo con gli altri, più determinato che mai a sistemare le cose.

« Bellissimo discorso, Nadine. » Mio padre avvicinò il bicchiere al suo e baciò mia madre sulla fronte.

Come sempre, mi ritrovavo a essere circondato da persone felici, e avrebbe continuato a essere così se non mi fossi deciso a compiere una scelta.

« Bellissima festa », dissi, nervoso.

« È un *luau*. Noi hawaiani festeggiamo così », rispose Nadine.

« Ma tu non sei hawaiana », le fece notare Jake.

« Lo sono, eccome. »

« E com'è possibile? »

« Vengo qui ogni anno. »

« Quindi sei una turista, non una del posto », disse Travis, prima di prendere un sorso dal suo bicchiere.

« Sono entrata a far parte di una tribù locale. »

« Si chiamano così? Non credo sia politicamente corretto », feci io.

« Ecco, grazie del tuo intervento, signor senatore. Non avremmo potuto farne a meno », commentò Jake.

« Ma che problema hai? Vuoi litigare, vuoi che ti prenda a calci in culo davanti a tutta la tua famiglia? Guarda che lo faccio, Jake. Senza problemi. Non provocarmi. Sono stanco della tua arroganza! »

Gli altri rimasero a bocca aperta.

Io avevo il cuore a mille.

Mi guardai intorno, per cercare appoggio.

Jake aveva un sorrisetto da imbecille, come se l'avesse fatto di proposito. Ma cosa diavolo succedeva?

Poi fece un applauso. « Finalmente. »

«'Finalmente' cosa? Vedi di spiegarti, amico, prima che ti metta le mani addosso.»

«Non è normale rimanere sempre calmi. E, se la cosa non mi convinceva prima, adesso ne ho la conferma», disse Jake, sempre con lo stesso tono pacato e irritante.

«Non ti convinceva cosa?»

«Devi prendere moglie.»

«E tu devi chiudere quella bocca. Adesso.»

«Perché mai dovrei chiudere la bocca, quando so che ti irrita così tanto?» Si alzò. «Dai, andiamo a scambiare due parole.»

«Sei proprio sicuro? Potrei ammazzarti e sotterrarti nella sabbia.»

«Non credo. I politici odiano il carcere.»

Feci un sospiro, infilai le mani in tasca e seguii quell'imbecille. Fantastico, un'altra chiacchierata con un Titus. Dovevano avermi fatto una maledizione, altro che incantesimo.

Una volta in spiaggia, Jake si mise a sedere. Io feci lo stesso e aspettai che si decidesse a parlare.

«Abbiamo tutti i nostri problemi, Jace. Nessuno è perfetto.»

«Lo so.»

«Non lo sai, invece. Perché altrimenti non ti comporteresti da stronzo con Beth. Non staresti lì a pensare a quanti voti stai perdendo per via di questa faccenda. Non penseresti al lavoro, mentre hai lei davanti che ti guarda con gli occhi a forma di cuore. Non te ne staresti seduto al tavolo coi tuoi che guardano mentre tu fai la parte del bravo ragazzo.»

«Cavolo, non ti si può proprio nascondere niente, eh? Hai finito, adesso?»

Jake si mise a ridere. «Neanche per sogno. So che di solito non sono la voce della ragione, ma adesso devi starmi a sentire.»

«Ti do cinque minuti.»

«Beth ti piace.»

«Sì.»

«La desideri.»

«Sì.»

«Vorresti stare con lei, voi due da soli?»

«Sì.»

«Eppure permetti che siano gli altri a controllare le tue decisioni perché vuoi fare felici tutti. Perché non sopporti l'idea di poter deludere i tuoi o Nadine, che hai conosciuto appena un anno fa.»

«Mi stai dicendo di uscire allo scoperto e confessare tutto?»

«No. Ti sto dicendo che soltanto una persona molto stupida si preoccuperebbe di quello che pensano gli altri, quando ha davanti la donna dei suoi sogni. Insomma, vuoi baciarla? Baciala. Vuoi toccarla? Toccala. Vuoi scappare con lei? Scappa. Vuoi fare una pazzia? E falla. L'unica persona che ti impedisce di farlo in questo momento sei proprio tu, tu con la tua cazzo d'idea di perfezione.»

«Sembra quasi tu mi stia dando il permesso di drogarmi e di scoparmi Beth.»

Jake si mise a ridere. «Be', le droghe non sono proprio una buona idea. Basta guardare nonna Nadine...»

Sorrisi.

«E se è vero che non ti sto affatto dicendo di portartela a letto... è pur vero che darle un bacio sarebbe meglio che farla piangere.»

«Perché, ha pianto?» Il cuore mi batteva forte.

«La nonna l'ha detto a Char, che poi l'ha detto a me. Quello che farà di questa informazione è affar tuo. Ma se vuoi un consiglio... sappi che la nonna non sbaglia mai.»

«Ma perché continuate a ripetermelo?»

«Perché è vero.»

Restammo là seduti in silenzio.

Poi Jake mi diede una pacca sulle spalle. «Forza, Thor, fuggi con lei!»

«Oh, no, adesso ti ci metti anche tu.»

«È figo come soprannome», disse con tono derisorio.

«Tutto bene, voi due?» ci domandò nonna Nadine, che si dirigeva verso di noi con l'andatura di un marinaio ubriaco.

«Non sto granché bene», dissi io.

« Colpa del pesce? No, perché, te lo dico, il bagno delle signore non si riconosce più dopo che sono andata a... »

« Forse è meglio che torni in stanza. Adesso dico a Beth di raggiungerlo », intervenne Jake, fermandola prima che fosse troppo tardi.

« E la festa? » fece Nadine, le mani sui fianchi.

Io finsi un violento attacco di tosse.

« Sbrighiamoci, nonna, sta per vomitare! » Jake mi tirò su e mi portò via di corsa. « Corri dentro. Adesso ti mando Florence Nightingale. Ah, e comunque mi devi un favore: stasera ti ho salvato dalla nonna. »

« Grazie. » Mi affrettai verso il nostro alloggio.

Chi avrebbe mai pensato che Jake avesse un po' di sale in quella zucca vuota?

28

«Quindi suo nipote gliel'ha fatta sotto il naso?»
«No, gliel'ho fatto credere. Gli avevo raccontato di proposito quelle cose su Beth, sperando che reagisse in qualche modo. Sapevo che Travis sarebbe intervenuto, che Dio lo benedica. Ha sempre avuto il cuore tenero. Jake, invece... lui non è uno che si tiene le cose dentro. È un tipo molto diretto, brutale. Penso che il senatore avesse proprio bisogno che glielo dicesse lui.»
«Dire cosa?»
«Di smetterla di comportarsi come un coglione.»

BETH

Corsi al nostro alloggio. Jake era tornato alla festa da solo, dicendo che Jace si era sentito male e stava vomitando tutto il pesce.

Non era proprio una bella immagine, visto che in quel momento eravamo a tavola e nei piatti avevamo lo stesso cibo.

«È il caso che vada a vedere come sta?»

«Sarà meglio che qualcuno lo faccia!» esclamò nonna Nadine, già pronta a partire, ma proprio in quel momento a Travis andò di traverso un boccone.

A quel punto si susseguì tutta una serie di cose, e

ne sono certa: facevano tutte parte di un piano congegnato dalla famiglia Titus.

« Oh, no, Travis! » Kacey cominciò a dare dei colpetti sulla schiena del marito. « Nonna, aiutalo! »

Nadine, allora, lanciò un urlo e si fece largo per soccorrere il nipote, più rapida di un ghepardo. Un secondo dopo aveva messo le braccia intorno al torace di Travis per fargli la manovra di Heimlich.

Ovviamente, in quello stesso momento, Jake rovesciò il suo bicchiere addosso al padre di Jace, per poi darlo in fronte alla mamma nel tentativo di alzarsi da tavola.

Si rovesciarono alcune sedie.

La gente si mise a gridare.

E, non vorrei sbagliarmi, ma mi parve di vedere anche qualche lacrima.

In mezzo a quella confusione, Char mi si avvicinò per sussurrarmi: « Non credo se ne accorgeranno se te ne vai adesso ».

E così corsi alla capanna. Non perché temessi che Jace stesse davvero male, ma per paura di nonna Nadine. Una sana paura, come quella che fa sì che la gente non si faccia sbranare dagli orsi. Correvo per non essere presa.

Aprii la porta ed entrai, senza fiato.

« Sei stata inseguita dagli asini selvatici? »

« No, non volevo che Nadine mi raggiungesse. »

« Ah, allora questo spiega il panico. »

Ancora col fiatone e piegata in due per la fatica risposi: « È più veloce di quanto sembri. Oddio, mi sa che è il caso che cominci a fare un po' più di cardio ».

« O magari mangiare un po' meno biscotti. » Se la poteva risparmiare, ma era stato più forte di lui.

« E pensare che ero venuta qui per prendermi cura di te », risposi lanciandogli un'occhiataccia.

« Togliti quella collana e potrai prenderti cura di tutto quello che vuoi. »

« La collana? Perché? » chiesi mentre mi sfilavo quella sorta di amuleto.

« Ho una teoria. »

« Oh, questa non me la voglio proprio perdere. »

« La vuoi sentire o no? »

Poggiai la collana sul comodino e mi sedetti sul letto. « Sì. »

« Se ce l'hai al collo quando la indosso anch'io, e stiamo sullo stesso letto, noi due... » Finì la frase agitando le mani in aria.

« Dormiamo? »

Jace alzò gli occhi al cielo. « Ma no, noi due... Dai, hai capito. »

« Certo che, ultimamente, le parole non sono proprio il tuo forte, eh? »

« Va bene: finiamo a letto. E non è il caso. Non è il caso che finiamo lì. »

« Lì? Eloquente, sempre più eloquente. »

« Sto male. Ho mangiato del pesce avariato », disse ricominciando a tossire.

« Sei un bugiardo e andrai all'inferno. »

« Vedi che coincidenza? Oggi a Travis ho detto esattamente le stesse parole. »

« Che non dovete finire a letto? »

« Come sei spiritosa. » Mi tirò un cuscino in faccia. « No, che sarei andato all'inferno. »

« Be', se non altro ti libereresti di nonna Nadine. »

« In effetti... » Chiuse gli occhi e si lamentò.

« Stai tanto male? »

« Si vede? »

Era sdraiato a letto, con ancora indosso i vestiti; aveva gli occhi cerchiati ed era pallido.

« Abbastanza. »

« Cioè? Ho un aspetto di merda? »

« Ma no! »

Lui fece un sospiro di sollievo.

« Non sei mica Ciuchino. »

Jace alzò gli occhi al cielo. « Cazzo, mi sembra di essere sull'isola dei pazzi. »

« E tu sei il re! Urrà! » dissi dandogli un colpetto sulla spalla.

Poi sentimmo bussare alla porta. « Jace! Jace, sono la nonna. Ti ho portato il tè! »

« Merda! »

« Vai, Ciuchino, vai! » ci scherzai su.

« Non mi pare il momento di fare dell'ironia, Beth.

Ti pago. Faccio tutto quello che vuoi. Vado a cercare Frank e mi faccio pure mordere, ma, ti prego, falle credere che sto male. Ti prego, non la reggo più. »

Quanta pena mi faceva. E quant'era bello. E poi, a essere sincera, anch'io volevo mandare via Nadine: desideravo restare da sola con lui, lo volevo tutto per me. « Mettiti giù. »

« Ehi, ma cosa fai? » Cercò di divincolarsi mentre io gli sfilavo la camicia e gli rimboccavo le coperte.

« Soltanto un secondo, Nadine! » Corsi in bagno a prendere un po' d'acqua e una pezza e, dopo averla messa sulla fronte di Jace, gli dissi: « Hai una febbre da cavallo, ti fanno male i muscoli, non ci vedi da un occhio, la luce e i rumori ti danno noia e hai mal di gola ».

« In pratica sto morendo? »

« No, hai l'influenza. Smettila di fare lo scemo e tossisci. »

« Oh, sembri proprio un vero dottore. »

Prima lo guardai male, poi andai ad aprire la porta. « Nadine! Grazie per essere venuta, ma ho tutto sotto controllo. »

Lei guardò Jace sdraiato a letto e inarcò il sopracciglio. « Sicura? Gli hai dato il miele? »

« Ehm... no. »

« Cipolle e senape? »

« Sta male, non deve fare un picnic. »

Nadine mi fece spostare. « E il tè? Gli hai fatto il tè? »

« Non ancora, ma... »

« Togliti di mezzo. » Reggeva un vassoio su cui c'era qualcosa che emanava un odore terribile. Ma stavolta Ciuchino non c'entrava. « Quindi stai male? » disse camminando avanti e indietro davanti al letto di Jace, che aveva la faccia di uno sotto interrogatorio, indeciso su cosa fosse meglio dire per salvarsi la vita.

Da dietro le spalle di Nadine, io gli facevo dei gesti, mimando mal di gola, febbre alta e occhio guercio. Peccato che lei si girò proprio in quel momento. « Ma cosa fai? »

« Il pi... il pirata. »

« Quand'ero bambino e stavo male, mio padre faceva il pirata per farmi sentire meglio. »

La nonna si sedette sul letto. « Ma pensa che dolce. Prego, Beth, continua pure. »

Jace, con una faccia da schiaffi, le fece eco: « Sì, Beth, continua. Lo sai quanto mi fa bene quando ho male al pancino ».

Avrei voluto ammazzarlo. Anzi lasciarlo da solo con Nadine. A quel punto sì che ci sarebbe stato da ridere.

« Allora? » mi sollecitò la nonna.

E così finsi un sorriso e iniziai la mia recita: « Per tutti i bucanieri! La mia ciurma ha avvistato una balena! »

Jace si coprì la bocca con la mano e iniziò a tossire.

Nadine, invece, mi guardò con aria perplessa. «Cara, il teatro non fa per te, mi sembra. Ma chi sono io per giudicare? Se fa sentire un po' meglio il povero Jace... Comunque, se il pirata non dovesse funzionare, c'è sempre il mio tè magico.»

«Tè magico?» dissi, incuriosita.

Lei alzò il coperchio dal vassoio per farmi vedere. «È fatto con le penne dei polli.»

Jace sgranò gli occhi, disgustato.

«Sì, le vedo», feci io, con un sorrisetto.

«È un'antica ricetta di famiglia. Bisogna far bollire le penne in una pentola d'acqua per almeno otto minuti, dopodiché è pronto per essere bevuto.»

«Fantastico.» Per poco non mi vomitavo addosso.

«Siamo stati fortunati che quelli del ristorante avessero dei polletti ancora vivi. Ne ho acchiappato qualcuno e l'ho spennato per bene.»

«In questo momento Jace si sente fortunatissimo, ne sono sicura.»

Il poveretto mi lanciò un'occhiataccia.

Nadine versò un po' di tè in una tazza e glielo porse. «Ecco qua, caro. Con questo ti sentirai molto meglio. Lo bevi e passa tutto, okay?»

«Okay.» Jace serrò la mascella.

Porca miseria, l'avrebbe fatto davvero. Stava per bere quell'intruglio. Non avrei voluto guardare, ma alla fine fu più forte di me. Lui si portò la tazza alla bocca, prese un piccolo sorso e poi fece una smorfia. Una penna gli rimase attaccata alle labbra.

«Oh, guarda un po', era un pollo maschio. Visto? Ci prendo ancora. Facevo la sessatrice di polli, una volta», disse Nadine staccando la penna dalle labbra di Jace.

«Sessatrice? Di polli? Non credo proprio sia un lavoro. E non penso neppure che questo tè funzioni», le rispose lui.

E io che pensavo avesse imparato la lezione: mai contraddire nonna Nadine. Mai fare domande quando faceva qualcosa. Meglio farsi i fatti propri e lasciarla agire. Perché tanto si trattava di sicuro di qualcosa di assurdo, illogico e – nove volte su dieci – illegale.

«Funziona, invece. E ti assicuro che è un lavoro, eccome. Vuoi che ti spieghi come si fa a distinguere i maschi dalle femmine?»

«No, no. Non voglio saperlo. Sto male e adesso voglio farmi una bella dormita, possibilmente senza incubi di lei che sessa i polli.»

«Prima, però, devi finire il tè», disse Nadine avvicinandogli di nuovo la tazza alle labbra.

Jace, poveretto, impallidì.

Mi guardò.

Conoscevo quello sguardo: era terrore, terrore allo stato puro. Alla fine, mi fece pena. Stava bevendo tè alle penne di pollo, poveraccio.

«Nonna Nadine, mi spieghi bene come li distingue», dissi prendendole le mani, così che si girasse verso di me.

Jace, nel frattempo, versò il tè in un vaso vicino al letto. Avevamo appena commesso un pianticidio. Se fosse sopravvissuta cinque minuti, quella pianta si sarebbe potuta ritenere fortunata.

Le possibilità erano due: o moriva o si trasformava in un ibrido metà pollo metà vegetale. E Nadine si sarebbe presa tutti i meriti per avere scoperto quella nuova specie.

La mia immaginazione cominciava a volare un po' troppo. Dovevo frequentare gente più normale.

«Be', le penne dei maschi sono frastagliate, mentre quelle delle femmine sono più regolari. Il sesso del pollo lo si può scoprire o dalle penne o dalla cloaca», mi spiegò Nadine, serissima.

Io rimasi senza parole.

«Dalla cloaca?» le chiese Jace.

«Oh, sì. Ma c'è un corso apposta per quello», disse lei ridacchiando, e tirò fuori una penna dalla teiera, con me che la guardavo disgustata. «Del resto, i medici non li buttano mica subito in sala operatoria. Prima devono farsi un po' di esperienza. Lo stesso vale per i sessatori.»

«Ma veramente l'ha fatto di lavoro?» Sapevo che non avrei dovuto chiederglielo. La mia curiosità mi avrebbe fatto fare una brutta fine.

« Sì. Ma, come vi dicevo, io non gli andavo a guardare il culo, soltanto le penne. »

Jace pareva perplesso. « Quindi lei capiva il sesso dalle penne... »

« Ma io non ho ancora capito bene come si... »

« Beth. » Jace cominciò a tossire forte.

« Oh, povero caro! Vuoi altro tè? » disse nonna Nadine già con la teiera in mano.

« No! » rispondemmo entrambi all'unisono.

« Voglio dormire. Beth si prenderà cura di me. Glielo prometto », aggiunse Jace.

Io alzai gli occhi al cielo.

« Va bene, allora ti lascio dormire. Beth, se continua a fargli male la gola, preparagli un panino con senape e cipolle. Se poi devi dare un bacio a qualcuno è un incubo, ma se non altro funziona », disse Nadine prendendo il suo vassoio, e ci lasciò soli.

Jace fece un rutto e un lamento. « Credo abbia appena distrutto il mio stomaco. Che schifo, ho ancora il sapore di quelle penne in bocca. Morirò! Mi ha avvelenato! »

« Smettila di fare queste scene. Voleva soltanto aiutarti. »

« Scherzi? Quella donna è pazza! Penne di pollo? Sessatori? Sono sicuro, è stata tutta una messinscena per farci mettere il piede in fallo! Ti devo forse ricordare che è stata capace di aggiungere del Viagra al mio tè? »

« Tu però non gliel'hai data vinta! Che bravo. »

« Capitano Jack, dov'è il mio rum? »

« Argh. »

« Bello. Sembri una pirata col mal di gola. E ti dirò, il tuo accento, prima, era una via di mezzo tra un australiano e un canadese un po' confuso. Davvero brava, complimenti! »

« Ti odio. »

« Mi hai soprannominato Thor. Tu mi ami. Comunque, grazie per essere venuta a vedere come stavo e per avermi aiutato ad ammazzare quella pianta. »

Avrei dovuto tagliargli la gola, invece quello che feci fu raccogliere una penna. « Per caso ti è tornata la sete? »

« Cosa fai, mi minacci? » Sembrava divertito.

« Esatto. Farai meglio a comportarti bene, se non vuoi che faccia tornare nonna Nadine per curarti. »

« Altro che curarmi, quella mi ucciderebbe. »

« Lo so perfettamente. »

« Avresti la mia morte sulla coscienza. »

« Ne sono consapevole. »

« Asfissia da penne. »

Feci un sorrisetto. « Vedo già i titoli: 'Il senatore Jace Brevik è stato trovato morto alle Hawaii circondato da penne di pollo e Viagra'. »

Lui smise di sorridere. « Non ci avrà messo di nuovo il Viagra, vero? »

Mi sdraiai sul letto accanto a lui. «Perché? Hai un altro momento d'ispirazione?»

«Se dici 'momento' sembra quasi una cosa che accade di rado. Il fatto, invece, è che negli ultimi tempi mi sento sempre ispirato.»

«Forse è colpa mia. O forse dei polli.»

«I polli non c'entrano, e lo sai.» Mi prese la mano e sospirò. «Mi dispiace tanto, lo sai, vero?»

«Per cosa?»

«Per tutto quanto.»

Se non fosse stato per il mio cuore che batteva all'impazzata, nella stanza ci sarebbe stato un silenzio di tomba. Jace continuò a tenermi la mano, e io non capivo se lo faceva perché voleva essere romantico o semplicemente perché ne aveva voglia.

«Non me ne sarei dovuto andare.»

«Di cosa parli?»

«Del ballo. Sarei dovuto restare», disse stringendo la presa, e mi attirò a sé.

«Per fare cosa, batterti per il mio onore?»

«Tipo.» Mi accarezzò i capelli e poi il collo, facendomi venire la pelle d'oca. «Il fatto non è che io non sia un combattivo, è più che detesto deludere le persone. In teoria è una cosa bella. Non mi piace che le persone siano scontente di me, ma questa è una parte della verità. Odio deludere, ma soltanto le persone che *io* ritengo meritevoli della mia considerazione. E visto che all'epoca non ti conoscevo affatto, perché in fondo c'eravamo dati solo un bacio, in quel momento restare non era un'opzione da prendere in considerazione. Tu, in quel momento, non eri da prendere in considerazione.»

«Vuoi farmi piangere?» Mi sentivo come se un elefante con tutti i suoi amici e parenti mi stesse calpestando il petto.

Lo sguardo di Jace si addolcì. «In realtà, sto cercando di chiederti scusa.»

«Be', impegnati un po' di più, allora.»

«Avere una seconda possibilità è una cosa che succede di rado.»

«A meno che non ti chiami Nadine e sia il braccio destro di Dio. Se hai lei dalla tua parte, hai tutte le seconde opportunità che vuoi, almeno finché non decide di ucciderti con le sue mani.»

«Vero.»

Cosa stava succedendo, di preciso? Si stava scusando per quello che era successo al ballo o per gli ultimi giorni? E perché mi guardava come se gli avessi appena dichiarato amore incondizionato? Sì, mi piaceva, e forse addirittura potevo dire di essermene innamorata, adesso che lo conoscevo meglio. Ma era un sentimento fastidioso, di quelli che ti danno il tormento finché non cedi e accetti il tuo destino. E, tra l'altro, non ero ancora pronta ad ammetterlo, soprattutto davanti a lui, che di lì a qualche giorno mi avrebbe abbandonata.

« Tu sei la mia seconda possibilità. »

Era scoppiata la bomba.

Non sapevo bene come avrei dovuto reagire: se piangere di gioia o mollargli un ceffone. Mi guardava con un sorrisetto compiaciuto, come se avessi dovuto essergli grata del fatto che, finalmente, si fosse deciso a tirar fuori i suoi sentimenti. Ma io non provavo affatto gratitudine. Ero infastidita, piuttosto. Infastidita perché non mi aveva detto di aver capito di non poter più vivere senza di me, ma soltanto che, alla fine, ce l'avevo fatta, l'avevo fatto capitolare, come una specie di virus che manda in tilt il sistema immunitario.

« Di' qualcosa. » Mi baciò.

Ero combattuta: ricambiare il suo bacio o affogarlo nella vasca? « Finito? »

« 'Finito' cosa? »

« Il tuo discorso. » Mi alzai dal letto.

« No? »

« È una risposta o una domanda? »

Lui cominciò a grattarsi la testa e a guardarsi intorno, spaesato. « Credevo di piacerti. »

Io chiusi gli occhi e mi massaggiai le tempie. « Oh, Signore. Certo che mi piaci. E, sì, anch'io credo alle seconde opportunità e accetto le tue scuse per averci messi in questo casino. Ma lascia che ti spieghi una cosa, Jace: le donne non funzionano così. »

« Cosa vuoi dire? »

« Non puoi pretendere che basti fare un discorsetto per rimediare un biscottino e una pacca sul sedere. »

« Neanche la pacca e basta? » disse malizioso.

« Sii serio. Pretendi che cada ai tuoi piedi soltanto perché mi hai chiesto scusa? Pretendi che lo faccia perché ora vuoi una seconda possibilità, anche se in realtà non mi hai ancora detto perché? Fino a ieri continuavi a ripetere che passati i sei giorni te ne saresti andato. È ancora così? »

Jace si alzò, mi prese per le spalle e mi abbracciò. « Questo dipende da te. »

« Che cosa? Quindi secondo te dovremmo giocare a fare gli innamorati e, se poi le cose funzionano, tu non te ne vai? E se invece non funzionano cosa succede, mi lasci qui col cuore spezzato? Possibile che non capisci? Il problema non è avere o no una seconda possibilità. Il problema è che tu vorresti la botte piena e la moglie ubriaca. Tu vuoi sondare il terreno prima, perché non vuoi rischiare. E io, in tutta sincerità, non ne posso più di questo atteggiamento paraculo. »

Lui infilò le mani in tasca. In quel momento pareva che avesse tutto il peso del mondo sulle spalle. « Tu cosa vuoi? »

« Io voglio il rischio e i fuochi d'artificio. Voglio follia. Voglio un amore alla Giulietta e Romeo. Voglio Mr Darcy che travolge la mia vita in sella al suo cavallo. Le parole non bastano. Mi servono i fatti. E credo di meritarmeli. »

Durante il mio sfogo Jace rimase stranamente in silenzio. Poi, all'improvviso, il suo volto s'illuminò e fece un sorriso gigante.

« Cos'hai da sorridere? » Stavo per strozzarlo, davvero. Rideva di me, per caso?

« Okay. »

« Okay? Cosa vuol dire, che adesso ti trasformerai nel principe azzurro? »

Alzò le spalle.

« Ti presenterai a cavallo con tanto di spada in mano? »

Alzò di nuovo le spalle.

« Smettila di fare così! » dissi pestando i piedi a terra. Sì, ero una donna di trent'anni e pestavo i piedi a terra. Perché, non si poteva? Ognuno ha diritto a un momento di sfogo.

« Andiamo », disse, e mi prese per mano.

Io m'impuntai e non mi mossi di là.

E lui, a quel punto, mi caricò su una spalla e mi portò fuori dalla stanza.

Detesto ammetterlo, ma in quell'istante mi si stampò in faccia un sorriso da ebete.

29

«Crede che Mr Brevik si sia sentito un po' costretto dalle circostanze e dalle pressioni esterne a fare la dichiarazione alla ragazza?»
«Certo che sì! Gli uomini non si può mica lasciarli fare più di tanto. È come coi bambini: se dai loro troppo caffè, te li ritrovi che corrono e strillano come matti per tutta casa.»
«Quindi, secondo lei, Mr Brevik è un bambino?»
«È un uomo», rispose nonna Nadine.
«E quindi?»
«Uomini, bambini: sono la stessa cosa. L'unica differenza è che i bambini portano il pannolino, mentre gli uomini la fanno per strada davanti a tutti.»
«Non saprei come replicare a questa sua ultima affermazione.»
«Non c'è molto da dire. È così, punto e basta.»

JACE

Mi sarebbe servito un bottiglione di Gatorade se davvero volevo fare quello che avevo in mente. Desiderava un po' di follia? D'accordo, l'avrei accontentata. Ero là a dichiararle i miei sentimenti come fossimo stati in un melensissimo film di Natale, e lei non batteva ciglio?

Benissimo, le avrei fatto vedere io di cos'ero capace. Volevo una seconda possibilità e me la sarei presa. Tuttavia non potevo certo biasimarla. Perché diavolo avrebbe dovuto concedermi una seconda possibilità, quando fino a due secondi prima ero stato capace soltanto di dirle che, alla fine, me ne sarei andato?

Nemmeno io mi sarei fidato, al posto suo.

E poi ero un politico.

« Jace », sbottò Beth.

La portavo ancora sulla spalla e ci stavo prendendo gusto, quindi non avevo nessuna intenzione di metterla giù. « Zitta. Sto pensando. Mai interrompere un uomo mentre pensa », le dissi dandole una sculacciata.

« Ho voglia di baciarti. »

Inciampai e per poco non andai a sbattere contro il muro. Non riuscivo più a pensare a niente. A parte alla sua lingua intrecciata alla mia.

« Perché ci siamo fermati? » chiese con tono innocente.

Le diedi un'altra pacca sul sedere. « Questa te la faccio pagare. »

« Sì, ti prego. »

La sua lingua. Sempre la sua lingua.

« Beth, per favore! Smettila. »

« Di fare cosa? »

« Lo sai benissimo. » La misi giù. « Adesso sali. »

« Dove? »

La feci girare e le indicai la scogliera. « Lassù. »

« Stai scherzando, vero? »

La scogliera era bella alta. Nei giorni passati avevo visto la gente del posto che si tuffava dalla cima. Se loro lo facevano senza ammazzarsi, avremmo potuto farlo anche noi. Voleva la follia? Ecco, quella era una pazzia bella e buona.

Incrociai le braccia al petto. « No, non scherzo. Dov'è finito il tuo spirito d'avventura? »

« Devo averlo lasciato in camera insieme con le tue penne di pollo », rispose lei, astiosa.

« È una dimostrazione enorme da parte mia. Il minimo che potresti fare è seguirmi », dissi sollevandole il mento per darle un bacio.

« D'accordo. Ma se muoio ti darò il tormento per il resto dei tuoi giorni. »

Cominciammo ad arrampicarci lungo il sentiero roccioso. Per fortuna era illuminato da alcune torce che, se non altro, rendevano quel posto un po' meno lugubre.

Arrivati in cima si alzò una brezza calda. Le onde s'infrangevano sugli scogli sotto di noi. Dovetti chiudere gli occhi.

« Cosa stai facendo? » domandò Beth stringendomi la mano.

« Ho dimenticato di dirti una cosa. »

« Che cosa? »

Cazzo, sudavo freddo. « Soffro di vertigini. »

« E allora che ci facciamo qui? »

« Hai detto di volere che facessi qualcosa di folle. Hai detto che le mie scuse non ti bastavano e che non avevi un buon motivo per fidarti di me. »

« Confermo. E dunque? » Guardò oltre la scogliera e poi di nuovo me. Pareva nervosa.

« E dunque io penso che tu voglia che ti dimostri qualcosa. »

Si morse il labbro inferiore e mi lasciò la mano.

« Tu vuoi che io faccia qualcosa di folle per te. »

Non mi guardava.

« L'altezza mi terrorizza. Se una settimana fa mi avessi chiesto qual è la cosa che mi fa più paura in assoluto, ti avrei risposto l'altezza. Due giorni fa ti avrei detto Frank. »

Beth scoppiò a ridere, e quella risata fu un tuffo al cuore.

« Chiedimi di che cosa ho paura adesso. »

Finalmente mi guardò negli occhi. « Di che cosa hai paura, adesso? »

« Di te. Ho paura di non essere quello che tu credi io sia. Ho paura che ti sia convinta che io sia una specie di eroe, quando sappiamo bene entrambi che non è così. Ho il terrore che, se mi concedessi una seconda possibilità, io rovinerei tutto. Ho paura che un giorno possa svegliarti e non volermi più, che un giorno tu capisca che non ne vale la pena. Perché sai qual è la verità, Beth? Che anche gli uomini vogliono sentirsi desiderati. Anche noi vogliamo essere all'altezza della donna che amiamo. Io voglio essere Romeo, il tuo Mr Darcy, il tuo Avenger. Ma sono panni difficili da vestire. Forse troppo grandi per me. E, per quanto apprezzi le sfide, non mi piace l'idea che un giorno ti sveglierai e, finalmente, capirai quanto sei bella e che davvero meriteresti degli uomini così, e anche di meglio. Io so qual è il mio posto, ed è lontano anni luce da loro. Loro tra le stelle, io nelle stalle. Guarda. Vedi? Sono proprio là e ti faccio ciao ciao con la mano.»

Beth si mise a ridere.

Io l'abbracciai. «Sono serio. E faccio sul serio con te. Come reagiresti se ti dicessi che da quel ballo non ti ho più dimenticata?»

«Ti direi che sei pazzo.»

«Ecco, appunto. E come reagiresti se ti dicessi che voglio di più di sei giorni?»

«Direi che sei fuori di testa.»

«Come reagiresti se ti dicessi che ti ho sempre amata? Che, anche prima di questa vacanza, ti sognavo tutte le notti?»

Beth scosse il capo e aprì la bocca per dire qualcosa, ma io la baciai.

«E come reagiresti se ti dicessi che adesso mi butto?»

«Jace...»

«Mi butto. Anche per provarti che voglio vincere

le mie paure, a partire dalle vertigini fino ad arrivare a te.»

«Jace, non...»

Non sentii quello che disse perché mi buttai. Il cuore che batteva forte e il vento in faccia non mi diedero una mano. Il mio tuffo finì con un tonfo in acqua, lontano dagli scogli.

Non feci in tempo a godermi la soddisfazione del mio salto, che Beth si lanciò con una foga tale che temevo avrebbe dato una spanciata.

Lungo la discesa imprecò come un marinaio, poi urlò come una pazza e alla fine s'inabissò. Riemerse in cerca d'aria e mi si aggrappò al collo.

Merda, così mi avrebbe fatto affogare!

«Beth!» annaspai.

«Non ti azzardare mai più a farmi una cosa del genere! Ho temuto che morissi!» disse scuotendomi con quelle sue manine delicate.

«Sono sano e salvo, almeno finché non mi ammazzi tu.»

«Vorrei ammazzarti.» Grazie al cielo mollò la presa. «Ma il tuo discorso e il tuffo suicida mi hanno colpita molto.»

«Davvero?» gonfiai il petto.

«Davvero.» Deglutì. «E quindi, adesso?»

«Adesso ci sposiamo.»

«Fai il serio.»

«Facciamo finta di sposarci.»

«Già va meglio.» Sorrise.

«E ci vendichiamo.»

«Eh?»

«Devo ammetterlo: nonna Nadine sapeva quello che faceva, ma avrebbe potuto risparmiarsi il Viagra e la terapia di coppia.»

Beth mi guardò per niente convinta.

«Okay, d'accordo. Ce n'era bisogno perché io sono un uomo. Contenta?»

«Felicissima.»

«Ispirata?» le chiesi stringendola a me.

«Mai quanto te.» Mi cinse la vita con le gambe. «Ancora tre giorni.»

«Tre giorni da favola. E indovina un po' cosa succede dopo?»

«Cosa?»

«Il principe resta.»

«E la principessa?»

«Vive per sempre felice e contenta.»

«In un castello?»

«In un appartamento.»

«Col cavolo.»

«Beth...»

Lei mollò la presa e fece per raggiungere la riva. «Andiamo, Thor. Dobbiamo tornare in stanza senza farci vedere da nonna Nadine. Tu in teoria staresti male, ricordi?»

« Cosa ci torno a fare in stanza, se tutto quello che voglio è già qui tra le mie braccia? » Le feci una carezza.

« Questo sì che è un bel discorso. »

Tornammo a nuoto fino a riva. Una volta sulla terraferma, la strinsi a me e la baciai. « Potrei amarti. »

« Anch'io potrei amarti. »

E finalmente mi lasciai andare. Mi dimenticai della carriera, del ballo, di Kerry, di tutto quanto, per concentrarmi soltanto su di lei, sulle sue curve, sulla sua pelle morbida, sulle sue labbra. Mi concentrai sui suoi ansiti mentre la mia lingua si muoveva sul suo collo salato.

Tracciai una scia di baci fino al petto, e lei inarcò la schiena. I nostri corpi combaciavano alla perfezione. Era eccitata ed era tutta mia, e io volevo ricordare per sempre quel momento.

M'infilò le mani tra i capelli e sfiorò la cicatrice. In quell'istante, per qualche strano motivo, mi sentii gelare.

Un flash.

Beth. L'incidente.

Beth e l'incidente.

« Ciao, papà! Un giorno sposerò quella ragazza, sposerò Beth, vedrai! » dissi salendo in macchina.

Mi ritrassi di scatto, come se mi fossi scottato.

« Jace, cosa c'è? Stai bene? »

Feci di no, senza riuscire a parlare. Avevo avuto un flash. Indossavo uno smoking, come la sera del ballo.

« Jace? »

Mi mancava l'aria. « Io... senti... Mi sa che sto male sul serio. »

« Non ti preoccupare, adesso torniamo a casa, va bene? » Mi abbracciò.

« Ma... »

« Jace, non ti preoccupare. E poi sei pallidissimo. »

« Okay. » La presi per mano e c'incamminammo. Il ricordo era là. Avevo detto il suo nome. Ero salito in auto ripetendo il suo nome. Perché?

30

L'agente sbadigliò. « E così il senatore, alla fine, ha confessato i propri sentimenti. Buon per lui. »
Nonna Nadine sospirò. « No, proprio per niente. Vede, Gus, una sola cosa non mi sarei aspettata, di non riuscire a... gestire... qualcuno. »
« Nel senso di non riuscire a controllarlo? »
« Gestire, lo preferisco. »
« Gestire sia. »

BETH

Non chiusi occhio tutta la notte. Ma non c'entrava niente il fatto che accanto a me ci fosse l'uomo più sexy del mondo che mi russava nell'orecchio. Non mi dava neanche più fastidio, era diventato una specie di rumore bianco e mi rilassava.

C'era qualcosa che non andava.

Tuttavia non sapevo se fossi io, Jace o semplicemente la situazione. Più ci pensavo, però, più mi rendevo conto che era proprio la situazione.

Era andato tutto bene finché non ci eravamo un po' « scaldati », dopo la nuotata al chiaro di luna. Era stato come se avesse visto un fantasma. Mi rannicchiai nel letto. Era colpa mia? O c'era dell'altro?

L'osservai, e subito mi sentii come quelle tipe inquietanti che si mettono a fissare gli altri mentre dormono. Mi stavo trasformando in Bridget Jones. La cicatrice che aveva accanto all'occhio era più evidente sotto la luna. Come se l'era fatta? Giocando a football, forse? O in una scazzottata con Travis?

Ancora tre giorni e la vacanza sarebbe finita. E quella sarebbe stata la prova del nove per i nostri sentimenti.

Tutta quella storia pareva una puntata di un reality per single in cerca dell'anima gemella. E, più ci pensavo, più mi rendevo conto che era tale e quale, con gli appuntamenti, le escursioni... Aggrottai la fronte.

Come avevo fatto a non pensarci prima? Ora però la lampadina si era accesa, e mi veniva da piangere.

Nonna Nadine aveva trasformato le nostre vite in un reality show.

C'erano stati la fuga romantica, l'uscita avventurosa, la terapia di coppia, il crollo di Jace e anche il ritorno della vecchia fiamma. Eravamo stati presi in giro. Era stata tutta una messinscena.

Niente di tutto quello che avevamo vissuto era reale.

Avevo ottenuto esattamente ciò che avevo chiesto.

Una favola. Una finzione, appunto.

Ero sicura che Nadine avesse coinvolto anche i genitori di Jace, convincendoli a farlo sentire in colpa. Del resto, aveva messo nero su bianco che la sua massima priorità era sempre stata quella di non deluderli mai. E, se ora avesse deciso di non sposarsi, avrebbe disatteso le loro aspettative.

Io ero una ragazza intelligente. Lo ero sempre stata. Peccato che in quell'ultima settimana non avessi fatto altro che ignorare ciò che mi dicevano il cuore e la pancia. Perché avevo intuito che qualcosa non tornava.

E cosa sarebbe successo una volta che Jace e io fossimo tornati alla realtà? Con tutti i fotografi e la gente addosso? La favola si sarebbe trasformata in incubo, e io alla fine mi sarei ritrovata esattamente al punto di partenza. Sola. Ma in più col cuore spezzato.

Stavo lasciando che le mie insicurezze prendessero il sopravvento. Ma era più forte di me, perché c'erano troppe cose che ancora non mi spiegavo. Perché avrebbe dovuto volermi? Perché avrebbe dovuto guardarmi come il suo amore perduto e ritrovato?

Jace si agitò nel sonno. Il lenzuolo scivolò, scoprendo la sua pelle dorata. Non poteva essere vero. In quale mondo uno così poteva essere davvero interessato a una come me?

Avrei infranto il nostro patto.

Facendo il più piano possibile, mi alzai e andai verso la valigia, presi il telefono e il caricabatterie. Quindi, in punta di piedi, raggiunsi il bagno e chiusi la porta a chiave.

Il cellulare non era ancora del tutto scarico. Andai

su Internet e, con non pochi sensi di colpa, digitai il nome di Jace.

Senatore Jace Brevik.

La maggior parte dei risultati riferiva della sua infanzia perfetta, di montagne di soldi e della capacità di ammaliare qualsiasi cosa respirasse.

Poi c'era un breve accenno alla sua ex fidanzata, che l'aveva accusato di averla tradita con delle escort.

Trovai anche un articolo del giorno prima:

> «Fonti vicine a Brevik affermano che questo viaggio era stato organizzato da mesi perché il senatore potesse prendersi una vacanza e una pausa dalla sua agenda serratissima. Pare lo raggiungeranno anche i genitori. Alcune fonti dicono che la scorsa settimana il senatore sia stato visto entrare in un albergo in compagnia di una presunta prostituta. Amici del senatore, in realtà, hanno identificato la ragazza come Beth Lynn, una sua vecchia conoscente, in città per il matrimonio della sorella. Anche il senatore ha partecipato alle nozze, in qualità di testimone dello sposo, Travis Titus, della Titus Enterprises.»

Ecco.

I pettegolezzi si erano smorzati.

Evidentemente qualcuno ci aveva messo una toppa.

E allora perché eravamo ancora alle Hawaii, in

procinto d'inscenare un matrimonio? E perché nonna Nadine insisteva a dire che quel matrimonio era necessario?

Aprii il link dell'articolo successivo:

«I sondaggi di questa settimana mostrano come gli indici di gradimento del senatore Brevik subirebbero un'impennata se mai dovesse sposarsi. E alcune fonti affermano che Brevik è così determinato a vincere queste elezioni che potrebbe davvero decidere di sposarsi nel prossimo futuro. Dopotutto, se lo chiamano 'il dritto' un motivo ci sarà.»

Bugie. Erano tutte bugie. Vero? Anche là c'era lo zampino di nonna Nadine?

All'improvviso mi mancò il fiato. Misi da parte il cellulare e iniziai a camminare su e giù. E se lui e Nadine fossero stati d'accordo? Se avessero pensato che fossi un caso disperato e, quindi, disponibile, facile? La gattara pazza!

Ripiombai in camera e accesi la luce. «Svegliati.»

«Ma...»

Gli tirai un cuscino addosso. «Svegliati.»

«Spero che tu stia morendo, perché altrimenti... Ma che c'è?» disse Jace tutto assonnato, mentre si tirava su.

«Leggi qua.» Aprii il link sul telefono e glielo tirai

addosso. Lui riuscì a prenderlo prima di essere colpito in pieno volto. Avevo il cuore a mille, ero nel panico.

« Va bene. Ma non avevamo detto che non avremmo usato la tecnologia? »

« Sì, e adesso so per quale motivo hai voluto farlo. »

Jace si mise a leggere l'articolo e strabuzzò gli occhi. Quando ebbe finito, mise giù il cellulare e si strofinò la faccia con le mani. « Credi a queste cose? »

« Certo che sì! Per quale altro motivo saresti dovuto rimanere? Hai visto un'opportunità e non te la sei lasciata sfuggire! Hai tirato in mezzo persino i tuoi genitori! » Sapevo che stavo urlando, ma era più forte di me.

« Cosa? Ma di che cavolo parli? Pensi davvero che sia stata un'idea mia, che ti abbia trascinata qui e ti abbia imbambolata col miraggio della favola e che poi mi sia detto: ma sì, questa può andare? I sondaggi non sono così importanti. Cazzo, ti sembro davvero così disperato? »

Fu come un pugno in faccia. « Ah, quindi dovresti essere disperato per sposarmi? »

« No! Certo che no! Te l'ho detto oggi quello che provo. È tutto vero. Mi piaci. Voglio avere una seconda possibilità con te. Cosa devo fare per provartelo? »

« Lasciami andar via. »

« Cosa? »

« Lasciami. Andare. Via. Via da qui. Col prossimo volo. »

« E perché diavolo dovrei farlo? Perché dovrei lasciarti andare un'altra volta? Ti ho appena ritrovata... e tu vuoi che ti lasci andar via? » Si stringeva la testa tra le mani, con l'aria di essere in preda al panico.

« Perché soltanto così potrei crederti. Se mi costringi a restare, vuol dire che è stata tutta un'idea tua. Se invece mi lasci andare... »

« Non posso farlo, Beth. Se ti lascio andare, potresti non tornare più. » Sembrava terrorizzato.

Ma lo ero anch'io! Avevo bisogno di sapere che potevo fidarmi. « Puoi correre il rischio? »

« Non so se sopravvivrei, Beth. C'è qualcosa che non torna. Qualcosa che non va », disse massaggiandosi la nuca.

« Vale la pena correre questo rischio per me? »

Non rispondeva, mi guardava con gli occhi sgranati, preoccupati.

« Be', dopotutto, è una fortuna che non ti sia innamorato. Avevi ragione tu, fin dall'inizio. Uno di noi due era destinato ad andarsene. Solo che stavolta sarai tu quello che resta a guardare, mentre io faccio quello che avrei dovuto fare sin dal primo giorno. »

« E cioè? »

« Andare via. »

Jace fece un passo verso di me e mi disse piano: « Non farlo. Sistemeremo tutto. Ma non te ne andare ». I suoi occhi m'imploravano.

« Dammi una ragione per restare. Una qualsiasi. La verità. »

Jace stava per dire qualcosa, ma alla fine rimase in silenzio. Era quella la cosa che faceva più male: si decideva a parlare soltanto quando poteva guadagnarci qualcosa; in quel caso era anche pronto a fare gesti eclatanti. Ma, quando avevo più bisogno di lui, non ce la faceva. Si bloccava, perché in fin dei conti non era ancora sicuro di noi due. E, se non era sicuro adesso, non lo sarebbe stato mai.

« Aspetta, parliamone », ritentò.

Quel sorriso mi faceva venire da vomitare.

« Beth, dai, non farti prendere dalla foga. Dammi qualche minuto per raccogliere i pensieri. Mi hai buttato giù dal letto nel bel mezzo del sonno! »

Sembrava così disorientato che quasi mi sentivo in colpa. Quasi, appunto.

Scelsi d'ignorarlo e andai in bagno. Cominciai a raccogliere tutte le mie cose.

« Beth... »

« Dimmi. »

Ma non disse niente.

« Goditi il resto della vacanza. » Buttai i vestiti in valigia e chiusi tutto. L'orologio sul comodino diceva che erano le cinque e un quarto del mattino. Se ero fortunata, riuscivo a prendere il primo volo. Ma negli ultimi tempi la fortuna non mi assisteva molto.

« Se te ne vai... »

« 'Se me ne vado' cosa? »

« Se te ne vai, è una tua scelta. Scegli di fartela sotto. Scegli di mollare. »

« E quindi? » chiesi, dandogli le spalle.

« Io non rincorro qualcuno che non vuole essere rincorso. Non ho intenzione d'inseguire una persona che non pensa di meritare che qualcuno la insegua. Tengo a te, Beth, ma, per come la vedo io, la fiducia è la prima cosa in una relazione e, se tu non hai fiducia in me adesso che siamo all'inizio, il nostro rapporto è condannato ancor prima d'iniziare. »

« Lo so. » E, con le lacrime che mi rigavano il volto, mi chiusi la porta alle spalle.

31

«Cosa fa, piange?» Nonna Nadine si allungò sul tavolo per dare un fazzolettino all'agente.
«Un moscerino. Mi è entrato nell'occhio.»
«In tutti e due?»
Lui tirò su col naso. «Così se n'è andata. E la colpa è soltanto sua.»
«Sì. A entrambe le affermazioni.»

JACE

A forza di bussare, quasi buttai giù la porta. Poi, finalmente, vennero ad aprire.

«Hai tre secondi prima che ti ammazzi», disse Jake a voce bassa.

«Se n'è andata.»

«Chi?»

«Beth.»

«E perché diavolo sei venuto a rompere le palle a me, invece di rincorrerla?»

«Sono andato nel panico.» E avevo avuto un incubo sulla sera del ballo. C'era del sangue e io ero in quella cavolo di macchina. Ma dove stavo andando? E perché dicevo il suo nome? Il fatto di non riuscire a ricordare mi dava ai nervi. Avrei voluto tirare un pugno contro il muro. Poi lei mi aveva svegliato all'improvviso, e vederla con le lacrime agli occhi mi aveva sconvolto.

«Dai, vieni.» Jake spalancò la porta e mi fece entrare.

Char dormiva ancora. Fece un versetto, e io sorrisi.

«È *mia* moglie, quella», disse Jake minaccioso.

«Stai calmo, tigre. Lo sappiamo che hai vinto tu.»

«Appunto. Comunque, mi vuoi dire cos'hai combinato per farla andare via?»

Gli feci il riassunto di com'era andata. «Capito? Mi ero appena svegliato.»

«Lo so, ti capisco.»

«Come pretendeva che riuscissi anche solo a formulare dei pensieri coerenti?»

«Con che faccia, davvero.»

«Guarda che sono serio.»

«Anch'io.»

Ero fuori di me. «Non so cosa fare.» Avrei voluto correrle dietro e poi baciarla fino a lasciarla priva di sensi per aver dubitato di me.

«Be', se non altro adesso hai imparato cosa *non* si deve fare. Mai guardare una donna come se fosse pazza, quando ti chiede di darle una ragione per restare, e mai dirle in faccia...»

«In realtà era di schiena», lo corressi.

Jake alzò gli occhi al cielo, spazientito. «Va be', è lo stesso. Comunque: mai dire a una donna che non le correrai dietro. Ma cosa ti è saltato in mente? Ti sei svegliato stupido stamattina o sei sempre stato così? »

Mi sentivo come se qualcuno mi avesse appena dato un pugno nello stomaco. « Solo stamattina. Mi sono svegliato così. » Ma forse la colpa era stata anche di quel tuffo spericolato. Magari mi aveva provocato qualche danno al cervello.

Qualcuno bussò forte alla porta.

Jake, imprecando, andò ad aprire e si trovò davanti nonna Nadine. Indossava un pigiama di seta leopardato e una maschera verde che le copriva tutta la faccia tranne gli occhi. Orribile.

« Cos'hai combinato? » esordì lei.

« Io? Niente. Chiedi a lui », disse Jake indicando me.

A quel punto tanto valeva mettermi un bersaglio gigante sulla schiena e consegnarle un fucile.

« Tu », ripeté lei, indicandomi come aveva fatto il nipote.

Cominciai a sudare.

« Ti avevo servito la felicità su un piatto d'argento! »

Mi presi la testa tra le mani.

« Ed è così che mi ringrazi? Lasciandola andar via? »

« Se n'è già andata? Come ha fatto a trovare una barca così in fretta? Come... »

Quello schiaffo fu come un fulmine a ciel sereno. L'aveva fatto davvero? Nadine mi aveva appena dato una botta sulle parti basse?

Jake fece una smorfia di dolore – evidentemente sapeva bene quanto picchiava forte – e d'istinto si coprì le parti intime, facendosi scudo con le mani. Ecco, potevo dire addio ai miei sogni di paternità. Quel ceffone aveva ammazzato tutti i miei spermatozoi; mi aveva fatto ritirare le palle, ne ero sicuro, e avrei camminato in modo strano per almeno una settimana.

«Sei. Un. Coglione. Un coglione!» gridò la nonna.

Jake se la rideva.

«Sei più scemo di quell'asino... di Merda!»

Jake adesso sembrava confuso.

«L'asino si chiama Merda», gli spiegai.

«È così che fai: quando il gioco si fa duro, rinunci? Quando le cose si fanno difficili, la lasci andare via? Guarda cos'hai combinato! Hai mandato tutto all'aria! Ho lavorato tanto per niente. Ho fatto pure venire i tuoi genitori. Ho messo su un matrimonio! Ho seminato briciole di pane tutto il tempo perché le seguissi e facessi i passi giusti, e tu, poi, che fai?»

«Ci ho sputato sopra?»

«Peggio.»

«Oddio, sputare sulle briciole che poi dovresti mangiare mi sembra già abbastanza grave», disse il nipote.

«Non adesso, Jake!» urlò lei.

«Chi ha sputato a chi?» domandò una voce da sotto le coperte.

« Char! » frignò la nonna.

Lei chiuse gli occhi e si rintanò sotto le coperte.

« Char! » ci riprovò Nadine.

« Che c'è? » rispose, rassegnata.

« Non puoi lasciare che Beth se ne vada. »

« Se ne va? Dove va? Perché? Cos'è successo? Il piano stava funzionando alla perfezione! » disse Char alzandosi di scatto dal letto.

« *Lo sapevi?* » urlai.

« Ehi, ehi, non ti scaldare, bello », intervenne Jake. « Lo sapevamo tutti. Cioè, l'abbiamo saputo quando la nonna ce l'ha detto. E, a voler essere onesti, Travis lo sapeva sin dall'aeroporto, ma, visto che è un egoista di merda, ha pensato che, se la nonna si fosse concentrata su voi due, avrebbe lasciato in pace lui. Insomma, l'avrebbe piantata di mandargli messaggi ogni cinque minuti per sapere se Kacey era rimasta incinta. »

« Non mi pare ci sia nulla di male a dare un po' d'incoraggiamento e a mostrare entusiasmo », se la prese Nadine.

Jake alzò gli occhi al cielo. « Non offenderti, nonna, ma avere una donna di ottantasei anni che ti manda messaggi sulle posizioni del Kamasutra ti spegne l'entusiasmo. È come fare gli spadaccini coi *noodles*: nessuno finisce infilzato e ci si annoia presto. »

Char diede uno schiaffo sul braccio del marito. « Stai paragonando i *noodles* al sesso? »

«Smettetela! Adesso dobbiamo sistemare quello che Jace ha rovinato», disse Nadine battendo i piedi a terra.

«Potrei pensarci io, a sistemare le cose, se vi degnaste di dirmi cosa sta succedendo», risposi.

«Questi sono piani che non si mettono su in un giorno. Non è che schiocco le dita e si aggiusta tutto.»

Detto questo, però, si fermò a pensare e poi fece un sorriso. Un sorriso che ormai conoscevo bene. La gente dovrebbe scappare quando compare quel sorriso sulla faccia di Nadine; gli eserciti dovrebbero ritirarsi, perché tanto non sarebbe altro che un inutile spargimento di sangue.

«La ami?» mi domandò.

Avrebbe dovuto essere una domanda semplice; invece mi fece sentire irrequieto, agitato, a disagio. All'improvviso ebbi paura e mi sentii uno scemo. Perché dire di sì sarebbe stato troppo difficile, ma dire di no troppo semplice.

«Sì, la ama», disse Jake con un sospiro.

«E tu che ne sai?»

«Lo so perché ti sei agitato.»

«E quindi?» fecero Char e Nadine all'unisono.

«Ragazze, conosco bene la sensazione. Credetemi, è così. L'agitazione è la manifestazione fisica della sua stitichezza emotiva.»

Era successo qualcosa quella notte.

Qualcosa di cui forse nessuno di noi si sentiva di parlare.

Jake Titus, puttaniere del secolo, non soltanto aveva scoperto di avere un cuore, ma da qualche parte, in fondo a quel cervello, aveva trovato anche della psicologia.

E la cosa mi faceva paura.

« Sei ubriaco? » chiese Char a bassa voce.

Jake ignorò la moglie e incrociò le braccia al petto. « Ammettilo. È come dico io. »

« A essere sincero... » Stavo sudando. Di brutto.

« Jace, se Beth ti piace tanto come dici, perché esiti? » mi domandò Nadine.

« Perché voglio fare le cose per bene. Voglio darle quello che merita, ma non credo di poterci riuscire. Anzi lo so per certo. Perché, se mi chiedessero di scegliere tra lei e il mio futuro, sceglierei il mio futuro. Capito? Contenti adesso di aver scoperto che razza di merda egoista avete davanti? Non sceglierei la bella ragazza dagli occhi verdi. Sceglierei me stesso. Sceglierei quello per cui ho lavorato tanto tutta la vita. Vorrei una seconda possibilità con lei. Ma alle mie condizioni, temo. »

La stanza cadde in un silenzio di tomba.

« Oh, caro, è bene che tu lo ammetta », disse Nadine venendo ad abbracciarmi.

« Ah, sì? » le chiesi, e cercai di liberarmi.

« Ma certo. È soltanto quando ammettiamo le nostre paure che possiamo sconfiggere i demoni che ci tormentano. Ti spaventa il fallimento, ma più di tutto ti spaventa il successo. »

« Il successo? Ma se ce l'ho già! »

« Il successo in amore. L'unico responsabile della tua infelicità sei tu. Le donne, la carriera non c'entrano. La colpa è tua, testone. Io credo, caro senatore, che tu abbia fatto la tua scelta. Spero per te che si riveli quella giusta. »

« È triste mettersi a letto da soli, la sera », disse Jake, serissimo.

« Hai ragione. Ma se non altro non si corrono rischi. »

« Mi dispiace. » La nonna si asciugò una lacrima.

« Nadine, è tutto a posto. Non si... »

« Non dicevo a te. Dicevo a lei. » E si girò. « Mi dispiace, Beth. »

Guardai la porta. Era rimasta spalancata tutto il tempo. E c'era Beth là davanti, con le valigie pronte. Aveva sentito tutto ciò che avevo detto. Allora non era andata all'aeroporto. Era andata dalla persona che ci aveva trascinati fin là. Era andata da nonna Nadine, sperando che potesse aggiustare le cose, e me. Ma aveva fallito.

« Beth, io... »

« Lascia stare », disse. E con un sorriso tristissimo se ne andò, tirandosi dietro il trolley.

Nadine mi diede un bacio sulla guancia e mi sussurrò: « Sii felice ».

Qual era il problema? Che non mi ero mai sentito così solo e triste in vita mia. E ancora dovevo andare dai miei e confessare che non soltanto li avevo presi in giro, ma che li avevo anche delusi.

32

> «Davvero deludente che il senatore abbia
> dimostrato così poco carattere.»
> Nonna Nadine si portò un fazzoletto agli occhi
> per tamponare le lacrime. «È soltanto un ragazzo.
> Si sente padrone del mondo, dimenticando però
> che alla fine dei conti, se quando la sera torni a casa
> non c'è nessuno ad aspettarti, non ha molto senso
> il successo che hai raggiunto, la vita che hai vissuto.
> Il successo prima o poi finisce. La famiglia,
> invece, è per sempre.»

BETH

Mi hanno sempre fatto pena certe ragazze che capita di vedere negli aeroporti. Quelle che con le guance rigate di lacrime dicono addio ad amici, familiari e fidanzati.

Avevo gli occhi arrossati, le mie valigie erano chiuse alla bell'e meglio, come se stessi scappando dal Paese, e tanta era la sofferenza che non mi ero neanche accorta di essere uscita in tuta e senza un filo di trucco.

La conversazione che avevo origliato? Non una delle mie preferite. Nella foga del momento avevo deciso di andare a parlare con nonna Nadine. Lo so, lo so. Lei non era proprio la voce della ragione, ma volevo ringraziarla per il viaggio. Non ci aveva messo molto a farsi confidare perché fossi arrabbiata. Aveva detto che avrebbe sistemato tutto lei. Allora mi aveva presa per mano e mi aveva portata fuori. Non era stato difficile trovare Jace; le urla ci avevano aiutate. Mi aveva detto di aspettare fuori.

Se solo fossi salita su quel maledetto taxi. Avrei preferito non sentire quelle parole, la verità. Lui avrebbe scelto sempre se stesso; e, alla fine dei conti, per quanto vedermi andare via lo rattristasse, per lui il lavoro veniva prima di tutto, sempre. Il lavoro era la sua amante, sua moglie, la sua vita. E, anche se in tutta quella faccenda lui non c'entrava niente, una colpa l'aveva comunque: non riuscire ancora ad ammettere i suoi sentimenti.

E, per me, non essere capace di confessare i propri sentimenti a qualcuno era inaccettabile. Soprattutto quando l'altra persona, invece, lo faceva, nella speranza di essere ricambiata.

Mi asciugai un'altra lacrima e andai verso i controlli di sicurezza.

« Beth? »

Vi prego, uccidetemi.

« Beth? »

Dio, davvero, fulminami adesso.

« Dov'è Jace? » Una mano mi afferrò il braccio. E in

quel momento immaginai di voltarmi, prenderlo per le palle e strizzargliele sino a farle esplodere.

«Non è qui», risposi, con un tono per niente amichevole.

Brett fece un sorrisetto malizioso. «Paris dorme.»

«E quindi?» Voleva forse un biscottino per essere riuscito a mettere a letto presto la sua donna? Si doveva togliere dalle palle e basta. Anche perché, a dire la verità, se anche avessi avuto un biscotto, di certo non gliel'avrei offerto. A meno che non fosse stato imbevuto di arsenico; in quel caso, gliel'avrei infilato dritto in gola.

«Be'... tu sei qui, io sono qui.» Brett fece per prendermi il viso tra le mani. Cercai di divincolarmi, ma lui me lo impedì. «Il tuo caro senatore non c'è, e io ho un po' di tempo libero. Al liceo mi volevi così tanto... Sono come il vino buono, sai? Col tempo miglioro... Potremmo passare qualche oretta insieme. Che ne dici?»

«Ti costerei troppo.»

«Tu spara.»

Finalmente riuscii a liberarmi. «Era una battuta. Non sono una prostituta, stronzo! E, mi dispiace, ma gli uomini che tradiscono le loro donne non mi piacciono.»

«Invece i senatori sì?»

«Scusami?»

Si mise a ridere. «Ti prego! Pensi davvero che un

uomo come Jace Brevik ti sarebbe fedele? Ti tradirebbe dopo neanche qualche mese di matrimonio.»

Se non la smetteva, nonna Nadine avrebbe dovuto pagare la cauzione per tirarmi fuori di galera.

Feci per caricare un ceffone, ma qualcuno mi afferrò la mano, mi strinse a sé e mi fece girare. Una bocca s'incollò alla mia con forza e insistenza; sapeva di rum. Era Jace.

Cosa? Che ci faceva lì?

Mi lasciò andare e si voltò. «Brutto bastardo schifoso. Ti ammazzo.»

Poi sentii un guaito.

Jake aveva mollato un pugno in faccia a Brett, che era volato a terra.

«Grazie. Bel colpo, amico», disse Jace dandogli il cinque.

«Be', sai, non è la prima volta che mi ritrovo a menare le mani in aeroporto.»

«Accidenti a voi Titus», sentii dire a un'altra voce.

«Char?»

Mi girai e vidi mia sorella che mi faceva ciao, col sorriso di chi si sentiva un po' in colpa.

«Dove stai andando? Voglio darti una ragione per restare. Ho bisogno che resti. Resta per me», disse Jace prendendomi il viso tra le mani.

«Mi pare una buona ragione», annuii, con le lacrime agli occhi.

«Ascolta, ho bisogno di parlarti, di spiegarti. Anche se non sono sicuro di sapere bene il perché, tu resta. In questo momento c'è massima onestà da parte mia, massima apertura.»

«Jace, io non...»

«Chi è che non vuole correre il rischio, adesso?»

Forse aveva ragione. Forse alla fine volevo andarmene perché avevo paura.

Successe tutto troppo in fretta. I fotografi, i flash. Chiusi un secondo gli occhi ed eravamo circondati. Sembrava l'inferno, e Jace era stato preso così alla sprovvista che chiuse e aprì la bocca tre volte prima di riuscire a dire qualcosa.

«Senatore? È questa la donna che ci ha tenuto nascosta?»

«Senatore, è una prostituta o davvero un'amica di famiglia?»

«Senatore, era davvero un viaggio di nozze o soltanto una trovata per far impennare i consensi?»

Jace fu tempestato di domande.

Mi aspettavo che mi avrebbe difesa, che avrebbe spiegato loro cos'era successo, anche se dubitavo che ci avrebbero capito qualcosa.

Invece lui mi guardò e rispose: «È una vecchia amica. Non è una prostituta e non c'è stato nessun matrimonio. È stata soltanto una bella coincidenza: ci siamo trovati tutti e due in vacanza nello stesso posto. Non è così, Beth?»

I suoi occhi m'imploravano. I miei si riempirono di

lacrime, tanto da non riuscire più a vedere bene. Annuii e poi me ne andai, sapendo bene che non mi sarebbe corso dietro e che io non mi sarei fermata.

Aveva avuto una terza possibilità.

E per la terza volta l'aveva sprecata.

33

«Ha chiamato lei i giornalisti?» chiese l'agente con un sospiro, strofinandosi il viso.
«È possibile.»
«Lo prendo come un sì, quindi.»
Nonna Nadine si tolse qualche pelucco dal maglione. «Ho una certa età, la memoria non è più quella di un tempo.»
«Ma perché l'ha fatto? Ha soltanto peggiorato le cose per quei due poveretti.»
«Be', non direi proprio. Se non sbaglio, non si trovano ancora... né lui né lei.»

JACE

Lo sguardo di Beth fu come un pugno in pieno stomaco. Mi mancava l'aria, e ogni tentativo di respirare non faceva che aumentare lo schifo e il senso di panico. Le avevo appena dimostrato, per la terza volta quel giorno, che non ce la facevo. Ma l'avevo fatto per proteggerla, per darle il tempo di decidere cosa voleva fare rispetto a noi due. Lei, però, non aveva capito e se n'era andata. Lei. Non io.

Tutte le insicurezze che provava erano tornate a galla, ed era tutta colpa mia. Perché ero un egoista di merda. L'istinto mi diceva di correrle dietro, ma a che pro? Probabilmente mi avrebbe mollato un ceffone e saremmo finiti di nuovo sui giornali. Per cui decisi di rimanere dov'ero e fare il mio sporco lavoro: sorridere alle telecamere e cercare di sistemare le cose. Non mi era mai capitato di dovermi sforzare così tanto per fingere che la mia vita non stesse andando in pezzi.

Un altro giornalista mi sbatté il microfono in faccia: « Senatore Brevik, ci può dire qual è il motivo che l'ha spinta ad andare alle Hawaii? »

Mi spararono un flash negli occhi.

Sentii le ruote che stridevano, una frenata paurosa. Poi, vetri ovunque. Fui abbagliato da una luce. « Ragazzo, stai bene? »

Feci un sorriso di circostanza. « Avevo bisogno di una vacanza. »

« Ma le nostre fonti dicono che... »

« Scusatemi. » Mi feci largo tra la folla per raggiungere Jake e Char, venuti per darmi una mano a convincere Beth a restare.

I giornalisti mi seguirono.

Char stava per dire qualcosa, ma Jake le coprì la bocca. « Non qui. »

Uscimmo dall'aeroporto e salimmo su un taxi.

Ero tesissimo.

« Perché? » mi chiese Char a voce bassa.

« Cos'avrebbe dovuto fare, dire ai giornalisti della loro relazione e toglierle così anche l'ultimo briciolo di privacy che le era rimasto? Secondo me, ha voluto proteggerla. »

« Non l'ha protetta, l'ha ferita! » sbraitò Char.

« Anch'io ci sto male! » risposi, e soltanto dopo aver pronunciato quelle parole mi resi conto di essermi tradito.

Char mi prese la mano, ma io neanche me ne accorsi. Non sentivo più niente.

Mi ero ripromesso che non mi sarei lasciato coinvolgere. Com'era andata a finire, invece? Ovviamente non come avrei voluto io. Non ero addolorato. Ero troppo arrabbiato con me stesso e con quella situazione per riuscire a provare dolore.

Tornammo in albergo, dove c'erano i miei e Nadine che aspettavano nella hall.

In quel momento mi sarei aspettato tutto, tranne che mio padre venisse ad abbracciarmi e a darmi pacche sulle spalle, come se in qualche modo fosse ancora fiero del figlio coglione che ero diventato.

Mia madre mi sorrise e mi strinse la mano.

« Andiamo a farci una bella chiacchierata », disse mio padre, e mi portò in uno dei bar.

Mentre ordinava la colazione per entrambi, io presi una tazza di caffè e rimasi a fissarla.

Lui aggiunse un po' di latte al suo e poi disse: « Un mese fa ho parlato con Travis ».

Non me l'aspettavo. Mi suonò un campanello d'allarme.

« Era preoccupato per te, secondo lui negli ultimi tempi stavi bevendo un po' troppo e non gli piaceva come ti comportavi. Io ho pensato subito che la causa fosse Kerry, che non avessi ancora digerito tutta quella situazione. Ma poi Travis mi ha detto una cosa interessante. »

« Immagino », feci io, ma in realtà pensavo ad altro.

« Mi ha riferito che tu, ubriaco, una sera gli avevi raccontato della notte più bella della tua vita. »

Cazzo.

« E immagina quanto mi ha sorpreso scoprire che non si trattava di quella in cui eri stato eletto, ma della volta in cui avevi portato tua cugina al ballo. »

Mi sentivo a disagio, non riuscivo a star fermo sulla sedia.

« Una ragazza coi capelli scuri e con due bellissimi occhi verdi aveva attirato la tua attenzione e tu, forse in seguito al bacio che vi eravate dati, o forse semplicemente perché insieme eravate perfetti, te ne sei innamorato. »

Feci per alzarmi.

« Siediti. »

Obbedii.

« Strano, perché io quella storia me la ricordavo un pochino diversa. »

Mi girai a guardare le onde che s'infrangevano sulla spiaggia e aspettai che continuasse.

« Tua madre e io avevamo dovuto insistere perché accompagnassi tua cugina al ballo. Tu volevi rifiutarti e io, alla fine, ho dovuto importelo. Poverina, non aveva un ragazzo con cui andare. Qualche ora dopo sei tornato in uno stato di eccitazione tale che mi ha fatto capire che era successo qualcosa. »

Lo guardai negli occhi. Quello che aveva appena detto non mi tornava. « Non sono mai tornato a casa, papà. »

Fece un sospiro. « Sei tornato eccome. Lo psicologo ci aveva detto che riferirti le cose che avevi dimenticato avrebbe potuto causarti danni a livello emotivo. E allora noi non abbiamo detto niente. Ma non avevo idea di quanto sarebbe stato importante parlartene. »

« Non ti seguo », dissi grattandomi la nuca, là dove c'era la cicatrice lasciata dall'operazione.

« Hai rimosso l'incidente e tutto quello che lo ha preceduto, ma il bacio dato a quella ragazza no. »

« E perché me lo stai dicendo adesso? »

« Perché spero possa aiutare. Prego Dio che sia così. Insomma, sei rientrato in casa e mi hai detto: 'Papà, ho incontrato la donna della mia vita'. »

E in quel momento, all'improvviso, mi ritrovai nel salotto dei miei.

Il ricordo mi travolse. Provai a ricacciarlo in fondo

alla mente. Provai a ignorare il dolore che sentivo nel petto, che me lo squarciava...

« Papà! Mi servono il cellulare e la macchina », dissi entrando in casa.

« Sei già tornato? Hai un po' di fretta, mi pare », fece mio padre, e si aggiustò la cravatta.

Con un sorrisetto da idiota gli risposi: « L'ho incontrata. Tu e la mamma avevate ragione. È successo proprio come mi avevate detto voi. È stato... magico! »

« Ma cosa? »

« Il bacio! »

« Hai baciato tua cugina? Figliolo, siediti e... »

« No! Ho baciato Beth. Va alla stessa scuola di Macy ed è andata al ballo con un altro tipo e... voglio sbrigarmi a tornare prima che sia troppo tardi! »

« E, una volta là, cos'hai intenzione di fare? »

« Non ci ho ancora pensato. Ma di sicuro la bacerò. »

« Stai calmo e vedi di non fare stupidaggini », si mise a ridere mio padre.

« Certo! » gli promisi io, prima di correre fuori. « Papà, ho incontrato la donna della mia vita! »

Stavo andando così veloce che avrebbero potuto ritirarmi la patente. Vidi il semaforo giallo e accelerai per superarlo. Fu allora che sentii una frenata e poi il rumore delle lamiere che si accartocciavano.

Divenne tutto nero.

Mi ero risvegliato dal coma tre mesi dopo. E « Beth » era stata la prima parola che mi era venuta alle labbra.

Lei, invece, non si era nemmeno informata di come stessi. Forse non aveva immaginato che quello dell'incidente fosse lo stesso ragazzo che aveva baciato. Quello che ci aveva quasi rimesso la pelle per cercare di rivederla.

Mi sembrava di non riuscire a respirare. Era una vita che pensavo di essere scappato, ma in realtà avevo provato a tornare. Ero voluto tornare indietro perché quei pochi minuti passati insieme con lei erano bastati per farmi credere in qualcosa che per tutta la vita non avevo ritenuto possibile.

Papà poggiò la mano sulla mia. « Amore a prima vista. »

« Non esiste », risposi io, ritirando le dita.

Lui scosse il capo, triste. « Quell'esperienza ti ha cambiato. Da lì in poi hai riversato tutte le energie nello studio, prima a scuola e poi all'università, e sei addirittura riuscito a laurearti in anticipo. E in seguito nel lavoro, che è diventato tutta la tua vita. »

« Perché il lavoro non mi deluderà mai. È qualcosa su cui posso contare. L'unica volta in cui ho provato a fare qualcosa d'irrazionale, ci ho quasi rimesso la vita. »

« Vuoi dirmi che è quel coma a spaventarti? »

« Ho avuto il cervello in pappa per tre mesi, papà.

Sarei potuto rimanere per sempre un vegetale, e tutto per essermi comportato da irresponsabile.»

«Con l'auto. Non col cuore.»

«Abbiamo finito?»

«Non mi deludere.»

Mi sentii raggelare. «Perché dovrebbe deluderti se decidessi di rinunciare a Beth?»

«Perché ti conosco, figliolo. Non sei capace di nascondere ciò che provi. Tu vorresti buttarti, ma sei troppo cacasotto per farlo. Dille la verità. Raccontale come sono andate le cose.»

«E se mi dicesse comunque di no, come meriterei?»

Mio padre prese un lungo sorso di caffè. «Prova a vederla così: e se fossi riuscito a tornare in quella scuola? Se fossi rientrato in quella palestra e avessi rivisto Beth che ti guardava coi suoi begli occhi verdi?»

«L'avrei baciata. E probabilmente mi sarei reso ridicolo.»

«Le avresti detto che un giorno tu e lei vi sareste sposati.»

Non risposi nulla. Non potevo. Avevo il cuore così gonfio di emozioni da non riuscire a respirare bene. Feci un rantolo, tossii, mi allontanai di qualche passo per poi fermarmi e voltarmi. «C'è anche il tuo zampino in tutta questa storia?»

Papà si adagiò il tovagliolo sulle gambe. «Non soltanto lo zampino, figliolo. È stata tutta una mia idea.»

Era così tranquillo mentre lo diceva che pensai stesse scherzando.

Lui prese un altro sorso di caffè e mi sorrise.

Non ci potevo credere.

« E nonna Nadine? »

« Lei è stata fondamentale. Vi ha messo qualcosa nei bicchieri, si è assicurata che arrivaste sani e salvi in albergo e poi, a tutto il resto, ho pensato io, compresi i giornalisti in aeroporto. »

« Ma... »

« Nadine era con voi e mi aggiornava via SMS. »

« E il Centro in cui alloggiamo? Lei ci lavora come terapista. »

Papà mi guardò come se fossi stupido. Odiavo quando mi guardavano così. « La Titus Enterprises possiede diverse catene di alberghi. Anche quello in cui siete stati voi. Come avrebbe fatto altrimenti Nadine a infiltrarsi nello staff? »

« Non mi sento bene. »

« Be', se non altro vuol dire che finalmente senti qualcosa. »

« Ma... »

« Figliolo, quando si diventa vecchi, si ripensa a tutta la propria vita. Alle scelte fatte, alle cose che avremmo dovuto dire, alle persone che avremmo dovuto perdonare. E io non voglio che un giorno tu debba avere dei rimorsi. Ero preoccupato per te, non mi piaceva la strada che stavi prendendo. Quando Travis mi ha raccontato quelle cose, ho fatto due più due. Non è stato difficile. E poi, al matrimonio... »

« Ci hai fatto drogare? »

« La mia idea era semplicemente quella di farti ritrovare in una situazione compromettente davanti alle telecamere, non di drogarti, trascinarti alle Hawaii, far sì che confessassi i tuoi sentimenti a una terapista e regalarti la tua prima esperienza col Viagra. »

Feci una smorfia.

« Ma, alla fine, Nadine aveva ragione. Voi due avevate bisogno di passare un po' di tempo insieme per conoscervi meglio, e così lei ha pensato di portarvi in un luogo isolato e lontano dai media. Ora la mia domanda è: ha funzionato? »

« Cosa 'ha funzionato'? »

« Il nostro piano. »

Rimasi in silenzio per qualche secondo.

« La ami? »

« Sì. » Mi sentivo come se mi avessero tolto un peso enorme dalle spalle. « La amo moltissimo. »

« E allora vattela a riprendere. »

« E se lei non mi vuole più? Come faccio a sapere che avrebbe accettato di uscire con me se non avessi fatto quell'incidente? »

« Figliolo, è per questo che dicono che l'amore è una scommessa. È un po' come la fiducia: sai che c'è, ma non la puoi toccare. »

« Io non ho fiducia in me stesso. »

Mio padre annuì, gli occhi pieni di lacrime. « Questo non è un problema. Perché ne ho io, ed è abbastanza per tutti e due. »

L'agente si grattava il mento. « Be', se non altro sa
mantenere un segreto, questo devo riconoscerlo. »
« Grazie. »
« Ma ancora non si sa che fine abbia fatto
il senatore. E ormai è sparito da più
di quarantotto ore », proseguì lui
guardando l'orologio che aveva al polso.
« Me ne dia un'altra. » Nonna Nadine sorrise.
« Un'altra? »
« Ancora un'ora, e poi le riporto il senatore
e la sua bella mogliettina. »
« Mogliettina? »
Lei sorrise di nuovo. « Caro, non posso mica essere
in due posti contemporaneamente, no? »
« Credo di aver bisogno di un altro caffè. »
« Si fidi, Gus. Quella che viene adesso
è la parte migliore. »

BETH

Erano passate due settimane e non avevo più saputo niente di Jace. In compenso, Jake e Char non la finivano di lanciarmi sguardi tristi e accorati ogni volta che andavo a trovarli.

Cenavo da loro tutte le domeniche.

E pensavano di farmi passare la depressione ingozzandomi di cibo e di vino. Jake, che Dio lo benedica, ogni tanto mi accarezzava pure la mano, come fossi stata una bambina di tre anni. Certe volte, invece, mi guardava fisso facendo gli occhioni grandi e tristi.

Quella domenica in particolare avevo voglia di dimenticare tutto quello che era successo. Volevo una cena tranquilla durante la quale Jake mi avrebbe riempito il bicchiere fino all'orlo e Char non avrebbe smesso un momento d'inveire contro tutti gli uomini del mondo, escluso il marito che, da quando l'aveva sposata, ai suoi occhi era diventato un santo.

Perciò, quando vidi entrare nonna Nadine nella megavilla di Jake sul lago Washington, ci mancò poco che mi venisse un colpo.

Subito si avvicinò ad abbracciarmi e mi strinse così forte che rischiò d'incrinarmi una costola. « Oh, tesoro mio! Come stai? »

« Benissimo », mentii, sforzandomi di sorridere. In realtà stavo di merda, da un punto di vista sia emotivo sia fisico, visto che il giorno prima mi ero presa un cavolo di virus influenzale.

Ora non so se la causa fu quell'abbraccio spacca-costole o il colpo che mi prese nel vedere Nadine, fatto sta che all'improvviso mi venne una nausea terribile. La scansai per correre in bagno e svuotare tutto il contenuto del mio stomaco dentro un gabinetto di porcellana che, con ogni probabilità, costava più di tutta casa mia.

Nonna Nadine venne a bussare. « Beth? Tesoro, stai bene? »

Tirai lo sciacquone, mi rinfrescai la bocca con un po' d'acqua e aprii la porta. Odiavo vomitare. Non c'era niente di peggio. Mi faceva schifo e in più mi faceva venire degli spasmi allo stomaco così forti che mi sarei voluta raggomitolare e morire. E, in più, ogni volta che vomitavo mi veniva da piangere.

Ma perché Nadine sorrideva? Non capivo.

« Un virus intestinale? » mi chiese con gli occhi che brillavano e strofinandosi le mani.

Annuii. « Sì, non sono stata benissimo negli ultimi giorni. »

Il suo sorriso si allargava sempre di più. « Assolutamente... perfetto. »

« Perfetto che sto male? » le chiesi un po' confusa, mentre montava di nuovo la nausea.

« Tesoro, ora penso io a te. » Mi fece una carezza sulla mano e poi strillò così forte che rischiò di rompermi i timpani: « Jake! Mi fermo qui per qualche settimana! »

« Col cavolo! » rispose lui, sempre urlando, chissà da quale punto lontano della casa.

« Lui scherza », disse Nadine facendomi l'occhiolino. « *Io sono sempre la benvenuta in casa di mio nipote!* »

« *La conosco io una casa in cui dovresti stare!* »

« *Perché, mi hai comprato una casa?* »

Seguirono parolacce e rumore di piatti rotti. Qualche secondo dopo, ricomparve Jake, che guardò sospettoso prima la nonna e poi me. «Sei pallida.»

«Adesso si crede pure un dottore», fece Nadine con gli occhi al cielo.

«Perché sei pallida?» Mi sentì il polso e mi mise una mano sulla fronte. «Però non sei calda.»

Alzai le spalle. «Non penso di avere la febbre.»

«Ha vomitato», non poté fare a meno d'informarlo la nonna.

«Sto bene», insistetti io. Se non la smettevano di fissarmi come fossi stata un quadro in un museo, avrei perso la calma. E che cavolo, perché non mi lasciavano un po' in pace?!

Char scese di corsa al piano di sotto. «Beth non sta bene?»

«Ha vomitato», disse Jake.

E in quello stesso momento nonna Nadine annunciò: «È incinta!»

«Cosa?» dicemmo all'unisono mentre lei batteva le mani tutta contenta.

«No, non sono incinta! È impossibile», dissi, un po' nel panico.

«Ma hai fatto il sesso», ribatté Nadine.

«Nonna, basta mettere l'articolo davanti a tutto.»

Char prese la mano del marito. «Il Jake ha ragione. Comincia a essere un po' fastidioso. E tu, Beth, pensi che ci sia bisogno di una chiacchierata su come si fanno i bambini?»

« Ma no! Le faccio vedere quel bel grafico », disse Nadine.

« Gli ho dato fuoco la scorsa settimana », la informò Jake.

« Ma era tutto colorato. Ci ho messo ore a farlo. »

« Sentitemi bene: non mi servono grafici e non mi serve aiuto. Non sono incinta. Non ho fatto *il* sesso con Jace o, se non altro, non me lo... » La testa cominciò a ronzarmi. Non potevo essere stata tanto stupida. E Jace, poi? Oddio, la notte dopo il matrimonio! Oh, cazzo. Cazzo. Mi dovevo reggere a qualcosa e scelsi Jake. Mi aggrappai alla sua camicia. Lui ne sembrò sconvolto.

« Pronto? » disse nonna Nadine.

Mi girai e la vidi col telefono leopardato attaccato all'orecchio.

« Sì, Jace. »

« No! » urlai lanciandomi su di lei.

Lei riattaccò e si fece una risatina. « Be', alla fine è stato facile. »

Suonò il campanello.

Oddio. Avevo le allucinazioni?

Nadine si precipitò alla porta e aprì.

Jace.

Non feci in tempo ad aprir bocca che lei stava già urlando: « Beth aspetta un bambino! »

Lui divenne tutto rosso in volto. « Cosa? Chi ha

osato sfiorarti? Lo ammazzo, giuro. Lo faccio a pezzi con le mie stesse mani! Maledetto bastardo! »

« Non sono... »

« Non è un po' tardi per fare l'eroe? E soprattutto: cosa cavolo ci fai qui? » disse Jake, senza tanti complimenti.

« Sono qui per mia moglie. »

« Sei sposato! » gridò Char, che stava per lanciargli-si addosso.

Jace alzò le mani. « Non ancora! »

« *Hai una fidanzata!* » urlai, e la mia voce fece tremare tutti i muri della casa.

« Oh, no, mi sento svenire. Svengo, ora svengo », fece Nadine portandosi una mano sulla testa.

Char barcollò un po', divenne bianca come la cera e poi perse i sensi tra le braccia di Jake.

« Ospedale! » urlò lui.

« Per l'ultima volta: non sono incinta! » risposi io.

« *Ma Char sì!* » mi gridò in faccia Jake.

« Evviva! Lo sapevo che quelle collane avrebbero funzionato! » esultò Nadine facendo un balletto.

« Dammi una mano », chiese Jake a Jace, che era già andato ad aprire la porta e a prendere un paio di ciabatte per Char.

Mia sorella, intanto, cominciava a riprendere conoscenza. Io, invece, ero troppo preoccupata per riuscire a fare qualsiasi cosa. Perché non me l'aveva detto? Doveva essere rimasta incinta da poche settimane!

« Io sono venuto in taxi », disse Jace.

« Garage. » Con l'unica mano libera che aveva, Jake prese il telecomando del garage e lo aprì.

Se non fossi stata nel panico più totale, probabilmente sarei svenuta. Aveva più auto lui che un concessionario, e tutte di stralusso.

Quale avremmo dovuto prendere?

Jace corse al portachiavi attaccato al muro, ne prese un paio qualsiasi. Erano di un SUV. « Sali », mi ordinò.

Io mi misi davanti mentre gli altri si sistemarono dietro.

Mi veniva da piangere. « Si è ripresa? È cosciente? »

« Sì, si sta svegliando. Tesoro, stai bene? Parlami. Sai dove ti trovi? » le domandò Jake.

Nonna Nadine dal sedile di dietro mi mise una mano sulla spalla. « Andrà tutto bene, cara. Sono cose che succedono. »

Jace ci portò all'ospedale più vicino in tempo record. Non mi ero nemmeno resa conto che gli stavo tenendo la mano finché, in sala d'attesa, non feci per sedermi e mi accorsi che gli stavo così appiccicata che avrei dovuto mettermi in braccio a lui. Non appena ne fui consapevole, mi allontanai.

Moglie? Aveva una moglie?

Non ci aveva messo tanto, eh? Gli erano bastate due settimane per dimenticarsi di me.

Jake andò con Char, mentre nonna Nadine si allontanò per chiamare Travis.

«Se la caverà. È forte», disse Jace, sicuro.

«Già.»

«Non ho una moglie», aggiunse qualche minuto più tardi.

«Non me ne importa niente.»

«Non è vero. E comunque era di te che parlavo.»

«Cioè? Ci siamo sposati e non lo so?»

«Non ancora, ma avverrà presto.»

«E cosa te lo fa pensare?»

«Be', prima di tutto il fatto che ti amo.»

Mi si fermò il respiro in gola.

«E seconda cosa: non me ne sono andato.»

«Lo so, lo so. Sono stata io ad andarmene. Ma tu non mi hai dato un motivo per restare e, tra l'altro, hai pure negato tutto davanti alle telecamere! Secondo te cos'avrei dovuto fare?»

«Restare. Dovevi restare», disse prendendomi le mani.

«Ma...»

«Io non me ne sono andato.»

«Quante altre volte vuoi ripeterlo?» dissi io, mentre cercavo di liberarmi dalla sua stretta.

«Dieci minuti. Mi servono soltanto dieci minuti. E poi me ne vado. Se non riesco a convincerti in questi dieci minuti, allora... vorrà dire che sparirò, se così vorrai.»

«È per questo che sei qui, per perorare la tua causa?»

«Sono qui per restare. Non sono scappato con la coda tra le gambe. Dopo il viaggio ho dovuto sistemare un po' di cose, prendere qualche decisione. Volevo assicurarmi che fosse tutto a posto prima di venire a parlarti. Sono qui per farti capire che io ci sto, in tutto e per tutto.»

Be', allora era vero che coi discorsi se la cavava.

Mi prese il viso tra le mani, le nostre fronti l'una contro l'altra. «È stato il vestito bianco. Ti stava benissimo. Sembravi un angelo sotto tutte quelle luci. E poi i tuoi occhi. Mi hanno stregato. Non riuscivo più a smettere di guardarli. Mi avevano sempre detto che, quando avessi incontrato la persona della mia vita, avrei provato un'attrazione irresistibile, così forte che sarebbe stato impossibile non riconoscerla. Mia madre me lo ripeteva da quand'ero piccolo. Perciò, quando quella sera ti ho vista, l'ho capito subito.»

«Capito cosa?» mormorai.

«Che volevo te. Che volevo sposarti. Che volevo passare il resto della vita a guardare i tuoi sorrisi e i tuoi occhi verdi. Ma ero uno stupido ragazzino di sedici anni, per cui in quel momento non è che pensassi soltanto all'amore, c'era anche l'attrazione fisica. Avrei voluto così tanto toccarti che mi tremavano le mani.» Jace cominciò ad accarezzarmi il collo, e fui scossa da un brivido. « Ho deciso che avrei ballato con te. Almeno quello, se non potevo fare altro. »

« Ma alla fine mi hai baciata. »

Mi sfiorò le labbra con le sue. « Non ho resistito. Ed è stato meraviglioso. Avevi un sapore buonissimo. È bastato quel bacio a mandarmi in tilt. Del resto, avevo sempre sedici anni, eh! E poi non volevo farmi fare a pezzi dai giocatori della squadra di football della tua scuola: anche per quello me ne sono andato. »

« Sei scappato », sospirai, abbattuta.

« Ho provato a tornare, ma non ci sono riuscito. »

« Cosa vuoi dire? »

Jace chiuse gli occhi. « Ricordi il tuffo dalla scogliera? »

« Sì, quando ho temuto che ti saresti ammazzato. »

« E quando tu per poco non hai dato una spanciata. »

« Jace... » lo minacciai.

« Va bene, va bene. »

La sua risata mi fece sentire le farfalle nello stomaco.

« Quando mi hai baciato, là, su quella spiaggia, non so perché, ma mi hai fatto ricordare delle cose che fino a quel momento avevo rimosso. Mio padre, che comunque - per tua informazione - è peggio di nonna Nadine, mi ha raccontato cos'è successo davvero la notte del ballo. A quanto pare sono tornato di corsa a casa, gli ho detto di aver trovato la donna della mia vita, sono salito in macchina e ho fatto un frontale con un'altra auto perché ho cercato di passare col giallo.»

Ero allibita. Mi coprii la bocca con le mani mentre gli occhi mi si riempivano di lacrime.

«Sai com'è, c'era questa ragazzina con dei bellissimi occhi verdi che volevo assolutamente rivedere. Volevo darle un altro bacio e dirle che aveva un vestito stupendo. Volevo chiederle scusa per essermi comportato da coglione e spiegarle che insieme saremmo stati perfetti, se lei mi avesse dato una possibilità. E, invece, è finita che mi sono risvegliato da un coma tre mesi dopo», disse, la voce rotta.

Le lacrime mi rigavano le guance.

«Le cose stanno così, Beth. Tu hai passato la vita a pensare di non essere attraente, che ai ragazzi non piacevi e che io me n'ero andato. Invece è tutto il contrario: sono quasi morto per tornare da te. E vuoi sapere una cosa? Lo farei di nuovo.»

Gli gettai le braccia al collo e diedi libero sfogo al pianto. «Saresti potuto morire!»

Jace mi strinse forte. «E invece sono qui davanti a te, che aspetto.»

«Aspetti cosa?»

Lui fece un sorrisetto e si sfilò il lungo trench nero sotto cui nascondeva uno smoking. «Il ballo che non abbiamo potuto fare. Il momento che ci è stato rubato. Voglio una seconda chance. Perché, forse, in questo freddo petto di senatore, c'è un cuore che crede nelle seconde possibilità e, magari, anche nelle favole.»

«Siamo di nuovo al ballo scolastico, quindi?»

«Più o meno. Mancano soltanto un po' di adolescenti brufolosi in preda a tempeste ormonali. L'idea originale, comunque, non era quella di farlo in un ospedale.»

Con le lacrime che continuavano a scendere, gli presi la mano e cominciai a ballare con lui. «Mi dispiace. Mi dispiace tanto», dissi stringendolo forte.

«Tu non hai fatto niente di male. La tua unica colpa è stata quella di essere troppo bella, tanto da farmi perdere la testa.»

«Poi, però, quando ho aperto bocca avresti voluto prendermi a schiaffi?»

«Affatto. È stato quando hai aperto bocca che mi sono innamorato.»

35

Nadine si asciugò gli occhi. « Mi scusi, Gus. Ma questa parte mi piace tanto. » Si soffiò forte il naso e scosse il capo. « Sembrerebbe che alla fine l'amore vinca sempre, no? » Si alzò e sbadigliò. « Bella chiacchierata. Dobbiamo rifarlo presto. »

« Si sieda. »

« Ma le ho detto tutto quello che sapevo. »

« Si sieda. Adesso. »

Lei alzò gli occhi al cielo, ma fece come le era stato detto.

« Ho bisogno di sapere com'è andata a finire questa storia. Perché, a seconda di come finisce la storia, finisce lei: libera o in prigione. »

JACE

Sarei stato felice anche soltanto di tenerla stretta così per il resto della vita. Ci avevo messo un po', ma alla fine ero riuscito a sistemare tutto. Prendermi un'altra vacanza dopo essere stato via una settimana intera non sarebbe stato proprio il massimo agli occhi della gente, ma nelle ultime due settimane mi ero ammazzato di lavoro per potermi permettere di andare a Seattle da Beth e farle la dichiarazione che meritava.

Non avrei mollato finché non avesse ceduto. Avevo persino comprato un costume da Thor per farla capitolare. Se neanche così ci fossi riuscito, allora non mi restavano che il vino e il Benadryl.

« Cosa succede? » domandò una voce di donna.

Mi girai e sorrisi quando vidi nonna Nadine entrare in sala d'aspetto.

« Balliamo », disse Beth tutta felice.

Le baciai la testa.

Nadine cominciava a capire. « Quindi adesso voi due avete... fatto pace? »

« Sì », risposi io per entrambi.

« E il bambino? »

« Per l'ultima volta: non sono incinta! » disse Beth, spazientita.

« Tu ne sei tanto convinta, ma la verità è che non ricordi niente di quello che è successo tra voi due, quella notte. Per quanto ne sai, potrebbe essersi messo a ballare intorno al letto in impermeabile prima d'infilzarti... »

« Oh, santo cielo, io non ho sentito niente », disse piano Jace.

« È normale, siamo animali. »

« *No*, non lo siamo », fece Beth.

« Va be', tu pensala come vuoi, ma io ho bisogno di pronipotini. »

Non avevo nessuna intenzione di mettermi lì a spiegarle che, anche volendo, tecnicamente i nostri figli non sarebbero stati suoi pronipoti. E comunque, visto che avevo la vaga sensazione che non saremmo riusciti a liberarci di lei tanto facilmente, a quel punto tanto valeva rassegnarsi.

Nonna Nadine cominciò a battere le mani. « Ah, dimenticavo! Char sta benissimo! È stato solo un calo di pressione. Durante la gravidanza succede. »

« Quindi *lei* è incinta? » domandò Jace, sollevato.

« Sì. Del mio primo nipotino. Ho dovuto tirare un po' le orecchie a Travis: evidentemente c'è qualcosa che non gli è tanto chiaro su ciò che deve fare in camera da letto, visto che Jake e Char si sono riprodotti prima di lui. »

« Riprodotti? » ripeté Beth.

« Comunque, adesso dovrebbe aver capito. Gli ho spiegato un po' di cosette. Pensate che non sapeva nemmeno quali sono le posizioni migliori per il concepimento! Gli ho dovuto mandare delle immagini. »

« Di cosa? »

« Del Kamasutra. Le ho scaricate dal Google. »

« Oh, cavolo », feci io.

« Cosa c'è? » chiese Nadine tutta innocente.

« Lasciamo stare. Ma, visto che tutto si è risolto, Beth e io ce ne andiamo a... » Il mio primo pensiero? Vino, sesso, altro vino, ancora sesso, no gravidanze inattese e – finalmente, forse – prenderla per i capelli.

« I media sono in subbuglio. Ci sono giornalisti schierati davanti a casa di Jake come fosse il Netflix.

Sanno già tutto, non vorrete mica ritrovarvici in mezzo? »

« Oddio », fece Beth, sconsolata.

Nonna Nadine si sistemò la giacca e fece un sorrisetto. « Niente paura. Ho un piano. » Poi, purtroppo, si girò di nuovo a guardare me e mi chiese: « Tu come te la cavi a guidare i furgoncini? »

36

«Quindi mi sta dicendo che si è rapito da solo?»
«Proprio così.»
«E questa volta le droghe non c'entrano?»
Nadine alzò le spalle. «Chi lo sa. Forse potrei averne nascosta un po' sotto i sedili del furgoncino per non farla trovare ai federali.»
«Va bene, ma vuole dirmi almeno dov'è il senatore? Un giornalista ha visto partire il veicolo. Con lei a bordo.»
La nonna alzò gli occhi al cielo. «Certo che ero a bordo: avevo promesso loro di portarli in aeroporto!»
«In aeroporto?»
Lei sbadigliò. «Esatto. Mi creda, Gus, è stato un piacere, ma adesso devo proprio andare. Ho altre cose da fare, a parte star qui a raccontarle storie d'amore. Se non mi crede, chiami questo numero. Se i miei calcoli sono giusti, ormai i tre giorni dovrebbero essere passati.»
«Quali tre giorni?»
Nadine si mise in piedi. «Jace aveva promesso a Beth sei giorni da favola, ma alla fine ne avevano avuti soltanto tre. Sono tornati alle Hawaii, testone.»

JACE

«Sei proprio sicura? Sei pronta?» chiesi a Beth tenendole le mani.

Lei pareva felicissima. « Sì, sì, sono pronta. »

« Guarda che può essere pericoloso. »

« Ne vale la pena », mi sussurrò.

« Be', allora mi sembra che non ci sia altro da dire. » Feci un sorrisetto e poi gridai forte: « Merda, merda! »

L'asino cominciò a muoversi con Beth in sella. Andava così piano che, se avesse fatto a gara con una lumaca, avrebbe vinto lei, e neanche di poco.

Avevo deciso di camminare accanto a loro. Ci sembrava più bello così: avanzare l'uno di fianco all'altra, senza che nessuno fosse costretto ad aspettare o ad allungare il passo. Perché a volte l'amore è così. Non sempre c'è un uomo che rincorre una donna o che prende d'assalto il castello mentre lei sta là ad aspettare che l'amore arrivi.

No, a volte l'amore è fatto di due persone che si prendono un reciproco impegno. È fatto di due persone che si rendono conto di avere in mano le chiavi della propria felicità. Qual è il problema? Che la maggior parte delle persone dimentica di possedere i mezzi per vivere la propria favola. Io stesso l'avevo dimenticato, tanto da decidere di tirarmi indietro.

Anche Beth l'aveva dimenticato.

E così avanzavamo mano nella mano. Lei su Ciuchino e io di fianco a loro (anche perché non volevo rischiare che quella bestiaccia, a un certo punto, si spaventasse e decidesse di partire al galoppo portando via la mia futura moglie).

« Alla fine l'hai trovato, allora », mi disse il capitano tutto sorridente, mentre aiutava Beth a scendere dall'asino per imbarcarsi.

« Trovato cosa? »

« Il tuo *keiki.* »

« *Keiki?* » ripeté Beth.

« È una lunga storia », borbottai, seguendola a bordo.

Il capitano ci portò al largo e poi spense il motore. « Facciamo una cosa veloce, d'accordo? »

« Romantico, eh? » commentò Beth, che mi fece l'occhiolino.

« Gliel'ho detto io di fare in fretta », ammisi.

« Perché? »

« Perché non m'importa niente di pronunciare quelle parole, ciò che m'interessa è dimostrarti cosa sei per me. Sono stanco delle parole, Beth. È una vita che le uso. Adesso è tempo di fatti, non sei d'accordo? »

« Sì », rispose lei, senza fiato.

« Vuoi tu prendere questa donna come tua legittima sposa? » domandò il capitano.

« Sì, lo voglio. » La mia voce risuonò forte e chiara in quel pomeriggio caldo.

« E, tu, vuoi prendere quest'uomo come tuo legittimo sposo? » A quel punto il cerimoniere si schiarì la voce, dopodiché aggiunse piano: « Guarda che non sei costretta a rispondere 'sì' ».

Beth sorrise e disse: « Sì, lo voglio ».

« Coi poteri conferitimi dallo Stato delle Hawaii, io vi dichiaro marito e moglie! » Il capitano prese due splendidi *lei,* le ghirlande di fiori tipiche delle Hawaii, e ce li mise al collo. « Che il tuo grembo sia fertile », disse tutto contento.

« Ehm... non ci facciamo prendere troppo la mano, adesso », feci io, con una risatina nervosa.

« Nadine ha detto che per rompere l'incantesimo avrei dovuto farvi un augurio. E io vi auguro di avere tanti, tantissimi figli. »

« Togliti quel coso! Toglitelo! »

« Lascia perdere. Tanto abbiamo capito che è meglio prenderla come viene, quando c'è lo zampino di nonna Nadine », commentò Beth.

« E va bene », borbottai io.

Lei allora mi strinse le braccia intorno alla vita. « Guarda il lato positivo della cosa: se già sposandoti i tuoi indici di gradimento dovrebbero andare alle stelle, figuriamoci se arrivassero anche dei bambini. E poi pensa a quanto *il* sesso ci toccherà fare. »

« Ascoltami bene: se non la smetti di citare nonna Nadine, per riuscire a fare una figura decente, sarò costretto a prendere il Viagra. »

« Vuoi dire che non sei ispirato? »

« Per niente. »

« Sono sicura di sapere come risolvere il problema», disse Beth incollando le sue labbra alle mie in un lungo bacio appassionato.

«Dove volete che vi porti?» domandò il capitano.

Presi Beth in braccio e indicai la riva, senza mai staccare le labbra dalle sue. L'avrei amata e onorata tutti i giorni della mia vita: stavolta non l'avrei dimenticato!

Il capitano fece una risata. «D'accordo: si torna in albergo.»

37

« Alle Hawaii? Mi sta dicendo che ha fatto impazzire l'FBI soltanto per dare al senatore il tempo di... »

« Divertirsi un po'. Tutti gli innamorati hanno diritto a un po' di tempo tutto per sé. È per questo che l'ho fatto. »

« Ma questo è l'FBI. »

« E io sono nonna Nadine. È sempre bene essere consapevoli del proprio posto nel mondo. Ah, e mi faccia un favore, caro: dica a quell'adorabile uomo che è il presidente di richiamarmi, quando ha un momento libero. »

L'agente non credeva alle sue orecchie. Si alzò. La porta della stanza si aprì. « Lasciala andare. È pulita. »

« Ma... »

« Nadine, scusaci tanto per l'inconveniente. »

Lei gli diede una pacca sulla spalla. « Ma figurati, non è successo niente. Sono stata contenta di passare un po' di tempo con Gus. Anche a me piacciono le storie d'amore. »

E così nonna Nadine lasciò l'edificio.

« È pazza », disse l'agente al suo superiore.

« Quella donna ci ha aiutati a vincere la Guerra Fredda. Definirla 'pazza' è un eufemismo. »

BETH

Jace si sbatté la porta della capanna alle spalle e mi raggiunse. Fece scorrere le dita sul mio vestito bianco e poi lungo le braccia. « Tieni a qualcosa in particolare di ciò che indossi? »

« Cosa? Perché? »

« Sì o no? »

« No. »

« Bene. »

Con un solo gesto mi strappò l'abito di dosso. *Non ci credo, non è possibile!* Ero convinta che cose simili succedessero soltanto nei film. E, invece, io ero la prova vivente che poteva accadere anche nella realtà.

Donne di tutto il mondo, sappiatelo: se il vostro uomo assomiglia a Thor, state sicure che in camera da letto vi mostrerà i suoi superpoteri.

Il vestito cadde a terra, e mi ritrovai con addosso soltanto le scarpe con la zeppa e la biancheria intima di pizzo.

Lo desideravo da morire.

Lui cominciò a giocare col tessuto, ad accarezzarmi i seni, e la mia voglia non fece che aumentare. Con gli occhi iniettati di desiderio, Jace mi chiese: « E a questi ci tieni? »

« N-no. »

« Bene. » Mi strappò slip e reggiseno.

« Thor benedetto. »

« Cosa? »

Cazzarola, no! L'avevo detto a voce alta.

« Sbaglio o hai detto 'Thor benedetto'? » Ma, invece di rimanere perplesso, pareva che la cosa lo avesse

– guardai giù –, sì, pareva che la cosa lo avesse abbastanza ispirato. Evidentemente aveva smesso di pensare a nonna Nadine.

« Sì, sì, esatto. »

« Mmm, mi piace », disse mordendosi il labbro inferiore.

« Ah, sì? » Mi sentii arrossire. Non soltanto me ne stavo nuda di fronte a lui, ma avevo anche appena trasformato la nostra prima volta insieme – almeno la prima che ci saremmo ricordati – in qualcosa di vagamente imbarazzante.

M'inumidii le labbra, nervosa, in attesa che mi toccasse.

Lui, invece, mi guardava e basta.

La mia irrequietezza non faceva che aumentare. Per quale cavolo di motivo insisteva a tenersi i vestiti addosso? Feci per incrociare le braccia al petto, ma lui me lo impedì: voleva continuare a godersi ogni singolo millimetro del mio corpo fino a farmi perdere la testa. E il suo sguardo riusciva da solo a farmi impazzire. Ero pronta a saltargli addosso.

« Me lo sarei ricordato. O almeno avrei dovuto. Droghe o no, un uomo non dovrebbe mai dimenticare la perfezione », disse tracciando il contorno dei miei seni e dei miei fianchi, per poi attirarmi a sé.

« Neanch'io me lo ricordo », replicai, timida, mentre gli stringevo le braccia intorno al collo. « Ma i biscotti sì.» Che stronza! Qualcuno avrebbe dovuto sapararmi in quel momento.

«Ti ricordi dei biscotti ma non di me?»

«Erano deliziosi.»

«Adesso te le faccio assaggiare io, le delizie della vita.»

«Le voglio assaporare tutte.»

«D'accordo.»

Mi fece fare un passo indietro e si mise a fare uno spogliarello superprovocante.

Va be', forse non era superprovocante nella realtà, ma nella mia testa sì. Quella pelle dorata, i movimenti lenti, gli addominali scolpiti... Era tutto così bello che mi venne voglia di darmi un pizzicotto per vedere se stessi sognando.

Una volta nudo, finalmente, mi toccò.

Le nostre bocche si trovarono.

Già. Non ci si poteva proprio dimenticare di una cosa del genere, no?

M'infilò le mani tra i capelli mentre con la lingua mi solleticava il collo e, quando mi prese in braccio per portarmi sul letto, mi tremarono le gambe.

Chiusi gli occhi e il suo corpo divino fu sopra di me. «Adesso ci vado piano. Ma poi ti porto in piscina.»

«A fare una nuotata?»

«Sì, certo, una 'nuotata' in piscina. Poi, però, ne facciamo una anche sotto la doccia, visto che non penso ad altro dal giorno in cui mi hai abbracciato tutta nuda, in bagno.»

Si spinse dentro di me, e io rimasi senza fiato.

«Abbiamo tre giorni interi. Non ti darò tregua.»

Andò più a fondo.

Feci una smorfia di dolore.

Jace mi guardò stupito e sorrise. «Mi sa che, quella notte, tutto quello che abbiamo fatto è stato mangiare biscotti.»

«Ma...»

«Allora, forse, è meglio se rallento un po'.»

«Io in realtà vorrei che accelerassi.»

Si mise a ridere.

Posò la bocca sulla mia e, quando fu tutto dentro di me, andai in estasi. Me ne sarei ricordata. Mi sarei ricordata dell'unione perfetta dei nostri corpi. Mi sarei ricordata di come ogni movimento mi faceva venire voglia di piangere, non di dolore ma di puro piacere.

«Ti amo», gli dissi.

Il contatto dei nostri corpi mi stava facendo impazzire; era così bello che mi sembrava di non farcela. Mi sentivo esplodere.

E invece, alla fine, mi lasciai andare, mi abbandonai a mio marito, al mio futuro, in un'unione che, ne ero certa, sarebbe stata la prima di una lunga serie. Avremmo lavorato sodo per dare a nonna Nadine i pronipotini che desiderava tanto.

38

« Le acque si sono calmate. » Nonna Nadine guardò l'ora. « Ma dimmi, cara, tra me e te, com'è andata a letto? Se ci sono state difficoltà, posso sempre mostrarvi quei grafici di cui vi parlavo. Facciamo una bella seduta e vi do io qualche buon consiglio. »

« Ci sentiamo, Nadine. »

« Ma, cara! Sapete cosa fare, almeno? »

« Ce la caveremo. »

« Beth, sul serio, sii ragionevole! Un po' di esperienza ce l'ho. Credimi, sono un'esperta! »

« Sto per riagganciare. »

« Va be', vorrà dire che vi manderò qualche foto. Non si sa mai, potrebbero venirvi dei dubbi su dove mettere cosa. Cavolo, la mia prima volta ho... »

BETH

Ridacchiando, misi giù il telefono. « Era nonna Nadine. Dice che le acque si sono calmate. » Non avevo nessuna intenzione di parlargli dei consigli che mi aveva dato né delle foto che avrebbero traumatizzato per sempre il mio cellulare. Non capivo bene perché, ma Nadine faceva perdere l'ispirazione a mio marito.

Jace sbadigliò e si stiracchiò sul letto accanto a me. Completamente nudo. Benedetto Thor. « E? »

« Ha detto pure che, se mai diventerai presidente, vuole che nomini tuo vice un certo Gus. »

« Dille che ci penserò. E poi non ho capito quel 'se mai'. »

« Sono sicura che scherzava. »

« Voglio sperare. Anche perché ho intenzione di diventare presidente a tutti i costi, e la mia prima missione sarà rendere la vita di quel Brett un inferno. »

« Tesoro, lascia stare. »

« Nessuno si deve permettere di mancare di rispetto a mia moglie. »

« Mi piace. »

« Cosa? »

« Sentirti dire 'mia moglie' », risposi tutta contenta. « Sono pronta, adesso. »

« Sicura? Tesoro, fare una pausa ci può stare. Guarda che lo capisco. »

« No, no. Sono prontissima. »

« D'accordo », disse alzando le mani, in segno di resa.

« Biscotto. »

Jace prese un biscotto al cioccolato dalla scatola e me lo mise in bocca. « Ogni tuo desiderio è un ordine. E poi la tua bocca mi fa impazzire. »

« Ci credo. » Arrossii.

« Eh, già. »

Avevo una ciocca di capelli davanti al viso. Jace la spostò indietro e fece una risatina.

« Cosa c'è, ho delle briciole in faccia? »

« No, no. Non è quello. »

« Cosa, allora? »

« Posso prenderti per i capelli? »

« Soltanto se indossi il costume di Thor. »

« Soltanto se tu metti quello di She-Ra, fingi di affogare e io metto in salvo te e i tuoi biscotti. »

« Ci sto. »

EPILOGO

Cinque anni dopo

« Ma che cavolo, nonna! Avevamo detto niente pony! » Jake sembrava lì lì per perdere la pazienza.

Travis si mise a ridere e prese un sorso di Vov. Pareva non preoccuparsi del fatto che quattro bambini stessero per distruggergli casa, né che la nonna avesse comprato un pony a ciascuno di loro: due per le gemelle di Jake, uno per la bimba di Travis e un altro per il maschietto di Jace.

Secondo nonna Nadine era importante che i bimbi crescessero con degli animali.

Travis aveva pensato a una tartaruga, non certo a un cavallo. Ma provare a discutere con Nadine era inutile: la spuntava sempre lei. E poi quel poveretto era distrutto: aveva passato la notte insonne perché la sua piccolina aveva avuto un incubo. A dirla tutta, anche l'incubo era stato colpa della nonna, perché aveva lasciato che Arabella mangiasse una quantità spropositata di biscotti, che poi le avevano fatto fare brutti sogni.

« Che ne dite se vi racconto una storia, bambini? » propose Nadine.

Travis fece una smorfia.

Kacey cercò di farli mettere tutti in cerchio. Ma era un'impresa, perché quei monelli erano adrenalina pura: Sasha tirava i capelli a Taryn, Arabella non la smetteva di gridare « fornicare » – una parola che Nadine si era fatta sfuggire poco prima – e George mangiava le decorazioni dell'albero.

« Venite qua, bambini. » Mosso a pietà, Jace andò in aiuto di Kacey, mentre la nonna sceglieva un libro.

« Siamo pronti », disse Nadine con un sorriso. Aveva quasi novantadue anni ma era ancora bellissima. « Ora vi racconto una storia. Una storia speciale, perché parla delle vostre mammine e dei vostri paparini, che non sono sempre stati sposati. Tanto, tanto tempo fa, in una terra lontana lontana... »

« Portland », la prese in giro Travis, rimediandosi un'occhiataccia.

« In una terra lontana e magica viveva una bellissima nonna che aveva deciso di dare una mano ai suoi nipoti. Fece quello che ogni nonna dovrebbe fare: inventare delle storie speciali per ognuno di loro. Questa nonna, che era tanto buona, si prese a cuore anche il povero zio Jace, che era un po' triste. »

« Perché era triste? » chiese una delle gemelle.

« Sì, perché era triste? » le fece eco Beth, divertita.

« È semplice. Perché la zia Beth si era messa in bocca tutti i miei biscotti », rispose Jace.

« E non solo quelli... »

« Nonna! » la sgridammo tutti in coro.

« Comunque, dov'eravamo arrivati? Ah, sì. Cari bambini, dovete sapere che la magia esiste davvero. L'amore è una magia. Non è facile trovarlo, ma, una volta che riesci a stringerlo nel palmo della mano, s'irradia nel cuore e nell'anima. Quando si trova l'amore, non bisogna lasciarselo scappare. Bisogna custodirlo per sempre. »

Una delle gemelle alzò la mano.

« Dimmi, Sasha. »

« E se lo troviamo e non ce ne accorgiamo? Se ce lo lasciamo sfuggire? E se poi proprio non riusciamo a trovarlo? »

« Be', cara. La risposta è semplice », disse lei toccando il cuore della bimba. « È proprio qui, te lo dice nonna Nadine, che sarà sempre qui per aiutarvi a trovarlo e a proteggerlo. »

« Ci prometti che non te ne andrai mai? » chiese Sasha tirando su col naso.

« Ve lo prometto. E ricordate che una nonna non mente mai. » A quel punto Nadine si voltò a guardare Travis, Jake, Kacey, Char, Beth e Jace. « Visto? Sembra che il mio lavoro qui non sia ancora finito. »

Finito di stampare nel mese di gennaio 2016
per conto della TEA S.r.l.
da Grafica Veneta S.p.A.
di Trebaseleghe (PD)
Printed in Italy